W9-BEL-481

Los recuerdos del porvenir

ELENA GARRO

Los recuerdos del porvenir

narrativas

ISBN 978-84-92891-14-6

PRIMERA EDICIÓN
2011

© DEL TEXTO: Elena Garro, 1963
   Herederos de Elena Garro

© DE LA PRESENTE EDICIÓN: 451 Editores, 2011

Xaudaró, 25
28034 Madrid - España

tel 913 344 890 - fax 913 344 894

info451@451editores.com
www.451editores.com

EDICIÓN
451 Editores

PROYECTO VISUAL Y DIRECCIÓN DE ARTE
Departamento de imagen y diseño GELV

COORDINACIÓN DE PRODUCCIÓN Y MAQUETACIÓN
I+D de soportes editoriales GELV

IMPRESIÓN
Edelvives Talleres Gráficos
Certificado ISO 9001
Impreso en Zaragoza, España

DEPÓSITO LEGAL: Z-2409-2011

PRIMERA PARTE

UNO

AQUÍ ESTOY, SENTADO SOBRE ESTA PIEDRA APARENTE. SOLO MI MEMORIA sabe lo que encierra. La veo y me recuerdo, y como el agua va al agua, así yo, melancólico, vengo a encontrarme en su imagen cubierta por el polvo, rodeada por las hierbas, encerrada en sí misma y condenada a la memoria y a su variado espejo. La veo, me veo y me transfiguro en multitud de colores y de tiempos. Estoy y estuve en muchos ojos. Yo solo soy memoria y la memoria que de mí se tenga.

Desde esta altura me contemplo: grande, tendido en un valle seco. Me rodean unas montañas espinosas y unas llanuras amarillas pobladas de coyotes. Mis casas son bajas, pintadas de blanco, y sus tejados aparecen resecos por el sol o brillantes por el agua según sea el tiempo de lluvias o de secas. Hay días como hoy en los que recordarme me da pena. Quisiera no tener memoria o convertirme en el piadoso polvo para escapar a la condena de mirarme. Yo supe de otros tiempos: fui fundado, sitiado, conquistado y engalanado para recibir ejércitos. Supe del goce indecible de la guerra, creadora del desorden y la aventura imprevisible. Después me dejaron quieto mucho tiempo. Un día aparecieron nuevos guerreros que me robaron y me cambiaron de sitio. Porque hubo un tiempo en el que yo también estuve en un valle verde y luminoso, fácil a la mano. Hasta que otro ejército de tambores y generales jóvenes entró para llevarme de trofeo a una montaña llena de agua, y entonces supe de cascadas y de lluvias en abundancia. Allí estuve algunos años. Cuando la Revolución agonizaba, un último ejército, envuelto en la derrota, me dejó abandonado en este lugar sediento. Muchas de mis casas fueron quemadas y sus dueños fusilados antes del incendio.

Recuerdo todavía los caballos cruzando alucinados mis calles y mis plazas, y los gritos aterrados de las mujeres llevadas en vilo por los jinetes. Cuando ellos desaparecieron y las llamas quedaron convertidas en cenizas, las jóvenes hurañas empezaron a salir por los brocales de los pozos, pálidas y enojadas por no haber participado en el desorden.

Mi gente es morena de piel. Viste de manta blanca y calza huaraches. Se adorna con collares de oro o se ata al cuello un pañuelito de seda rosa. Se mueve despacio, habla poco y contempla el cielo. En las tardes, al caer el sol, canta.

Los sábados el atrio de la iglesia, sembrado de almendros, se llena de compradores y mercaderes. Brillan al sol los refrescos pintados, las cintas de colores, las cuentas de oro y las telas rosas y azules. El aire se impregna de vapores de fritangas, de sacos de carbón oloroso todavía a madera, de bocas babeando alcohol y de majadas de burros. Por las noches estallan los cohetes y las riñas: relucen los machetes junto a las pilas de maíz y los mecheros de petróleo. Los lunes, muy de mañana, se retiran los ruidosos invasores dejándome algunos muertos que el Ayuntamiento recoge. Y esto pasa desde que yo tengo memoria.

Mis calles principales convergen a una plaza sembrada de tamarindos. Una de ellas se alarga y desciende hasta perderse en la salida de Cocula; lejos del centro su empedrado se hace escaso; a medida que la calle se hunde, las casas crecen a sus costados sobre terraplenes de dos y tres metros de alto.

En esta calle hay una casa grande, de piedra, con un corredor en forma de escuadra y un jardín lleno de plantas y de polvo. Allí no corre el tiempo: el aire quedó inmóvil después de tantas lágrimas. El día que sacaron el cuerpo de la señora de Moncada, alguien que no recuerdo cerró el portón y despidió a los criados. Desde entonces las magnolias florecen sin nadie que las mire y las hierbas feroces cubren las losas del patio; hay arañas que dan largos paseos a través de los cuadros y del piano. Hace ya mucho que murieron las palmas de sombra y que ninguna voz irrumpe en las arcadas del corredor. Los murciélagos anidan en las guirnaldas doradas de los espejos, y Roma y Cartago, frente a frente, siguen cargados de frutos que se caen de maduros. Solo olvido y silencio. Y sin embargo en la memoria hay un jardín iluminado por el sol, radiante de pájaros, poblado de carreras, y de gritos. Una cocina humeante y tendida a la sombra morada de los jacarandaes, una mesa en la que desayunan los criados de los Moncada.

El grito atraviesa la mañana:

—¡Te sembraré de sal!

—Yo, en lugar de la señora, mandaría tirar esos árboles —opina Félix, el más viejo de la servidumbre.

Nicolás Moncada, de pie en la rama más alta de Roma, observa a su hermana Isabel, a horcajadas en una horqueta de Cartago, que se contempla las manos. La niña sabe que a Roma se le vence con silencio.

—¡Degollaré a tus hijos!

En Cartago hay trozos de cielo que se cuelan a través de la enramada. Nicolás baja del árbol, se dirige a la cocina en busca de un hacha y vuelve corriendo al pie del árbol de su hermana. Isabel contempla la escena desde lo alto y se descuelga sin prisa de rama en rama hasta llegar al suelo; luego mira con fijeza a Nicolás y este, sin saber qué hacer, se queda con el arma en la mano. Juan, el más chico de los tres hermanos, rompe a llorar.

—¡Nico, no la degüelles!

Isabel se aparta despacio, cruza el jardín y desaparece.

—Mamá, ¿has visto a Isabel?

—¡Déjala, es muy mala!

—¡Desapareció...! Tiene poderes.

—Está escondida, tonto.

—No, mamá, tiene poderes —repite Nicolás.

Ya sé que todo esto es anterior al general Francisco Rosas y al hecho que me entristece ahora delante de esta piedra aparente. Y como la memoria contiene todos los tiempos y su orden es imprevisible, ahora estoy frente a la geometría de luces que inventó a esta ilusoria colina como una premonición de mi nacimiento. Un punto luminoso determina un valle. Ese instante geométrico se une al momento de esta piedra y de la superposición de espacios que forman el mundo imaginario, la memoria me devuelve intactos aquellos días; y ahora Isabel está otra vez ahí, bailando con su hermano Nicolás, en el corredor iluminado por linternas anaranjadas, girando sobre sus tacones, con los rizos en desorden y una sonrisa encandilada en los labios. Un coro de jóvenes vestidas de claro los rodea. Su madre la mira con reproche. Los criados están bebiendo alcohol en la cocina.

—No van a acabar bien —sentencian las gentes sentadas alrededor del brasero.

—¡Isabel! ¿Para quién bailas? ¡Pareces una loca!

DOS

CUANDO EL GENERAL FRANCISCO ROSAS LLEGÓ A PONER ORDEN ME VI
invadido por el miedo y olvidé el arte de las fiestas. Mis gentes no
bailaron más delante de aquellos militares extranjeros y taciturnos.
Los quinqués se apagaron a las diez de la noche y esta se volvió
sombría y temible.

El general Francisco Rosas, jefe de la Guarnición de la Plaza,
andaba triste. Se paseaba por mis calles golpeándose las botas fede-
ricas con un fuete, no daba a nadie el saludo y nos miraba sin afecto como lo hacen los fuereños. Era alto y violento. Su mirada
amarilla acusaba a los tigres que lo habitaban. Lo acompañaba su
segundo, el coronel Justo Corona, también sombrío, con un paliaca-
te rojo atado al cuello y un sombrero tejano bien ladeado.

Se decían gente del Norte. Cada uno llevaba dos pistolas. Las del
general tenían sus nombres en letritas de oro rodeadas de aguilillas
y palomas: *Los ojos que te vieron* y *La Consentida*.

Su presencia no nos era grata. Eran gobiernistas que habían entrado por la fuerza y por la fuerza permanecían. Formaba parte del
mismo ejército que me había olvidado en este lugar sin lluvias y sin
esperanzas. Por su culpa los zapatistas se habían ido a un lugar invisible para nuestros ojos y desde entonces esperábamos su aparición, su clamor de caballos, de tambores y de antorchas humeantes.

En esos días aún creíamos en la noche sobresaltada de cantos y en el despertar gozoso del regreso. Esa noche luminosa permanecía intacta en el tiempo, los militares nos la habían escamoteado, pero el gesto más inocente o una palabra inesperada podía rescatarla. Por eso nosotros la aguardábamos en silencio. En la espera yo estaba triste, vigilado de cerca por esos hombres taciturnos que surtían a los árboles de ahorcados. Había miedo. El paso del general nos producía temor. Los borrachos también andaban tristes y de cuando en cuando anunciaban su pena con un grito alargado y roto que retumbaba en la luz huidiza de la tarde. A oscuras su borrachera terminaba en muerte. Un círculo se cerraba sobre mí. Quizá la opresión se debiera al abandono en que me encontraba y a la extraña sensación de haber perdido mi destino. Me pesaban los días y estaba inquieto y zozobrante esperando el milagro.

También el general, incapaz de dibujar sus días, vivía fuera del tiempo, sin pasado y sin futuro, y para olvidar su presente engañoso organizaba serenatas a Julia, su querida, y deambulaba en la noche seguido de sus asistentes y de la Banda Militar. Yo callaba, detrás de los balcones cerrados y el Gallo pasaba con su cauda de cantos y balazos. Temprano en la mañana aparecían algunos colgados en los árboles de las trancas de Cocula. Los veíamos al pasar, haciendo como si no los viéramos, con su trozo de lengua al aire, la cabeza colgante y las piernas largas y flacas. Eran abigeos o rebeldes, según decían los partes militares.

—Más pecados para Julia —se decía Dorotea cuando muy temprano pasaba cerca de las trancas de Cocula para ir a beber su vaso de leche al pie de la vaca.

—¡Dios los tenga en su Santa Gloria! —agregaba mirando a los ahorcados, descalzos y vestidos de manta, que parecían indiferentes a la piedad de Dorotea. «De los humildes será el Reino de los Cielos» recordaba la vieja, y la Gloria resplandeciente de rayos de oro y nubes blanquísimas aparecía ante sus ojos. Bastaba extender la mano para tocar ese momento intacto. Pero Dorotea se guardaba de hacer el ademán; sabía que una fracción mínima de tiempo contenía al abismo enorme de sus pecados y la separaba del presente eterno. Los indios colgados obedecían a un orden perfecto y estaban ya dentro del tiempo que ella nunca alcanzaría. «Están ahí por pobres». Vio sus palabras desprenderse de su lengua y llegar hasta los pies de los ahorcados sin tocarlos. Su muerte nunca sería como la de ellos. «No todos los hombres alcanzan la perfección de morir; hay muertos y hay cadáveres, y yo seré un cadáver», se dijo con tristeza; el muerto era un yo descalzo, un acto puro que alcanza el orden de la Gloria; el cadáver vive alimentado por las herencias, las usuras, y las rentas. Dorotea no tenía a quién decirle sus pensamientos, pues vivía sola en una casa medio en ruinas, detrás de las tapias de la casa de doña Matilde. Sus padres fueron los propietarios de las minas La Alhaja y La Encontrada, allá en Tetela. Cuando ellos murieron, Dorotea vendió su casa grande y compró la que había sido de los Cortina y en ella vivió hasta el día de su muerte. Una vez sola en el mundo, se dedicó a tejer puntillas para el altar, bordar ropones para el Niño Jesús y encargar alhajas para la Virgen. «Es una alma de Dios», decíamos de ella. Cuando llegaban las fiestas, Dorotea y doña Matilde se encargaban de vestir las imágenes. Las dos mujeres encerradas en la iglesia cumplían su cometido con reverencia. Don Roque, el sacristán, después de bajar a los santos se alejaba respetuoso y las dejaba solas.

—¡Queremos ver a la Virgen desnuda! —gritaban Isabel y sus hermanos al entrar a la iglesia corriendo y por sorpresa. Las mujeres cubrían con rapidez las imágenes.

—¡Por Dios, niños, estas cosas no las deben ver sus ojos!

—¡Váyanse de aquí! —suplicaba su tía Matilde.

—¡Tía, por favor, solo una vez!

De buena gana Dorotea se hubiera reído de la curiosidad y la carrera de los niños. ¡Lástima que reírse hubiera sido un sacrilegio!

—Vengan a mi casa; les voy a contar un cuento y verán por qué los curiosos viven poco —prometía Dorotea.

La amistad de la vieja con los Moncada duró siempre. Los niños le limpiaban el jardín, le bajaban los panales de abeja y le cortaban las guías de las buganvilias y las flores de las magnolias, pues Dorotea, cuando el dinero se acabó, sustituyó el oro por las flores y se dedicó a tejer guirnaldas para engalanar los altares. En los días a que ahora me refiero, Dorotea era ya tan vieja que se olvidaba de lo que dejaba en la lumbre y sus tacos tenían gusto a quemado. Cuando Isabel, Nicolás y Juan llegaban a visitarla, le gritaban:

—¡Huele a quemado!

—¿Ah? Desde que los zapatistas me quemaron la casa se me queman los frijoles... —respondía ella, sin levantarse de su sillita baja.

—Pero tú eres zapatista —le decían los jóvenes riendo.

—Eran muy pobres y nosotros les escondíamos la comida y el dinero. Por eso Dios nos mandó a Rosas, para que los echáramos de menos. Hay que ser pobre para entender al pobre —decía sin levantar la vista de sus flores.

Los muchachos se acercaban a besarla y ella los miraba con asombro, como si de día en día cambiaran tanto que le fuera imposible reconocerlos.

—¡Cómo crecen! ¡Ya vayan entrando en orden! ¡No se dejen llevar por el rabo del demonio!

Los jóvenes se reían mostrando sus dientes parejos y blancos.

—Doro, ¿me dejas ver tu cuarto? —pedía Isabel.

La única habitación que ocupaba Dorotea tenía las paredes tapizadas de abanicos que habían pertenecido a su madre. Había también imágenes santas y un olor a pabilo y a cera quemada. A Isabel le asombraba aquel cuarto siempre recogido en la penumbra. Le gustaba contemplar los abanicos con sus paisajes menudos iluminados por la luna, las terrazas oscuras en las que parejas desvanecidas y minúsculas se besaban. Eran imágenes de un amor irreal, minucioso y pequeñísimo, encerrado en aquellas prendas guardadas en la oscuridad. Permanecía largo rato mirando esas escenas intrincadas e invariables a través de los años. Los demás cuartos eran muros negros por los que pasaban gatos furtivos y entraban las guías de los mantos azules.

—¡Nicolás, cuando yo sea muy vieja tendré un cuarto así!

—¡Cállate, muchacha, tú no estás hecha para quedarte sola...! Ya sabes que cuando te cases te llevas los abanicos que más te gusten.

Nicolás se ensombrecía, el pelo negro y los ojos se le enturbiaban.

—¿Te vas a casar, Isabel?

Apoyado en un pilar del corredor, Nicolás veía salir a Isabel del cuarto de Dorotea con el rostro transfigurado, perdida en un mundo desconocido para él. Lo traicionaba, lo dejaba solo, rompía el lazo que los unía desde niños. Y él sabía que tenían que ser los dos: huirían de Ixtepec; los esperaban los caminos con su aureola de polvo reluciente, el campo tendido para ganar la batalla... ¿Cuál? Los dos debían descubrirla para que no se les fuera por alguna grieta. Después se encontrarían con los héroes que los llamaban desde un mundo glorioso de clarines. Ellos, los Moncada, no morirían en su cama, en el sudor de unas sábanas húmedas, pegándose a la vida como sanguijuelas. El clamor de la calle los llamaba. El estruendo lejano de la Revolución estaba tan cerca de ellos que bastaba abrir la puerta de su casa para entrar en los días sobresaltados de unos años antes.

—Prefiero morir en mitad de la calle o en un pleito de cantina —dijo Nicolás con rencor.

—Siempre estás hablando de tu muerte, muchacho —respondió Dorotea.

Nicolás, ocupado en mirar a su hermana, no contestó. Era verdad que había cambiado; sus palabras no le hicieron ningún efecto. Isabel pensaba irse, pero no con él. «¿Cómo será su marido?», se preguntó asustado. Isabel pensaba lo mismo.

—Nico, ¿crees que en este momento ya nació?

—¡No seas estúpida! —exclamó. Su hermana lo irritaba.

—En este momento debe estar en algún lugar —respondió ella sin inmutarse. Y se fue a buscarlo a lugares desconocidos y encontró a una figura que la ensombreció y que pasó junto a ella sin mirarla.

—No, no creo que yo me case...

—No se imaginen cosas que no existen que no van a acabar bien —les recomendó la vieja cuando los jóvenes se disponían a irse.

—Doro, lo único que hay que imaginar es lo que no existe —le contestó Isabel desde el zaguán.

—¿Qué quieres decir con esa tontería?

—Que hay que imaginar a los ángeles —gritó la joven y besó a la vieja que se quedó pensativa en su puerta, mirando cómo se alejaban, en la calle empedrada, los tres últimos amigos que le quedaban en el mundo.

TRES

—NO SÉ QUÉ HACER CON USTEDES...

Don Martín Moncada interrumpió su lectura y miró perplejo a sus hijos. Sus palabras cayeron en el despacho a esa hora apacible y se perdieron sin eco por los rincones. Los jóvenes, inclinados sobre el tablero de un juego de damas, no se movieron. Hacía ya tiempo que su padre repetía la misma frase. Los círculos de luz repartidos en la habitación continuaron intactos. De cuando en cuando, el ruido leve de una dama corriendo en el tablero abría y cerraba una puerta minúscula por la que huía vencida. Doña Ana dejó caer su libro, subió con delicadeza la mecha del quinqué y exclamó en respuesta a las palabras de su marido:

—¡Es difícil tener hijos! Son otras personas...

En el tablero blanco y negro Nicolás movió una pieza, Isabel se inclinó a estudiar el juego y Juan chasqueó la lengua varias veces para conjurar un pleito entre los dos mayores. El reloj martilleaba los segundos desde su caja de caoba.

—Cuánto ruido haces en la noche —le dijo don Martín, mirándolo con severidad y amenazándolo con el dedo índice.

—Son las nueve —respondió Félix desde su rincón; obedeciendo a una vieja costumbre de la casa, se levantó de su escabel, se dirigió al reloj, abrió la puertecilla de vidrio y desprendió el péndulo.

El reloj quedó mudo. Félix colocó la pieza de bronce sobre el escritorio de su amo y volvió a ocupar su sitio.

—Ya por hoy no nos vas a corretear —comentó Martín mirando las manecillas inmóviles sobre la carátula de porcelana blanca.

Sin el tictac, la habitación y sus ocupantes entraron en un tiempo nuevo y melancólico donde los gestos y las voces se movían en el pasado. Doña Ana, su marido, los jóvenes y Félix se convirtieron en recuerdos de ellos mismos, sin futuro, perdidos en una luz amarilla e individual que los separaba de la realidad para volverlos solo personajes de la memoria. Así los veo ahora, cada uno inclinado sobre su círculo de luz, atareados en el olvido, fuera de ellos mismos y de la pesadumbre que por las noches caía sobre mí cuando las casas cerraban sus persianas.

—¡El porvenir! ¡El porvenir...! ¿Qué es el porvenir? —exclamó Martín Moncada con impaciencia.

Félix movió la cabeza, y su mujer y sus hijos guardaron silencio. Cuando pensaba en el porvenir una avalancha de días apretujados los unos contra los otros se le venía encima y se venía encima de su casa y de sus hijos. Para él los días no contaban de la misma manera que contaban para los demás. Nunca se decía: «el lunes haré tal cosa» porque entre ese lunes y él, había una multitud de recuerdos no vividos que lo separaba de la necesidad de hacer «tal cosa ese lunes». Luchaba entre varias memorias y la memoria de lo sucedido era la única irreal para él. De niño pasaba largas horas recordando lo que no había visto ni oído nunca. Lo sorprendía mucho más la presencia de una buganvilia en el patio de su casa que el oír que existían unos países cubiertos por la nieve. Él recordaba la nieve como una forma del silencio. Sentado al pie de la buganvilia se sentía poseído por un misterio blanco, tan cierto para sus ojos oscuros como el cielo de su casa.

—¿En qué piensa, Martín? —le preguntó su madre, sorprendida ante su actitud concentrada.

—Me acuerdo de la nieve —contestó él desde la memoria de sus cinco años. A medida que creció, su memoria reflejó sombras y colores del pasado no vivido que se confundieron con imágenes y actos del futuro, y Martín Moncada vivió siempre entre esas dos luces que en él se volvieron una sola. Esa mañana su madre se echó a reír sin consideración para aquellos recuerdos suyos que se abrían paso muy adentro de él mismo, mientras contemplaba incrédulo la violencia de la buganvilia. Había olores ignorados en Ixtepec que solo él percibía. Si las criadas encendían la lumbre en la cocina, el olor del ocote quemado abría en sus otros recuerdos, unas visiones de pinos y el olor de un viento frío y resinoso subía por su cuerpo hasta hacerse consciente en su memoria. Sorprendido miraba a su alrededor y se encontraba cerca del brasero caliente respirando un aire cargado de olores pantanosos que llegaban del jardín. Y la impresión extraña de no saber dónde se encontraba, de hallarse en un lugar hostil, le hacía desconocer las voces y las caras de sus nanas. La buganvilia que llameaba a través de la puerta abierta de la cocina le producía espanto y se ponía a llorar al sentirse extraviado en un paraje desconocido. «¡No llores, Martín, no llores!», le apuraban las criadas acercando a su rostro sus trenzas oscuras. Y él, más solo que nunca entre aquellas caras extrañas, lloraba con más desconsuelo. «¡Quién sabe qué tiene!», decían las criadas volviéndole la espalda. Y él poco a poco se reconocía en Martín, sentado en una silla de tule y esperando el desayuno en la cocina de su casa.

Después de la cena, cuando Félix detenía los relojes, corría con libertad a su memoria no vivida. El calendario también lo encarcelaba en un tiempo anecdótico y lo privaba del otro tiempo que vivía dentro de él. En ese tiempo un lunes era todos los lunes, las palabras se volvían mágicas, las gentes se desdoblaban en personajes incorpóreos y los paisajes se transmutaban en colores. Le gustaban los días festivos. La gente deambulaba por la plaza hechizada por el recuerdo olvidado de la fiesta; de ese olvido provenía la tristeza de esos días. «Algún día recordaremos, recordaremos», se decía con la seguridad de que el origen de la fiesta, como todos los gestos del hombre, existía intacto en el tiempo y que bastaba un esfuerzo, un querer ver, para leer en el tiempo la historia del tiempo.

—Hoy fui a ver al doctor Arrieta y le hablé de los muchachos —oyó decir a Félix.

—¿Al doctor? —preguntó Martín Moncada. ¿Qué sería de él sin Félix? Félix era su memoria de todos los días. «¿Qué vamos a hacer hoy?». «¿En qué página me quedé anoche?». «¿En qué fecha murió Justina?». Félix recordaba todo lo que él olvidaba y contestaba sin equivocarse a sus preguntas. Era su segundo yo y la única persona ante la cual no se sentía extraño ni le resultaba extraña. Sus padres habían sido personajes enigmáticos. Le parecía increíble, no que hubieran muerto, sino que hubieran nacido en una fecha tan cercana a la fecha de su propio nacimiento, y sin embargo más remota en su memoria que el nacimiento de Ciro o de Cleopatra. Era asombroso que no hubieran estado siempre en el mundo. De pequeño, cuando le leyeron la Historia Sagrada y lo enfrentaron a Moisés, a Isaac y al Mar Rojo, le pareció que solo sus padres eran comparables al misterio de los Profetas. A esa sensación de antigüedad debía el respeto que había sentido por ellos. De muy pequeño, cuando su padre lo sentaba en sus rodillas, lo inquietaba oír los latidos de su corazón, y el recuerdo de una tristeza infinita, la memoria tenaz de la fragilidad del hombre, aun antes de que le hubieran contado la muerte, lo dejaba transido de pena, sin habla.

—Di algo, no seas tontito —le pedían. Y él no encontraba la palabra desconocida que dijera su profunda desdicha. La compasión abolió al tiempo remoto que eran sus padres, lo volvió cuidadoso con sus semejantes y le quitó la última posibilidad de eficacia. Por eso estaba arruinado. Sus diversos trabajos apenas le daban lo suficiente para vivir.

—Le expliqué el estado de nuestras cuentas y estuvo muy de acuerdo en emplear a los muchachos en sus minas —concluyó Félix.

Los quinqués parpadearon y soltaron un humo negro. Había que renovarles el petróleo. Los jóvenes guardaron el tablero de damas.

—No te preocupes, papá, nosotros nos vamos a ir de Ixtepec —dijo Nicolás sonriente.

—Así se sabrá si son tigres con dientes o sin dientes, pues corderos hay muy pocos —respondió Félix desde su rincón.

—A mí me gustaría que Isabel se casara —intervino la madre.

—No me voy a casar —contestó la hija.

A Isabel le disgustaba que establecieran diferencias entre ella y sus hermanos. Le humillaba la idea de que el único futuro para las mujeres fuera el matrimonio. Hablar del matrimonio como de una solución la dejaba reducida a una mercancía a la que había que dar salida a cualquier precio.

—Si la niña se va y ellos se quedan, esta casa no será la misma casa. Es mejor que se vayan los tres, como dijo el niño Nicolás —aseguró Félix, pues a él le disgustaba la idea de que la niña Isabel se fuera con un desconocido.

Todavía oigo las palabras de Félix girar entre los muros del salón, rondando unos oídos que ya no existen y repitiéndose en el tiempo solo para mí.

—No sé, no sé qué voy a hacer con ustedes —repitió Martín Moncada.

—Estamos cansados —aclaró Félix y desapareció para volver al cabo de unos minutos con una bandeja en la que reposaban seis vasos y una jarra de agua de tamarindo. Los jóvenes bebieron de prisa su refresco. A esa hora el calor bajaba un poco y el perfume del huele de noche y de los jazmines inundaba de tibiezas la casa.

—Puede ser bueno para los muchachos —añadió Félix cuando recogió los vasos vacíos. Don Martín agradeció sus palabras con una mirada.

Más tarde en su cama lo asaltó una duda: ¿y si enviar a sus hijos a las minas significaba violentar su voluntad? «¡Dios dirá! ¡Dios dirá!», se repitió inquieto. No podía dormir: había presencias extrañas en torno a su casa, como si un maleficio lanzado contra él y su familia desde hacía muchos siglos hubiera empezado a tomar forma aquella noche. Quiso recordar el daño que rondaba a sus hijos y solo consiguió el terror que lo invadía cada Viernes Santo. Intentó rezar y se encontró solo e impotente para conjurar las tinieblas que lo amenazaban.

CUATRO

RECUERDO LA PARTIDA DE JUAN Y NICOLÁS PARA LAS MINAS DE TETELA. Un mes entero duraron los preparativos. Blandina, la costurera, llegó una mañana provista de sus lentes y su cesto de costura. Su cara morena y su cuerpo pequeño reflexionaron unos momentos antes de entrar en el cuarto de costura.

—No me gustan las paredes; necesito ver hojas para recordar el corte —aseguró con gravedad y se rehusó a entrar.

Félix y Rutilio sacaron la máquina Singer y la mesa de trabajo al corredor.

—¿Aquí está bien, doña Blandina?

La costurera se sentó con parsimonia ante la máquina, se ajustó los lentes, se inclinó e hizo como si trabajara; luego levantó la vista consternada.

—¡No, no, no! Vamos allá, frente a los tulipanes... ¡Estos helechos son muy intrigantes...!

Los criados colocaron la máquina de coser y la mesa frente a los macizos de tulipanes. Blandina movió la cabeza.

—¡Muy vistosos! ¡Muy vistosos! —dijo con disgusto.

Félix y Rutilio se impacientaron con la mujer.

—Si no les molesta prefiero estar frente a las magnolias —dijo con suavidad y avanzó con su trote menudo hacia los árboles, pero una vez frente a ellos exclamó desalentada:

—Son muy solemnes y me dejan triste.

La mañana pasó sin que Blandina encontrara el lugar apropiado para su trabajo. A mediodía se sentó a la mesa meditando con gravedad sobre su problema. Comió sin ver lo que le servían, abstraída e inmóvil como un ídolo. Félix le cambiaba los platos.

—¡No me mire así, don Félix! ¡Póngase en mi triste lugar, meter tijeras a telas caras, rodeada de paredes y de muebles ingratos...! ¡No me hallo!

Por la tarde Blandina «se halló» en un ángulo del corredor.

—Desde aquí solo veo el follaje; lo ajeno se pierde entre lo verde.

—Y sonriente empezó su trabajo.

Doña Ana vino a hacerle compañía y de las manos de Blandina empezaron a salir camisas, mosquiteros, pantalones, fundas, sábanas. Durante varias semanas cosió afanosa hasta las siete de la noche. La señora Moncada marcaba las prendas de ropa con las iniciales de sus hijos. De cuando en cuando la costurera levantaba la cabeza.

—¡Julia tiene la culpa de que los niños se vayan tan lejos y solos en medio de los peligros de los hombres y las tentaciones del demonio!

En aquellos días Julia determinaba el destino de todos nosotros y la culpábamos de la menor de nuestras desdichas. Ella parecía ignorarnos, escondida en su belleza.

Tetela estaba en la sierra a solo cuatro horas a caballo de Ixtepec y sin embargo la distancia en el tiempo era enorme. Tetela pertenecía al pasado, estaba abandonada. De ella solo quedaba el prestigio dorado de su nombre vibrando en la memoria como una sonaja y algunos palacios incendiados. Durante la Revolución los dueños de los minerales desaparecieron y los habitantes pobrísimos desertaron las bocas de las minas. Quedaron unas cuantas familias dedicadas a la alfarería. Los sábados muy temprano las veíamos llegar descalzas y desgarradas a vender sus jarros en el mercado de Ixtepec. El camino que cruzaba la sierra para llegar al mineral atravesaba «cuadrillas» de campesinos devorados por el hambre y las fiebres malignas. Casi todos ellos se habían unido a la rebelión zapatista y después de unos breves años de lucha habían vuelto diezmados e igualmente pobres a ocupar su lugar en el pasado.

A los mestizos, el campo les producía miedo. Era su obra, la imagen de su pillaje. Habían establecido la violencia y se sentían en una tierra hostil, rodeados de fantasmas. El orden de terror establecido por ellos los había empobrecido. De ahí provenía mi deterioro. «¡Ah, si pudiéramos exterminar a todos los indios! ¡Son la vergüenza de México!». Los indios callaban. Los mestizos, antes de salir de Ixtepec, se armaban de comida, medicinas, ropa y «¡Pistolas, buenas pistolas, indios cabrones!». Cuando se reunían se miraban desconfiados, se sentían sin país y sin cultura, sosteniéndose en unas formas artificiales, alimentadas solo por el dinero mal habido. Por su culpa mi tiempo estaba inmóvil.

—¡Ya saben, con los indios mano dura! —recomendó Tomás Segovia a los Moncada, en una de las reuniones que se hicieron para despedir a los jóvenes—. Segovia se había acostumbrado a la pedantería de su botica y repartía consejos con la misma voz que repartía los remedios: «Ya sabe, un papelito cada dos horas».

—¡Son tan traidores! —suspiró doña Elvira, la viuda de don Justino Montúfar.

—Todos los indios tienen la misma cara, por eso son peligrosos —agregó sonriente Tomás Segovia.

—Antes era más fácil lidiar con ellos. Nos tenían más respeto. ¡Qué diría mi pobre padre, que en paz descanse, si viera a esta indiada sublevada, él que fue siempre tan digno! —replicó doña Elvira.

—Necesitan cuerda. Ustedes no se vayan despacio. Tengan siempre la pistola en orden —insistió Segovia.

Félix, sentado en su escabel, los escuchaba impávido.

«Para nosotros, los indios, es el tiempo infinito de callar», y guardó sus palabras. Nicolás lo miró y se movió inquieto en su silla. Le avergonzaban las palabras de los amigos de su casa.

—¡No hablen así! ¡Todos somos medio indios!

—¡Yo no tengo nada de india! —exclamó sofocada la viuda.

La violencia que sopla sobre mis piedras y mis gentes se agazapó debajo de las sillas y el aire se volvió viscoso. Las visitas sonrieron, hipócritas. Conchita, la hija de Elvira Montúfar, contempló a Nicolás con admiración. «¡Qué dicha ser hombre y poder decir lo que se piensa!», se dijo con melancolía. Nunca tomaba parte en la plática; sentada con recato, oía caer palabras y las aguantaba estoicamente como quien aguanta un aguacero. La conversación se volvió difícil.

—¿Saben que Julia se encargó una diadema? —preguntó Tomás y sonrió para disimular la ira provocada por las palabras de Nicolás Moncada.

—¿Una diadema? —exclamó sorprendida la viuda.

El nombre de Julia disipó el tema escabroso de los indios y la conversación se animó. Félix no había detenido los relojes y sus manecillas tomaban al vuelo las palabras que salían de los labios de doña Elvira y de Tomás Segovia y las transformaban en un ejército de arañas que tejía y destejía sílabas inútiles. Ellos, ajenos a su propio ruido, se arrebataban excitados el nombre de Julia, la querida de Ixtepec.

Lejanas llegaron las campanadas de la torre de la iglesia. El reloj del salón de los Moncada repitió el gesto en voz más baja y las visitas huyeron con la velocidad de los insectos.

Tomás Segovia acompañó a doña Elvira y a Conchita a través de mis calles oscuras. La viuda aprovechó las sombras para hablar del tema favorito del boticario: la poesía.

—Y dígame, Tomás, ¿qué dice la poesía?

—Olvidada por todos, doña Elvira; solo yo, de cuando en cuando, le dedico algunas horas. Este es un país de analfabetos —contestó el hombre con amargura.

«¿Qué se creerá este?», pensó enojada la señora, y guardó silencio.

Al llegar a la casa de las Montúfar, Segovia esperó galantemente a que las mujeres echaran los cerrojos y las trancas del portón; y luego, remontó la calle solitario. Pensaba en Isabel y en su perfil de muchacho. «Es de natural esquivo», se dijo para consolarse de la indiferencia de la joven y sin querer rimó «esquivo» con «altivo» y de pronto, en medio de la soledad nocturna de la calle, su vida se le apareció como un enorme almacén de adjetivos. Sorprendido, apretó el paso; sus pies también marcaban sílabas. «Estoy escribiendo demasiado», se dijo perplejo, y al llegar a su casa escribió los dos primeros versos de la primera cuarteta de un soneto.

—¡Te deberías fijar un poco más en Segovia y no mirar como tonta a Nicolás! —exclamó Elvira Montúfar, sentada frente al espejo.

Conchita no contestó; sabía que su madre hablaba por hablar. El silencio le daba miedo, le recordaba el malestar de los años pasados junto a su marido. En ese tiempo oscuro la viuda se había olvidado hasta de su propia imagen. «¡Qué curioso, no sé qué cara tenía de casada!», les confiaba a sus amigas. «¡Niña, ya no te contemples más en el espejo!», le ordenaban los mayores cuando era pequeña; pero no podía impedirlo: su propia imagen era la manera de reconocer al mundo. Por ella sabía los duelos y las fiestas, los amores y las fechas. Frente al espejo aprendió las palabras y las risas. Cuando se casó, Justino acaparó las palabras y los espejos y ella atravesó unos años silenciosos y borrados en los que se movía como una ciega, sin entender lo que sucedía a su alrededor. La única memoria que tenía de esos años era que no tenía ninguna. No había sido ella la que atravesó ese tiempo de temor y silencio. Ahora, aunque le recomendaba el matrimonio a su hija, estaba contenta al ver que Conchita no le hacía ningún caso. «No todas las mujeres pueden gozar de la decencia de quedarse viudas», se decía en secreto.

—Te advierto que si no te espabilas te quedas solterona.

Conchita oyó el reproche de su madre y silenciosamente colocó debajo de la cama de doña Elvira la bandeja con agua para ahuyentar al espíritu del «Malo»; luego puso la Magnífica y el rosario entre las fundas de las almohadas. Desde niña, Elvira tomaba precauciones antes de irse a la cama: le daba miedo su cara dormida. «No sé cómo soy con los ojos cerrados», y hundía la cabeza debajo de las sábanas para evitar que alguien viera su cara desconocida. Se sentía indefensa en su rostro dormido.

—¡Qué fastidio vivir en un país de indios! Se aprovechan del sueño para hacerle a una el daño —dijo avergonzada al ver que su hija, a esas horas de la noche, se ocupaba en tales menesteres en lugar de irse a la cama. Se cepilló los cabellos con energía y se miró asombrada en el espejo.

—¡Dios mío! ¿Esa soy yo...? ¿Esa vieja dentro del espejo...? ¿Y así me ve la gente...? ¡No volveré a salir a la calle, no quiero inspirar lástima!

—No digas eso, mamá.

—A Dios gracias, tu pobre padre murió. Imagínate su sorpresa si me viera ahora... ¿Y tú, qué esperas para casarte? Segovia es el mejor partido de Ixtepec. ¡Claro que es un pobre hombre! ¡Qué castigo oírlo toda la vida...! Pero ¿esa soy yo? —volvió a repetir fascinada ante su cara que gesticulaba en el espejo.

Conchita aprovechó el estupor de su madre para irse a su cuarto. Quería estar sola para pensar con libertad en Nicolás. En la frescura de su habitación podía dibujar la cara del joven, recuperar su risa. ¡Lástima que ella no se atreviera a decir nunca una palabra! En cambio, su madre hablaba demasiado, rompía el hechizo. ¡Tomás Segovia de marido! ¿Cómo se atrevía a decir semejante locura? Cuando

Segovia hablaba, a Conchita se le llenaban los oídos de engrudo. Vio los cabellos de Tomás y se sintió tocada por la grasa. «Si mañana mi mamá le nombra, haré un berrinche». Sus berrinches asustaban a doña Elvira.

Sonrió con malicia y acomodó la cabeza con beneplácito. Debajo de la almohada guardaba la risa de Nicolás.

—¡Ya tengo ganas de que se vayan a Tetela! —gritó coléricamente Isabel cuando las visitas cruzaron el portón de su casa. Pero apenas sus hermanos se fueron de Ixtepec, se arrepintió de sus palabras: la casa sin ellos se convirtió en un cascarón deshabitado; la desconocía y desconocía las voces de sus padres y los criados. Se desprendía de ellos, retrocedía para convertirse en un punto perdido en el espacio y se llenó de miedo. Había dos Isabeles, una que deambulaba por los patios y las habitaciones y la otra que vivía en una esfera lejana, fija en el espacio. Supersticiosa tocaba los objetos para comunicarse con el mundo aparente y cogía un libro o un salero como punto de apoyo para no caer en el vacío. Así establecía un fluido mágico entre la Isabel real y la Isabel irreal y se sentía consolada. «¡Reza, ten virtud!», le decían, y ella repetía las fórmulas mágicas de las oraciones hasta dividirlas en palabras sin sentido. Entre el poder de la oración y las palabras que la contenían existía la misma distancia que entre las dos Isabeles: no lograba integrar las avemarías ni a ella misma. Y la Isabel suspendida podía desprenderse en cualquier instante, cruzar los espacios como un aerolito y caer en un tiempo desconocido. Su madre no sabía cómo abordarla. «Es mi hija Isabel», se repetía, incrédula frente a la figura alta e interrogante de la joven.

—Hay veces en que el papel nos hace gestos...

Su hija la miró sorprendida y ella se ruborizó. Quería decir que en la noche había pensado una carta que abolía la distancia que la separaba de la joven y que en la mañana, frente a la insolente blancura del papel, las frases nocturnas se desvanecieron como se desvanece la bruma del jardín, dejándole solo unas palabras inútiles.

—¡Y anoche era yo tan inteligente! —suspiró.

—En la noche todos somos inteligentes y en la mañana nos encontramos tontos —dijo Martín Moncada mirando las manecillas quietas del reloj.

Su mujer volvió a hundirse en la lectura. Martín la oyó dar vuelta a la página de su libro y la miró como la veía siempre: como a un ser extraño y encantador que compartía la vida con él pero que guardaba celoso un secreto intrasmisible. Le agradeció su presencia. Nunca sabría con quién había vivido, pero no necesitaba saberlo; le bastaba saber que había vivido con alguien. Miró después a Isabel, hundida en un sillón, con la mirada fija en la llama del quinqué; tampoco sabía quién era su hija. Ana acostumbraba decir: «los hijos son otras personas», asombrada de que sus hijos no fueran ella misma. Le llegó certera la angustia de Isabel. Félix y su mujer, obstinados y quietos junto a sus quinqués, parecían desconocer el peligro: Isabel podía convertirse en una estrella fugaz, huir y caer en el espacio sin dejar huellas visibles de ella misma, en este mundo donde solo la grosería de los objetos toma forma. «Un aerolito es la voluntad furiosa de la huida» se dijo, y recordó la extrañeza de esas moles apagadas, ardidas en su propia cólera y condenadas a una prisión más sombría de la que habían huido. «La voluntad de separarse del Todo es el infierno».

Isabel se levantó de su sillón, lo encontraba agresivo; a ella no solo el papel, la casa entera le hacía gestos. Dio las buenas noches y salió de la habitación. «Hace ya siete meses que se fueron». Olvidaba que sus hermanos venían a veces a Ixtepec, pasaban unos días con ella y luego regresaban a las minas de Tetela. «Mañana le pediré a mi padre que los traiga» y se echó la sábana encima de la cabeza para no ver la oscuridad caliente y las sombras que se integraban y se desintegraban en millares de puntos oscuros, haciendo un ruido ensordecedor.

Nicolás también languidecía lejos de su hermana. En sus viajes de regreso a Ixtepec, al cruzar la sierra seca y árida, las piedras crecían bajo los cascos de su caballo y las montañas enormes le cerraban el paso. Cabalgaba callado. Sentía que solo la voluntad lograría abrirle un camino en aquel laberinto de piedra. Sin la ayuda de su imaginación nunca llegaría a su casa, y quedaría aprisionado en las murallas de piedra que le hacían signos maléficos. Juan cabalgaba a su lado, contento de volver a la luz de su cuarto, a la tibieza de los ojos de su padre y a la mano ascética de Félix.

—Es bueno volver a la casa...

—Cualquier día no vuelvo más —prometió Nicolás con rencor. No quería confesarse que en sus vueltas al pueblo temía encontrarse con la noticia del matrimonio de su hermana, y que ese temor inadmisible lo atormentaba. Y pensaba que su padre los había enviado a las minas, no por su creciente pobreza, sino para obligar a su hermana a aceptar un marido.

—Isabel es traidora y mi padre es infame...

—¿Te acuerdas de cuando me ahogaban en la poza? Sentía como ahora, con esta noche tan oscura encima de mí —contestó Juan asustado con las palabras de su hermano.

Nicolás sonrió; entre él y su hermana echaban a Juan a una poza de agua profunda y luego luchaban para salvarlo. Lo rescataban a riesgo de sus propias vidas y volvían al pueblo con el «ahogado» a cuestas, mirando a las gentes desde la profundidad de su secreto heroísmo. Eso pasaba cuando los tres compartían la sorpresa infinita de encontrarse en el mundo. En aquel tiempo hasta el dedal de su madre brillaba con una luz diferente mientras iba y venía construyendo abejas y margaritas. Algunos de esos días habían quedado aparte, señalados para siempre en la memoria, colgados de un aire especial. Luego el mundo se volvió opaco, perdió sus olores penetrantes, la luz se suavizó, los días se hicieron iguales y las gentes adquirieron estaturas enanas. Quedaban todavía lugares intocados por el tiempo como la carbonera con su luz negra. Años atrás, sentados en montones de carbón, oían estremecidos las balaceras de los zapatistas en sus entradas al pueblo. Allí los encerraba Félix mientras duraba la invasión de los guerreros. ¿A dónde se iban los zapatistas cuando dejaban Ixtepec? Se iban a lo verde, al agua, a comer elotes y a reírse a carcajadas después de jugar unas horas con los vecinos. Ahora nadie venía a alegrar los días. El tiempo era la sombra de Francisco Rosas. No quedaban sino «colgados» en todo el país. Las gentes trataban de acomodar sus vidas a los caprichos del general. Isabel también buscaba acomodarse, encontrar un marido y un sillón donde mecer su tedio.

Muy tarde en la noche entraron en Ixtepec. Isabel los ayudó a desmontar. En el comedor estaban sus padres esperándolos. Félix les sirvió una cena casera que los hizo olvidar las tortillas azules y el queso añejo de Tetela. Inclinados sobre la mesa, los tres hermanos se miraron reconociéndose. Nicolás hablaba solo para Isabel. Don Martín los oía desde lejos.

—Si no quieren no vuelvan a la mina —dijo el padre en voz baja.

—¡Martín, estás en las nubes! Sabes que necesitamos ese dinero —contestó sobresaltada su mujer.

El señor guardó silencio. «Martín, estás en las nubes» era una frase que le repetían cada vez que cometía un error. ¿Pero acaso violentar la voluntad de sus hijos no era un error más grave que el perder un poco de dinero? No entendía la opacidad de un mundo en cuyo cielo el único sol es el dinero. «Tengo vocación de pobre», decía como excusa para su ruina progresiva. Los días del hombre le parecían de una brevedad insoportable para dedicarlos al esfuerzo del dinero. Se sentía asfixiado por los «cuerpos opacos», como llamaba al círculo que formaba la sociedad de Ixtepec: se desintegraban en intereses sin importancia, olvidaban su condición de mortales, su error provenía del miedo. Él sabía que el porvenir era un retroceder veloz hacia la muerte y la muerte el estado perfecto, el momento precioso en que el hombre recupera plenamente su otra memoria. Por eso olvidaba la memoria de «el lunes haré tal cosa» y miraba a los eficaces con asombro. Pero «los inmortales» parecían satisfechos en su error y a veces pensaba que solo él retrocedía a aquel encuentro asombroso. La noche se deslizaba sin cesar por la puerta abierta al jardín. En la habitación se instalaron insectos y perfumes oscuros. Un misterioso río fluía implacable y comunicaba el comedor de los Moncada con el corazón de las estrellas más remotas. Félix retiró los platos y dobló el mantel. El absurdo de comer y conversar cayó sobre los habitantes de la casa y los dejó inmóviles frente a un presente indecible.

—¡Yo no quepo en este cuerpo! —exclamó Nicolás vencido, y se tapó la cara con las manos como si fuera a llorar.

—Estamos cansados —dijo Félix desde su escabel. Durante unos segundos la casa entera viajó por los cielos, se integró en la Vía Láctea y luego cayó sin ruido en el mismo punto en el que se encuentra ahora. Isabel recibió el choque de la caída, saltó de su asiento, miró a sus hermanos y se sintió segura; recordó que estaba en Ixtepec y que un gesto inesperado podía reintegrarnos al orden perdido.

—Hoy volaron el tren. Tal vez lleguen...

Los demás la miraron sonámbulos y las mariposas nocturnas continuaron su vuelo polvoriento alrededor de los quinqués.

CINCO

Esperábamos los periódicos con las noticias de la ciudad como si de
ellas pudiera surgir el milagro que rompiera el hechizo quieto en el
que habíamos caído. Pero solo veíamos las fotografías de los ajusti-
ciados. Era el tiempo de los fusilamientos. Entonces creíamos que
nada iba a salvarnos. Los paredones, los tiros de gracia, las reatas de
colgar surgían en todo el país. Esta multiplicación de horrores nos
dejaba reducidos al polvo y al calor hasta las seis de la tarde del día
siguiente. A veces el tren no llegaba en varios días y corría la voz
«¡Ahora sí ya vienen!». Pero al otro día el tren llegaba con sus noticias y la noche caía irremediable sobre mí.

Desde su cama doña Ana oyó los rumores de la noche y se
sintió asfixiada por el tiempo quieto que vigilaba las puertas y
las ventanas de su casa. La voz de su hijo le llegó: «Yo no quepo
en este cuerpo». Recordó la turbulencia de su propia infancia en
el Norte. Su casa de puertas de caoba que se abrían y cerraban
para dar paso a sus hermanos; sus nombres sonoros y salvajes
que se repetían en las habitaciones altas, donde en invierno flotaba un olor a madera quemada. Vio la nieve acumularse en el
alféizar y oyó la música de las polkas en el vestíbulo donde cir-
culaba un aire frío.

Los gatos monteses bajaban de la sierra y los criados salían a cazarlos, en medio de risas y tragos de «sotol». En la cocina asaban carnes y repartían piñones y el ruido de las voces inundaba la casa de palabras estridentes. La premonición de una alegría desbarataba uno a uno los días petrificados. La Revolución estalló una mañana y las puertas del tiempo se abrieron para nosotros. En ese instante de esplendor sus hermanos se fueron a la Sierra de Chihuahua y más tarde entraron ruidosos en su casa, con botas y sombreros militares. Venían seguidos de oficiales y en la calle los soldados cantaban *La Adelita*.

> *Que si Adelita se fuera con otro*
> *la seguiría por tierra y por mar,*
> *si por mar en un buque de guerra*
> *si por tierra en un tren militar...*

Antes de cumplir los veinticinco años sus hermanos se fueron muriendo uno después de otro, en Chihuahua, en Torreón, en Zacatecas; y a Francisca, su madre, solo le quedaron sus retratos y ella y sus hermanas enlutadas. Después, las batallas ganadas por la Revolución se deshicieron entre las manos traidoras de Carranza y vinieron los asesinos a disputarse las ganancias, jugando al dominó en los burdeles abiertos por ellos. Un silencio sombrío se extendió del Norte al Sur y el tiempo se volvió otra vez de piedra. «¡Ah, si pudiéramos cantar otra vez *La Adelita*!», se dijo la señora, y le dio gusto que hubieran volado el tren de México. «Esas cosas dan ganas de vivir». Quizá aún podía suceder el milagro que cambiara la suerte de sangre que pesaba sobre nosotros.

Por la tarde el tren anunció su llegada con un largo silbido de triunfo. Han pasado muchos años, de los Moncada ya no queda nadie, solo quedo yo como testigo de su derrota para escuchar todos los días a las seis de la tarde la llegada del tren de México.

—¡Si tuviéramos siquiera un buen temblor de tierra! —exclamó doña Ana clavando con ira su aguja en el bordado. Ella, como todos nosotros, padecía una nostalgia de catástrofes. Su hija oyó el silbido del tren y guardó silencio. La señora se dirigió al balcón a espiar detrás de los visillos el paso del general Francisco Rosas, que a esa hora atravesaba el pueblo para ir a emborracharse a la cantina de Pando.

—¡Qué joven es! ¡No debe llegar a los treinta años!

—¡Y ya tan desgraciado! —agregó compasiva al ver pasar al general, alto, derecho y sin mirar a nadie.

Un olor a frescura salía de la cantina. Sonaba el cubilete, los dados corrían sobre la mesa y las monedas pasaban de una mano a la otra. El general, buen jugador y protegido de la suerte, ganaba. A medida que ganaba perdía la compostura y bebía con desesperación. Borracho se volvía peligroso. Sus ayudantes hacían lo posible por ganarle la partida y cuando veían que ganaba sin cesar se miraban inquietos.

—¡A ver usted, mi teniente coronel, échese una partidita con el general!

El teniente coronel Cruz se prestaba sonriente a ganarle al general Francisco Rosas. Era el único que lograba batirlo con facilidad. El coronel Justo Corona, de pie detrás de su jefe, observaba el juego con ojo avizor. Pando, el cantinero, seguía los movimientos de los militares; sabía por las expresiones de las caras cuándo el ambiente se ponía peligroso.

—¡Váyanse yendo que el general está ganando!

Y con disimulo los demás clientes de la cantina desaparecían poco a poco. «Si gana es que Julia no lo quiere; por eso se pone tan embravecido», decíamos con regocijo, y ya en la calle lanzábamos gritos que entraban en la cantina y provocaban la ira de los militares.

Tarde ya, los cascos del caballo de Francisco Rosas rompían la noche. Lo oíamos correr las calles, caminar el pueblo oscuro, perdido en sus pesares. «¿Qué buscará a estas horas de la noche?». «Se anda dando valor antes de llegar a verla». A caballo también entraba en el Hotel Jardín y llegaba hasta el cuarto de Julia, su querida.

SEIS

UNA TARDE, UN FORASTERO CON TRAJE DE CASIMIR OSCURO, GORRA DE viaje y un pequeño maletín al brazo, bajó del tren. Parado en el andén de ladrillos rotos parecía dudar de su destino. Miraba a todas partes como preguntándose: ¿qué es esto? Estuvo así unos instantes, viendo cómo descargaban los fardos de ayate de los vagones. Era el único viajero. Los cargadores y don Justo, el jefe de estación, lo miraron con asombro. El joven pareció darse cuenta de la curiosidad que despertaba y atravesó con paso desganado el trozo de andén que lo separaba de la calle de tierra, la cruzó y siguió en línea recta hasta llegar al río, casi seco. Lo vadeó a pie y se dirigió a la entrada de Ixtepec. Desde allí, como si conociera el camino más corto, entró en el pueblo ante los ojos admirados de don Justo. Parecía que iba sonriendo consigo mismo. Pasó frente a la casa de los Catalán y don Pedro, llamado por mal nombre *la Alcancía* a causa del agujero que una bala le dejó en una de las mejillas, lo vio pasar, mientras descargaba latas de manteca en la puerta de su almacén. Toñita, su mujer, era curiosa y salió a la puerta.

—¿Y este? —preguntó sin esperanzas de respuesta.

—Parece un inspector... —dijo su marido lleno de sospechas.

—¡No es inspector! ¡Es otra cosa, algo que no hemos visto por aquí! —contestó Toñita con seguridad.

El forastero siguió su camino. Sus ojos se posaban con suavidad en los tejados y en los árboles. Parecía ignorar la curiosidad que levantaba su paso. Dio vuelta en la esquina de Melchor Ocampo. Detrás de las mamparas, las señoritas Martínez comentaron con gritos su aparición; don Ramón, su padre, tenía grandes planes: sustituir los coches de caballos que estaban bajo los tamarindos de la plaza, desde hacía cincuenta años, por coches de motor, instalar una planta eléctrica y asfaltar las calles. Todo esto lo platicaba con sus hijas, sentado en una silla de tule, mientras doña María, su mujer, preparaba cocaditas con piñones, dulces de yema y pabellones, para venderlos a los comerciantes del mercado.

Al oír las exclamaciones de sus hijas, el señor Martínez se acercó al balcón. Solo alcanzó a ver las espaldas del desconocido.

—¡Hombre moderno, de acción! —exclamó entusiasmado. Y en su interior hizo cálculos para contar con su influencia en las mejoras que tenía proyectadas. «¡Era una lástima que el Comandante Militar, como él llamaba al general, fuera tan retrógrado!».

No cabía duda, se trataba de un extranjero. Ni yo ni el más viejo de Ixtepec recordábamos haberlo visto antes. Y sin embargo parecía conocer muy bien el trazo de mis calles, pues sin titubear llegó hasta las puertas del Hotel Jardín. Don Pepe Ocampo, el dueño, le enseñó una amplia habitación con piso de ladrillo, plantas de sombra, cama matrimonial de hierro blanco y mosquitero. El extranjero se mostró contento. Don Pepe fue siempre platicador y obsequioso y la presencia de un nuevo huésped lo entusiasmó.

—¡Hace ya tanto tiempo que nadie pasa por aquí! Es decir nadie que venga de tan lejos. La indiada no cuenta; duerme en los portales o en el atrio. Antes llegaban agentes viajeros, con sus maletas llenas de novedades. ¿De casualidad el señor es uno de ellos?

El forastero negó con la cabeza.

—¡Usted ve señor a lo que he quedado reducido con esta situación política! Ixtepec fue un lugar muy visitado, el comercio fue muy importante, y el hotel estaba siempre lleno. ¡Había que haberlo visto, con sus mesitas en el corredor, y la gente comiendo y hablando hasta muy tarde...! ¡Valía la pena vivir aquel tiempo! Ahora no tengo a casi nadie. Bueno, a excepción del general Rosas, el coronel Corona, algunos militares de menor categoría... y sus queridas...

Dijo esta última palabra en voz muy baja y acercándose al extranjero que lo escuchaba sonriente. El joven sacó dos cigarrillos y ofreció uno al patrón. Según se supo mucho después, don Pepe notó que los había extraído del aire. Simplemente había extendido el brazo y los cigarrillos ya encendidos aparecieron. Pero en ese momento don Pepe no estaba en condiciones de sorprenderse de nada y el hecho le pareció natural. Miraba a los ojos de su cliente, hondos, con ríos y con ovejas que balaban tristes adentro de ellos. Fumaron apaciblemente y salieron al corredor cubierto de helechos húmedos. Allí oyeron el murmullo de los grillos.

La hermosa Julia, la querida del general, envuelta en una bata de fulgurante rosa, con el pelo suelto y los zarcillos de oro enredados en los cabellos, dormitaba en su hamaca, cerca de ellos. Como si sintiera la presencia extraña, abrió los ojos y miró soñolienta y curiosa al extranjero. No pareció sobresaltarse, aunque ella era capaz de disimular más de un sobresalto. Desde la tarde que la vi desembarcar del tren militar me pareció mujer de peligro. Nunca había andado nadie como ella en Ixtepec. Sus costumbres, su manera de hablar, de caminar y mirar a los hombres, todo era distinto en Julia. Todavía la veo paseándose por el andén, olfateando el aire como si todo le pareciera poco. Si alguien la veía una vez, era difícil que la olvidara, de modo que no sé si el extranjero ya la conocía; el hecho es que no pareció sorprenderse del encuentro ni de su belleza. Se acercó a ella y platicó largo rato, inclinado sobre la hermosa. Don Pepe no pudo recordar nunca lo que había oído. Julia, tendida en la hamaca, con su bata entreabierta y el cabello revuelto, escuchó al forastero.

Ni ella ni don Pepe parecían darse cuenta del peligro que corrían. El general podía llegar y sorprender aquella charla, él siempre tan celoso ante la sola idea de que un hombre pudiera hablar con su querida, mirar sus dientes y la punta rosada de su lengua cuando sonreía. Por eso, cuando llegaba el general, don Pepe se precipitaba a su encuentro para decirle que la señorita Julia no había hablado con nadie. Por la noche Julia se vestía con un traje de seda rosa cubierto de chaquiras blancas, se adornaba con collares y pulseras de oro y el general, apesadumbrado, la sacaba a dar una vuelta a la plaza. Parecía una alta flor iluminando la noche y era imposible no mirarla. Los hombres sentados en las bancas o paseándose en grupos la veían con miradas nostálgicas. Más de una vez el general dio de fuetazos a los atrevidos y más de una vez abofeteó a Julia cuando devolvía la mirada. Pero la mujer parecía no temerle y permanecía indiferente ante su ira. Decían que se la había robado muy lejos, ninguno sabía precisar dónde, y decían también que eran muchos los hombres que la habían amado.

La vida en el Hotel Jardín era apasionada y secreta. Las gentes husmeaban por los balcones tratando de ver algo de aquellos amores y de aquellas mujeres, todas hermosas y extravagantes y todas queridas de los militares.

Desde la calle se oían las risas de Rosa y Rafaela, las hermanas gemelas, queridas las dos del teniente coronel Cruz. Eran norteñas y volubles y cuando se enojaban tiraban sus zapatos a la calle. Si estaban contentas se ponían tulipanes rojos en el pelo, se vestían de verde y se paseaban provocando miradas. Las dos eran altas y fuertes y en las tardes, sentadas en su balcón, comían fruta y regalaban sonrisas a los transeúntes. Siempre tenían las persianas levantadas y ofrecían generosas su intimidad a la calle. Allí estaban las dos, tendidas en la misma cama de colcha de puntilla blanca, mostrando sus piernas bien torneadas, y en medio de ellas el teniente coronel Cruz acariciándoles los muslos al mismo tiempo que sonreía con ojos turbios. Cruz era de buen natural y a las dos consentía por igual.

—¡La vida es la mujer y el placer! ¡Cómo quieren que las prive de lo que me piden si ellas no me privan de nada...!

Y se reía abriendo mucho la boca y mostrando sus dientes blancos de caníbal joven. Por mucho tiempo fueron el asombro de Ixtepec los caballos grises con una estrella blanca en la frente que les regaló a las hermanas. El teniente coronel había recorrido todo Sonora para encontrarlos tan iguales.

—¡Lo único que se debe cumplir son los caprichos! Un capricho contrariado mata. ¡Así me los pidieron mis niñas y así se los di!

Antonia era una costeña rubia y melancólica; le gustaba llorar. Su amante el coronel Justo Corona le llevaba regalos y serenatas, pero nada la consolaba y decían que en la noche padecía terrores. Era la más joven de todas y nunca salía sola a la calle. «¡Es una niña!» exclamaban las señoras de Ixtepec, escandalizadas cuando los jueves y domingos Antonia llegaba a la serenata, pálida y asustada del brazo del coronel Corona.

Luisa pertenecía al capitán Flores y por su mal genio era temida por su amante y por los demás huéspedes del hotel. Era mucho mayor que el capitán, pequeña de estatura, de ojos azules y pelo oscuro; andaba escotada y con los pechos sueltos. Por las noches Julia la oía pelear con Flores y después salir al corredor y arrastrar sus tacones de arriba abajo.

—¡Ya anda esa gata en celo, no sé qué le ve Flores! —comentaba el general disgustado. Su instinto le decía la enemistad que Luisa sentía por Julia y la querida de su asistente se le volvía antipática.

—¡Has arruinado mi vida, canalla! —los gritos de Luisa atravesaban los muros del hotel.

—¡Válgame Dios, ser la vida tan corta y gastarla así! —comentaba Cruz.

—Siempre está celosa —contestaban las gemelas desperezándose en la cama.

Antonia temblaba. Justo Corona bebía un trago de *cognac*.

—¿Y tú qué dices? ¿También yo arruiné tu vida?

Antonia silenciosa se hundía en el rincón más profundo de la cama. Francisco Rosas fumaba mientras duraban los gritos. Echado boca arriba espiaba a Julia, tendida junto a él e impávida. ¿Y si alguna vez ella le hiciera un reproche? Pensó que se sentiría aliviado. Le acongojaba verla siempre tan perezosa, tan indiferente. Era igual que él llegara o que no llegara en muchos días: el rostro, la voz de Julia no cambiaban. Bebía para darse valor frente a ella. A medianoche, conforme se iba acercando al hotel, un temblor siempre nuevo se apoderaba de él. Con los ojos empañados, a caballo, llegaba hasta su habitación.

—Julia, ¿te vienes conmigo?

Su voz cambiaba delante de la mujer. Le hablaba en voz muy baja pues su presencia le ahogaba las fuerzas en la garganta. La miraba a los ojos, quería saber qué era lo que ella tenía detrás de los párpados, más allá de ella misma. Su querida se escondía de su mirada, ladeaba la cabeza sonriente, se miraba los hombros desnudos y se recogía en un mundo lejano, sin ruido, como los fantasmas.

—¡Vente, Julia! —suplicaba vencido el general, y ella, a medio vestir y siempre risueña, montaba en el mismo caballo de su amante. Salían al galope por mis calles para irse de lunada hasta Las Cañas, el lugar del agua. De lejos, a caballo también, los seguían los asistentes. Ixtepec la oía reír a medianoche, pero no tenía el derecho de mirarla así, corriendo a la luz de la luna, llevada por su amante taciturno.

En el hotel las otras esperaban la vuelta de los hombres. Luisa en camisón, en una mano un quinqué y en la otra un cigarrillo, salía al corredor a golpear las puertas de los cuartos vecinos.

—¡Ábreme, Rafaela!

—¡Déjate de cosas y vete a dormir! —le contestaban las gemelas.

—Vinieron por Julia y no van a volver hasta que raye el día —suplicaba Luisa pegando los labios a la rendija de la puerta.

—Y a ti qué te importa. Duérmete...

—No sé qué me pasa; tengo el estómago frío.

—Pues vete a buscar a Antonia, es mochuelo como tú —contestaban las hermanas con la voz llena de sueño.

Antonia desde el cuarto contiguo escuchaba el diálogo y se hacía la dormida. Oía cómo Rafaela, al final, encendía el quinqué, y ella se escondía debajo de las sábanas calientes, con los ojos muy abiertos, perdida en aquella oscuridad extraña. «A estas horas ¿qué estará haciendo mi papá? De seguro todavía me anda buscando...». Hacía ya cinco meses que el coronel Corona se la había robado allá en la costa.

Luisa llamó a su puerta. Antonia se tapó la boca con la mano para sofocar el grito.

—¡Vente con las muchachas! ¿Qué estás haciendo ahí tan sola?

Ella no respondió. Así llamaron a la puerta de su casa aquella noche: «Anda, Antonia, ve a ver quién llama a estas horas», dijo su padre. Ella abrió la puerta y vio unos ojos fulgurantes que le echaron una cobija a la cabeza, la envolvieron, la levantaron en vilo y la arrancaron de su casa. Eran muchos hombres. Ella oía las voces. «¡Pásamela rápido!». Unos brazos la entregaron a otros, la subieron a un caballo. A través de la manta sintió el calor del cuerpo del animal y del cuerpo del hombre que la llevaba. Partieron a toda carrera. Se iba ahogando debajo de la cobija como ahora que Luisa la llamaba y que ella se cubría la cabeza con las sábanas sin saber por qué. El miedo la había paralizado. No se atrevía a hacer ningún movimiento que le procurara aire.

El hombre detuvo la montura.

—No podemos llevarla cubierta toda la noche, se nos va a ahogar.

—Pues así dijo mi coronel que se la entregáramos —le contestaron.

—Cuando vayamos llegando la volvemos a cubrir —contestó la voz que la llevaba. Y sin apearse le aflojó la manta y le descubrió la cara.

Antonia se encontró con unos ojos jóvenes que la miraron con curiosidad.

—¡Es güerita! —exclamó el hombre asombrado y los ojos cambiaron la curiosidad por la nostalgia.

—¡A poco! ¡Pues claro que sí! Si su papá es el gachupín Paredes —le respondieron. El capitán Damián Álvarez la apretó contra sí.

—No tenga tanto miedo, no le va a pasar nada. La vamos a entregar al coronel Justo Corona.

Antonia se echó a temblar de nuevo. El hombre la estrechó cada vez más profundamente. Cuando apuntaba el día iban ya llegando a Texmelucan en donde el coronel los esperaba.

—No me entregue a él... Mejor lléveme con usted —suplicó. El capitán no respondió. Bajó los ojos sin querer ver los de ella.

—No me entregue a él...

Álvarez la estrechó en silencio y la besó.

—¡Por favor, déjeme con usted! —sollozó Antonia.

Y él sin responder le cubrió la cara con la manta y así se la dio a Corona, sin una palabra. A través de la manta le llegó el olor a alcohol pasado.

—¡Váyanse todos! —ordenó el coronel. Los pasos del capitán Álvarez se alejaron. El olor se volvió insoportable. Nunca había tenido tanto miedo, ni siquiera la noche en que oyó aquella pregunta.

—Antonia, ¿ya se te apareció el Güero Mónico...?

En el corredor oscuro de su casa lleno de ramas y de sombras unas niñas extrañas le pegaban sus caras curiosas y esperaban la respuesta con ojos ansiosos.

—No.

—¡Ja, ja, ja! —se rieron malévolas—. Ya vas a ver cuando la luna se baje y te dé un mordisco entre las piernas. ¡Qué chorrerío de sangre...!

Antonia se quedó aterrada, sin poder moverse, en medio de las sombras espesas de las ramas reflejadas sobre los muros encalados.

—¡El Güero Mónico baja cada luna!

Y las niñas se fueron corriendo.

Nunca tuvo más miedo hasta que se encontró a solas envuelta en la cobija frente al coronel Justo Corona. Este le bajó la manta, y los ojos oscuros y pequeños de un hombre desconocido se fueron acercando buscándole los labios. Antonia se revolvió en la cama sudando. «¿Dónde está la brisa del mar? En este valle se ahoga una...». En el cuarto contiguo hablaban.

—Vete a buscar a esa güera. De seguro está llorando.

—Yo no voy. Ya sabes los alaridos que da cuando llaman a su puerta.

Luisa, sentada, fumaba nerviosamente y miraba a las hermanas tendidas en la misma cama, medio desnudas, los pechos tiernos y hermosa la piel piñón. Los ojos soñolientos y las bocas a esa hora infantiles hubieran querido que ella, Luisa, se fuera a su cuarto.

—¿Por qué será así? —preguntó Rosa, refiriéndose a Antonia.

—No sé, por más que le digo que se apacigüe y que cuando él la ocupe haga como si se fuera acostumbrando. De ese modo él le daría más tranquilidad —dijo Rafaela pensativamente.

—Al cabo que el mal rato se pasa pronto, y luego hasta le gusta a una —agregó Rosa.

—¡Muy cierto! —exclamó Rafaela, y como si esta idea la reanimara saltó de la cama y alcanzó un canasto de fruta.

—Vamos a comer fruta mientras llegan esos...

—¿Qué dirían ellos si nosotras nos fuéramos de juerga? —dijo Luisa, mordisqueando una naranja.

—No se van de juerga. No pueden dejar solo al general. ¿No ves cómo anda? La mañosa de Julia no va a tener buen fin.

Luisa se enderezó llena de cólera.

—¡Ojalá que la mate de una vez! Así andaríamos más en orden.

—¡Cállate, no seas bárbara!

Luisa se sintió sola en medio de sus amigas y pensó con amargura que ella era distinta de aquellas dos mujeres.

—Yo dejé a mis hijos por seguirlo. Sacrifiqué todo por él. No soy como ustedes, que están aquí solo para las gozadas. Yo tenía mi casa. En cambio Julia es una puta y si no me creen pregúntenle al padre Beltrán.

—Muy de acuerdo, pero en esas andamos todas —concedió Rafaela.

—¡Yo no! —contestó Luisa, irguiéndose.

—¡Anda! ¿Y tú eres la esposa legítima? —dijo Rosa risueñamente.

—Yo cometí un error y fue por amor. Me cegué. ¡Y ese hombre no se lo merece!

—Algo se ha de merecer. Tiene muy bonitos ojos, y cuando nos bañamos en la poza he visto que tiene buenos hombros.

Luisa miró a Rafaela con rencor. Era verdad que todas eran unas putas. Una imagen le vino a la imaginación: los hombros de su querido cubriendo los de Rafaela. Se sintió insegura en medio de esas mujeres ávidas de fruta. Le parecieron estúpidas, sentadas casi desnudas sobre la cama revuelta. Quiso irse, miró por las rendijas de la puerta: la mañana clareaba. No tardaría Julia en volver al hotel con su querido y su cauda de hombres.

Durante el día las mujeres quedaban privadas de la compañía de los militares. Entonces se peinaban, se mecían en las hamacas, comían desganadas y esperaban la entrada de la noche, llena de promesas. A veces, en la tarde, paseaban a caballo: Rosa y Rafaela en sus monturas grises, Julia en su alazán, las tres riendo, con los pechos sueltos como pájaros, sus dijes de oro, sus espuelas de plata y un fuete en la mano que les servía para tirar de un golpe los sombreros de los hombres que no se descubrían a su paso. Sus amantes las seguían. Ixtepec, fascinado, las veía pasar mientras ellas nos miraban desde lo alto de sus ojos y se alejaban meciéndose en el polvo, al compás de las ancas de sus caballos.

A Luisa le dolían esos paseos. Ella no sabía montar y ver a Flores en la comitiva que seguía a los jóvenes le producía un llanto amargo. Sentada en el balcón trataba de llamar la atención de los hombres que pasaban. Mostraba sus hombros desnudos, fumaba y lanzaba miradas provocativas. Un soldado borracho se detuvo.

—¿Cuánto, güerita?

—¡Entra!

El hombre entró al hotel y Luisa llamó a los soldados que limpiaban las botas de los militares cerca de la fuente.

—¡Amarren a este a un pilar y denle de cintarazos! —ordenó.

Los soldados se miraron. Luisa se enfureció y a sus gritos acudió don Pepe Ocampo.

—¡Por Dios, Luisa, cálmese!

—¡Denle de cintarazos o haré que el general los fusile!

Ante la inutilidad de sus ruegos, don Pepe se tapó la cara con las manos. La sangre le producía vértigos. Espantado vio cómo sujetaban al hombre a un pilar y oyó los latigazos caer sobre el cuerpo de la víctima. Después vio cuando los soldados arrojaban a la calle al hombre ensangrentado. El hotelero se sintió enfermo y se retiró a su cuarto. Por la noche le contó al capitán Flores la escena sucedida durante su ausencia. El joven oficial se mordió los labios y pidió una habitación alejada del cuarto de su querida. Cuando sus asistentes fueron a recoger las ropas del capitán, Luisa salió llorando al corredor. «Pero él se encerró en su cuarto y ella pasó toda la noche gimiendo ante su puerta...», contó después don Pepe a los vecinos de Ixtepec.

SIETE

EL FORASTERO, QUE IGNORABA ESTA VIDA SECRETA Y APASIONADA, ESTABA aún hablando con Julia cuando el general llegó al Hotel Jardín. Al verlo inclinado sobre ella, contaron después las lenguas, le cruzó la cara con el rebenque, mientras trataba a don Pepe de alcahuete. Julia, espantada, salió corriendo hasta la calle. Allí la alcanzó el general y juntos volvieron al hotel y entraron en su cuarto.

—¿Por qué tuviste miedo, Julia?

El general se acercó a su querida y le tomó la cara entre las manos para verle los ojos. Era la primera vez que Julia se asustaba ante una de sus cóleras. La joven le sonrió y le ofreció los labios. Nunca le diría a Rosas por qué había tenido miedo al ver la huella morada del golpe en la cara del fuereño.

—Julia, ¿por qué tuviste miedo? —suplicó otra vez el general, pero ella como una gata escondió la cara entre los hombros de su amante y le besó la garganta.

—Dime quién es, Julia...

La joven se desprendió de los brazos de su amante y sin decir una palabra se tendió en la cama y cerró los ojos. El general la contempló largo rato. Las primeras sombras naranjas de la noche entraron a través de las persianas. Los pies de Julia con los últimos reflejos del sol cobraron una vida efímera y translúcida, ajenos al cuerpo envuelto en la bata rosa. El calor de la tarde acumulado en los rincones se reflejó en el espejo de la cómoda. En un vaso los jacintos se ahogaban en su perfume, del jardín llegaban aromas pesados y de la calle un polvillo seco. Francisco Rosas salió de puntillas. Se sentía vencido ante el silencio de su amante. Cerró la puerta con precaución y llamó con ira a don Pepe Ocampo. Ese día mi suerte quedó echada.

El forastero recibió los golpes en el rostro y sin decir una palabra cogió su maletín y salió muy despacio del hotel. Lo vi de pie en el portal, impasible. Bajó la calle, llegó a la esquina y torció hacia abajo, rumbo a Guerrero. Iba por la acera angosta, no buscaba nada, parecía reflexionar. Se cruzó con Juan Cariño, que a esa hora salía de la casa de las cuscas a dar su paseo diario. El fuereño no se asombró de la levita ni de la banda presidencial cruzada al pecho. Juan Cariño se detuvo.

—¿El señor viene de lejos?

—De México, señor —contestó el forastero con cortesía.

—Señor presidente —corrigió Juan con seriedad.

—Perdón, señor presidente —aceptó el fuereño con rapidez.

—Véame mañana en la Presidencia. Las señoritas encargadas de la audiencia le atenderán.

De los locos que he tenido, Juan Cariño fue el mejor.

No recuerdo que haya cometido nunca un acto descortés o malvado. Era dulce y atento. Si los mocosos le tiraban piedras a su sombrero de copa y este rodaba por el suelo, Juan Cariño lo recogía en silencio y seguía su paseo vespertino con dignidad. Daba limosnas a los pobres y visitaba a los enfermos. Pronunciaba discursos cívicos y pegaba manifiestos en los muros. ¡Qué diferencia con Hupa...! ¡Ese fue un desvergonzado! Tirado días enteros rascándose los piojos y asustando a los paseantes. Se les aparecía a la vuelta de una esquina, los tomaba del brazo y clavándoles las uñas negras y largas les gruñía: «¡Hupa! ¡Hupa!». Mereció la mala muerte que tuvo:

unos chiquillos lo encontraron tirado en una zanja, con la cabeza deshecha a pedradas y el pecho cuidadosamente tatuado con una navaja. Era un loco.

Juan Cariño vivió siempre en la casa de las cuscas. En los muros de su habitación estaban los retratos de los héroes: Hidalgo, Morelos, Juárez. Cuando las muchachas le decían que pusiera el suyo entre ellos, Juan Cariño se enfadaba:

—¡Ningún gran hombre se ha hecho su estatua en vida! ¡Para hacer eso hay que ser Calígula!

El nombre impresionaba a las muchachas y callaban. Si había riñas entre ellas y los soldados que las visitaban, Juan Cariño intervenía muy correcto.

—¡Niñas, un poco de orden! ¡Qué van a pensar estos extranjeros!

El día que mataron a la Pípila de un navajazo, Juan Cariño organizó las exequias con gran pompa y presidió el entierro que tuvo música y cohetes. Atrás del féretro azul iban las muchachas con las caras pintadas, las faldas cortas de color violeta, los tacones torcidos y las medias negras. «Todos los oficios son igualmente generosos», declaró el señor presidente al borde de la fosa abierta. Volvió el cortejo y la casa se cerró los nueve días que duraron los rezos. Juan Cariño le guardó luto un año entero.

Esa tarde trató de ayudar al forastero. Este agradeció el ofrecimiento y siguió su camino. Juan Cariño reflexionó unos instantes y se volvió para alcanzarlo.

—Joven, no deje de venir mañana. Atravesamos tiempos malos, estamos invadidos por el enemigo y no podemos hacer todo lo que quisiéramos. Pero, en fin, algo se hará por usted.

—¡Gracias! ¡Muchas gracias, señor presidente!

Ambos se hicieron una reverencia y se alejaron. El fuereño dio varias vueltas por mis calles y volvió a la Plaza de Armas. Indeciso, se sentó en una banca. Estaba oscureciendo. Sentado allí parecía un huérfano. Al menos esa fue la explicación que dio don Joaquín a doña Matilde, al llegar a su casa con el forastero.

Don Joaquín poseía la casa más grande de Ixtepec; sus patios y jardines ocupaban casi dos manzanas. El primer jardín sembrado de árboles copudos se defendía del cielo con un follaje sombrío. Ningún ruido llegaba a ese lugar situado en el centro de la casa y cercado por corredores, muros y tejados. Lo cruzaban caminos de piedra bordeados de helechos gigantes crecidos al amparo de la sombra. A la derecha un pabellón de cuatro habitaciones abría su salón a este jardín llamado «el jardín de los helechos». Las ventanas de las habitaciones daban al jardín de atrás llamado «el jardín de los animalitos».

Los muros del salón pintados al óleo eran una prolongación del parque: infinidad de bosquecillos en penumbra atravesados por cazadores de chaquetilla roja y cuernos de caza al cinto perseguían a los ciervos y a los conejos que huían entre los arbustos y las matas. Isabel, Juan y Nicolás habían pasado muchas horas de su infancia descifrando aquella cacería minúscula.

—Tía, ¿qué país es este?

—*Inglaterra...*

—¿Conoces Inglaterra?

—¿Yo...? —y doña Matilde se echaba a reír misteriosamente. Ahora que los niños habían crecido el pabellón estaba cerrado y la familia se había olvidado de Inglaterra.

La oscuridad y el silencio avanzaban por toda la casa. En las habitaciones de muros de piedra reinaba un orden despiadado y campesino. Las persianas estaban siempre echadas y los visillos almidonados, corridos. La casa llevaba una vida acompasada y exacta. Don Joaquín adquiría únicamente las cosas necesarias para hacer más perfecto su funcionamiento extravagante y solitario. Algo en él necesitaba de esa repetición de soledad y silencio. Su habitación era pequeña; apenas cabía la cama y no tenía balcón a la calle: un ventanillo abierto junto al techo era la única salida al exterior. Un tocador de madera blanca en el que relucían una jarra y un lavamanos de porcelana comprobaban aquella austeridad, extrañamente desmentida por el olor del jabón finísimo y las lociones y cremas de afeitar perfumadas, dentro de sus frascos con etiquetas francesas. La habitación se comunicaba con el cuarto de doña Matilde, su mujer. De joven, doña Matilde fue alegre y turbulenta; no se pareció a su hermano Martín. Los años de casada, el silencio y la soledad de su casa hicieron de ella una vieja risueña y apacible. Perdió la facilidad para tratar a las gentes y una timidez casi adolescente la hacía enrojecer y reír cada vez que se encontraba frente a extraños. «Yo ya solo conozco los caminos de mi casa», les decía a sus sobrinos cuando estos se empeñaban en hacerla salir a la calle. Cuando alguien moría, ella no iba al duelo. No sabía por qué la cara muerta de sus conocidos la hacía reír.

— Por Dios, Ana, ¿crees que los Olvera me hayan perdonado la risa que me dio la cara de su padre muerto?

— Sí, no te preocupes, ya lo olvidaron —contestaba su cuñada.

— Estoy tan arrepentida...

Pero la señora, a pesar de su arrepentimiento, no podía recordar aquel rostro compungido, de muerto vestido de negro, con corbata negra y con zapatos negros, sin echarse a reír.

— ¡Hazme el favor! ¡Vestir de gala a un pobre difunto!

La inesperada presencia de su marido acompañado del extranjero la turbó y le produjo una especie de vértigo momentáneo: como si toda su soledad y el orden acumulado durante años hubiera sido roto.

— El joven es nuestro huésped por el tiempo que guste —anunció don Joaquín, ignorando el disgusto reflejado en los ojos de su mujer. Esta, después de cruzar las primeras palabras con el fuereño, olvidó su enojo. Estaba acostumbrada a ver llegar a su marido trayendo a toda suerte de animales: por primera vez recogía a un hombre. Fue a la cocina a anunciar a los criados que tenían un huésped, aunque, en verdad, le hubiera gustado decir: «Tenemos un animalito más». Después acompañó a su marido y al extranjero al pabellón. Quería alejarlo de su intimidad.

—Aquí en *Inglaterra* se sentirá usted más independiente...

Y miró con timidez al joven. Tefa, la criada, abrió las puertas del salón de cacería y las de los dormitorios y encendió los quinqués. El fuereño se mostró entusiasmado con su alojamiento. Doña Matilde, ayudada por Tefa, escogió la habitación más grande, tendió la cama, abrió la ventana que daba al «jardín de los animalitos» e hizo varias recomendaciones a su huésped sobre cómo debía cerrar el mosquitero para evitar el paso de los murciélagos, que por lo demás eran inofensivos.

El joven se presentó bajo el nombre de Felipe Hurtado y depositó su maletín sobre una mesita. La criada renovó el agua de la jarra, trajo pastillas de jabón francés y colocó toallas limpias en las repisas del baño. Durante la cena la señora se quedó prendada de la sonrisa de su huésped. El joven se retiró a su pabellón. Una vez a solas, don Joaquín le contó a su mujer la escena ocurrida en el Hotel Jardín. Al pasar por los portales, don Pepe Ocampo se la había relatado.

—¡Ya nos echamos al general de enemigo!

—Ese hombre no puede hacer todas las barbaridades que le vengan en gana.

—¡Pero las hace! —contestó ella risueñamente.

Muy temprano el extranjero despertó sobresaltado. Una multitud de gatos cayó sobre su cama; los dueños de la casa habían olvidado advertirle que en «el jardín de los animalitos» vivían cientos de ellos y que a esa hora, famélicos, bajaban por los tejados para dirigirse al lugar donde los criados colocaban las cazuelas con leche y los trozos de carne. Hurtado no sabía qué pasaba. Por su ventana abierta los gatos entraban y salían mientras una algarabía de patos avanzaba entre las piedras del jardín; había también ciervos, cabritos, perros y conejos. El extranjero no salía de su asombro. Lo invadió una mezcla de ternura e ironía: se dio cuenta de que los animales eran recogidos como él.

Ya tarde decidió salir de su habitación. El sol estaba alto y apenas se lo adivinaba por entre las espesas enramadas. Se paseó con timidez entre las plantas y los helechos, removió una piedra y encontró una alimaña que lo hizo retroceder con un movimiento de repugnancia.

—¡Es un alacrán! —le dijo Tefa que lo estudiaba desde lejos.

—¡Ah! Buenos días —repuso el fuereño con cortesía.

—¡Mátelo! Son malos. ¿Qué en su tierra no hay que no está usted impuesto a verlos? —insistió la criada con malevolencia.

—No, yo soy de tierra fría...

Un vapor se levantaba del jardín. Las plantas despedían olores húmedos y penetrantes. Las grandes hojas carnosas con los tallos llenos de agua se mantenían erguidas a pesar de la violencia del calor. Los macizos de plátanos se llenaban de rumores extraños, la tierra era negra y húmeda, la fuente lucía su agua verdosa y en su superficie flotaban hojas en descomposición y enormes mariposas ahogadas. De allí también surgía un olor descompuesto y pantanoso. El jardín que en la noche era luminoso y negro, cubierto de hojas misteriosas y de flores adivinadas por la intensidad de su perfume, durante el día se infestaba de olores y presencias amenazantes para la nariz del extranjero. Sintió náuseas.

—¿A qué hora vuelve el señor?

—Si no sale —contestó burlonamente la criada.

—¡Ah! Yo creía que iba a trabajar.

—Sí va, pero ahí nomás.

Y la mujer hizo una seña con la cabeza, indicando una puerta abierta en el muro que comunicaba con el «jardín de los animalitos».

—Tal vez será mejor que no lo moleste.

Tefa no contestó. El extranjero sintió la hostilidad de la mujer. De pronto pareció recordar algo.

—Dígame, ¿en dónde vive el señor presidente?

—¿Juan Cariño? En Alarcón, ya casi llegando a las orillas, cerca de la salida de las Cruces —contestó la mujer asombrada. Hubiera querido preguntar algo pero la indiferencia del joven la hizo callar.

—Voy a verlo. Volveré a la hora de la comida —dijo el joven con naturalidad.

Y Felipe Hurtado se dirigió al portón de salida. Tefa lo vio irse y tuvo la impresión de que iba pisando las plantas sin dejar huella.

—¡Quién sabe de dónde venga este hombre! Yo que el señor no andaría recogiendo vagabundos —corrió a decir a los criados que almorzaban en la cocina.

—¿Ya saben lo que hizo en el hotel? —preguntó Tacha, la recamarera.

—Se quiso enredar con Julia y el general a poco lo mata junto con ella y con don Pepe.

—Yo no creo que sea gente de buen vivir. Hoy que fui a hacerle la cama ya la había hecho y estaba leyendo un libro rojo.

—¿Ya ven? ¡Adivinar en lo que pasaría la noche!

—¿Saben a dónde se fue ahora? —preguntó Tefa y, como los demás la miraron interrogativamente, anunció con voz de triunfo:

—¡A casa de las cuscas!

—¡Ándale! ¡Es tempranero! —dijo Cástulo risueño.

—Yo digo que algo malo lo trajo a Ixtepec —agregó Tefa convencida.

—Adelante de los pasos de un hombre siempre van los pasos de una mujer —sentenció Cástulo con dignidad.

Felipe Hurtado, ajeno a las murmuraciones, atravesó el pueblo y pasó frente al hotel. Don Pepe, que lo vio venir desde lejos, se metió apresurado en su zaguán y luego, cuando ya el extranjero había pasado, se empinó curiosamente para verlo de espaldas. «¡Descarado, todavía no se repone uno del disgusto y ya anda de nuevo por aquí!», se dijo el viejo con rencor. En efecto, la víspera el general había salido al corredor a interrogarlo. Nunca lo había visto más sombrío.

—¿Quién es ese hombre?

Don Pepe, confuso ante el gesto helado de Rosas, no supo qué decir, pues ignoraba quién era el extranjero.

—No sé, mi general, un fuereño que buscaba cuarto. No tuve tiempo de preguntarle nada porque usted llegó en seguida...

—¿Y con qué derecho se atreve usted a alquilar cuartos sin mi permiso? —preguntó Rosas, ignorando que don Pepe Ocampo era el dueño del Hotel Jardín.

—No, mi general, no pensaba alquilárselo. Le estaba diciendo que no tenía habitaciones desocupadas cuando usted llegó...

Luisa, echada en su hamaca, escuchaba atentamente el diálogo.

—General, estuvo más de una hora hablando con Julia.

Se vengaba así de Julia y de don Pepe.

Francisco Rosas no la miró.

—Oí que hablaban de Colima —agregó con maldad.

—¡De Colima! —repitió Rosas, sombrío. Hubiera querido no escucharla. Sin contestar se volvió a su cuarto. Don Pepe miró a Luisa con odio. Esta siguió meciéndose en su hamaca y después ella también se encerró en su habitación. Con disimulo, el hotelero se acercó a la puerta de los amantes y trató de escuchar el diálogo.

—Dime, Julia, ¿por qué tuviste miedo?

—No sé —contestó ella con voz reposada.

—Dime la verdad, Julia, ¿quién es?

—No sé...

Don Pepe podía verla, acurrucada como una gata, con la cabeza reclinada en un hombro y mirando con sus ojos almendrados al general suplicante. «¡Es malísima! ¡A golpes le sacaría yo la verdad!» pensó el viejo. La entrada del teniente coronel Cruz al hotel lo hizo retirarse con precipitación de su puesto y de sus reflexiones.

—¡Ándele! ¡De escucha! —le dijo riéndose el oficial.

—No se ría... —y el viejo contó asustado su historia.

El teniente coronel Cruz pareció preocuparse.

—¡Ah, qué Julia! —dijo sin ganas de reírse.

Francisco Rosas volvió a salir de su cuarto. Estaba pálido, y se fue a la calle sin llamar a sus amigos. Antes de la medianoche volvió borracho.

—Julia, vamos a Las Cañas...

—No quiero.

Julia se negó por primera vez al capricho de su amante. El general lanzó el vaso de los jacintos contra el espejo de la cómoda y este cayó hecho añicos. La joven se tapó los ojos.

—¿Qué hiciste? ¡Es de mal agüero!

Los demás huéspedes del hotel escucharon asustados el estrépito.

—¡Dios mío, no se puede vivir tranquila! —gimió Rafaelita.

—¡Quiero irme a mi casa! —gritó Antonia, y el coronel Justo Corona le tapó la boca con las manos.

Felipe Hurtado llegó frente a la casa que buscaba. Supo que era ella porque se separaba de las otras casas como si fuera una imagen reflejada en un espejo roto. Sus muros eran ruinas y, aunque trataban de hacerse muy pequeños, crecían enormes al final de una calle que terminaba en piedras.

—¡Allí es! —le gritaron unos chiquillos que lo miraban ávidos.

El fuereño observó la puerta despintada y el nicho que amparaba a un san Antonio callejero. Tiró de la campanilla.

—¡Pásate, está abierto! —le contestó una voz aburrida.

Hurtado empujó la puerta y se encontró en un vestíbulo con piso de piedra que comunicaba con una habitación que hacía las veces de sala. Unos sillones de terciopelo rojo, unas flores sucias de papel, unas mesas y un espejo ahumado amueblaban el cuarto. Había colillas y botellas esparcidas por el suelo pintado de rojo. *La Taconcitos,* en ropa interior, desmechada y calzando unas chanclas de tacón torcido, lo recibió.

—Temprano andas pidiendo tu limosna —le dijo la mujer con una sonrisa en la que resplandecía un colmillo de oro.

—Perdone, buscaba al señor presidente.

—Eres fureño, ¿verdad? Ahora le aviso que tiene antesala.

Y la mujer se fue sin dejar de sonreír. El señor presidente no se hizo esperar. Cordial, ofreció un sillón al extranjero y él ocupó el contiguo. Apareció *la Luchi* con una bandeja de plomo en la que había dos tacitas.

—¿Tú eres el amigo de Julia? Vete con cuidado —advirtió *la Luchi* echándose a reír con desparpajo.

—¿El amigo? —murmuró Hurtado.

Juan Cariño, al ver la turbación del extranjero, se enderezó, tosió un poco y tomó la palabra. 63

—Sufrimos una ocupación y no podemos esperar nada bueno de los invasores. La Cámara de Comercio, la Presidencia Municipal y la Inspección de Policía están bajo sus órdenes. Yo y mi gobierno carecemos de toda protección. Por eso debe usted cuidar sus pasos.

—Anda enculado y nosotras la pagamos —interrumpió *la Luchi.*

—¡Niña! ¿Qué lenguaje es ese? —protestó el señor presidente avergonzado, y agregó después de un silencio penoso—: Hay veces en que los caprichos conducen al hombre a la locura. Sin exagerar, podemos decir que la joven Julia ha vuelto loco al general Rosas.

—¿Piensas quedarte tiempo por acá? —preguntó *la Luchi.*

—No lo sé...

—Pues no te le arrimes mucho.

—Siga usted los consejos de Luchi. Sabrá que cada vez que tiene un disgusto con la señorita Julia nos encarcela y nos ahorca... Menos mal que sus persecuciones todavía no llegan hasta el diccionario...

—El señor presidente es un amigo de los diccionarios —dijo *la Luchi* con precipitación.

—¿Y cómo no he de serlo si ellos encierran toda la sabiduría del hombre? ¿Qué haríamos sin los diccionarios? Imposible pensarlo. Ese idioma que hablamos sería ininteligible sin ellos. «¡Ellos!». ¿Qué significa ellos? Nada. Un ruido. Pero si consultamos el diccionario encontramos: «Ellos, tercera persona del plural».

El extranjero se echó a reír. Al señor presidente le gustó su risa y, apoltronado en su sillón astroso, se sirvió varias cucharadas de azúcar y removió su café con parsimonia.

Estaba contento: había despistado al extranjero, pues si era cierto lo que había dicho, lo importante era lo que no había dicho: que las palabras eran peligrosas porque existían por ellas mismas y la defensa de los diccionarios evitaba catástrofes inimaginables. Las palabras debían permanecer secretas. Si los hombres conocían su existencia, llevados por su maldad las dirían y harían saltar al mundo. Ya eran demasiadas las que conocían los ignorantes y se valían de ellas para provocar sufrimientos. Su misión secreta era pasearse por mis calles y levantar las palabras malignas pronunciadas en el día. Una por una las cogía con disimulo y las guardaba debajo de su sombrero de copa. Las había muy perversas; huían y lo obligaban a correr varias calles antes de dejarse atrapar. Le hubiera sido muy útil una red para cazar mariposas, pero era tan visible que hubiera despertado sospechas. Algunos días su cosecha era tan grande que las palabras no cabían debajo de su sombrero y se veía obligado a salir varias veces a la calle antes de terminar su limpieza. Al volver a su casa se encerraba en su cuarto para reducir las palabras a letras y guardarlas otra vez en el diccionario, del cual no deberían haber salido nunca. Lo terrible era que no bien una palabra maligna encontraba el camino de las lenguas perversas, se escapaba siempre, y por eso su labor no tenía fin. Todos los días buscaba las palabras ahorcar y torturar y cuando se le escapaban volvía derrotado, no cenaba y pasaba la noche en vela. Sabía que en la mañana habría colgados en las trancas de Cocula y se sentía el responsable. Miró atentamente al extranjero. Desde la víspera le había inspirado confianza, y si lo invitó a venir a la Presidencia fue para iniciarlo en el misterio de su poder. «Cuando yo muera alguien tiene que heredar mi misión limpiadora. ¡Si no!, ¿qué será de este pueblo?». Primero había que saber si ese heredero tenía el corazón puro.

—¡Metamorfosis! ¿Qué sería metamorfosis sin el diccionario...? Un montón de letritas negras.

Y estudió el efecto de la palabra sobre el rostro del extranjero: este se transformó en la cara de un niño de diez años.

—¿Y qué sería confeti...?

La palabra produjo una feria en los ojos de Felipe Hurtado y Juan Cariño se llenó de gozo.

La Luchi podía pasar horas escuchándolo. «¡Lástima! Si no estuviera loco tendría mucho poder y el mundo sería tan luminoso como la Rueda de la Fortuna», y *la Luchi* se quedaba triste al ver a Juan Cariño en la casa de las putas. La joven quería descubrir el momento en que Juan Cariño se había convertido en el señor presidente y no lograba encontrar la hendidura que dividía a los dos personajes: por esa grieta huía la dicha del mundo; de ese error nacía el hombrecito encerrado en el prostíbulo, sin esperanzas de recuperar su brillante destino. «Tal vez dormido soñó que era el señor presidente y ya nunca despertó de ese sueño, aunque ahora ande con los ojos abiertos», se decía la joven recordando sus propios sueños y su conducta extravagante adentro de ellos. Por eso le servía muchas tazas de café y lo trataba con cuidado, como se trata a los sonámbulos. «Si algún día despertara...» y escudriñaba los ojos del señor presidente creyendo descubrir en ellos al mundo asombroso de los sueños: sus espirales al cielo, sus palabras girando solitarias como amenazas, sus árboles sembrados en el viento, sus mares azules sobre los tejados. ¿Acaso ella no volaba en sueños? Volaba sobre unas calles que a su vez volaban persiguiéndola y abajo la esperaban unas frases. Si llegara a levantarse en la

65

mitad de ese sueño, creería para siempre en la existencia de sus alas y las gentes dirían burlonas: «Miren a *la Luchi*. Está loca. Se cree pájaro». Por eso espiaba a Juan Cariño, para ver si lograba hacerlo despertar.

—Cuando desee pasar un rato perdido en las palabras venga por aquí; desde este momento pongo a su disposición mis diccionarios —lo oyó decir *la Luchi*.

—Le advierto que su invitación no caerá en saco roto —contestó risueño el extranjero.

—Poseo hasta tres volúmenes del *Diccionario de la Lengua Inglesa*. No he podido conseguirlos todos... ¡Es una verdadera desgracia!

Y Juan Cariño cayó en una gran tristeza. ¿Quién estaría haciendo uso de esos libros? No le asombraba la desdicha que reinaba en el mundo.

La Luchi salió del cuarto y volvió al cabo de unos minutos con un diccionario de pastas naranjas y letras de oro. Juan Cariño cogió el libro con reverencia y empezó a iniciar a su amigo en sus palabras predilectas. Las repetía silabeándolas para que su poder bañara a Ixtepec y lo librara del poder de las palabras dichas en la calle o en la oficina de Francisco Rosas. De pronto se detuvo y miró con seriedad a su interlocutor.

—Supongo que va usted a misa.

—Sí... los domingos.

—No nos prive de unir su voz a las palabras de las oraciones. ¡Son tan hermosas!

Y Juan Cariño empezó a recitar las letanías.

—Ya es más de la una y media y ni siquiera se ha prendido la lumbre —anunció *la Taconcitos* asomando su cabeza desaliñada por la puerta de la sala.

—¿La una y media? —preguntó Juan Cariño interrumpiendo la oración. Quería olvidar la voz grosera de la mujer que lo devolvía a la miseria de su vida en la casa de paredes y camas sucias.

—¡La una y media! —repitió la mujer y desapareció del marco de la puerta.

—Es una librepensadora... Son ellos los que han vuelto al mundo tan horrible, dijo Juan Cariño con enojo. Se puso de pie y se acercó despacio a Felipe Hurtado.

—Guarde mi secreto. La codicia del general es insaciable. Es un librepensador que persigue la hermosura y el misterio. Sería capaz de tomar una medida persecutoria contra el diccionario y provocaría una catástrofe. El hombre se perdería en un idioma desordenado y el mundo caería convertido en cenizas.

—Seríamos como los perros —explicó *la Luchi.*

—Peor aún, porque ellos han organizado sus ladridos aunque a nosotros nos resulten incomprensibles. ¿Sabe usted lo que es un librepensador? Un hombre que ha renunciado al pensamiento.

Y el señor presidente acompañó a su huésped hasta la puerta de la calle.

—Mis recuerdos más afectuosos a doña Matilde y a don Joaquín aunque tengo el sentimiento grande de no verlos nunca por esta su casa.

Juan Cariño se quedó pensativo en el umbral de la puerta de entrada, haciendo señales de adiós al extranjero que se alejó en el resplandor de las dos de la tarde. Luego cerró tristemente la puerta, volvió a la salita sucia y se sentó en el sillón que había ocupado antes. Procuró no ver las colillas y la mugre que reinaban en el cuarto.

—¡Señor presidente, nos cantó el pajarito de la gloria! Al rato le traigo sus taquitos —dijo *la Luchi* tratando de alegrarlo. A esas horas las demás mujeres apenas estaban levantándose.

En esos días era yo tan desdichado que mis horas se acumulaban informes y mi memoria se había convertido en sensaciones. La desdicha como el dolor físico iguala los minutos. Los días se convierten en el mismo día, los actos en el mismo acto y las personas en un solo personaje inútil. El mundo pierde su variedad, la luz se aniquila y los milagros quedan abolidos. La inercia de esos días repetidos me guardaba quieto, contemplando la fuga inútil de mis horas y esperando el milagro que se obstinaba en no producirse. El porvenir era la repetición del pasado. Inmóvil, me dejaba devorar por la sed que roía mis esquinas. Para romper los días petrificados solo me quedaba el espejismo ineficaz de la violencia, y la crueldad se ejercía con furor sobre las mujeres, los perros callejeros y los indios. Como en las tragedias, vivíamos dentro de un tiempo quieto y los personajes sucumbían presos en ese instante detenido. Era en vano que hicieran gestos cada vez más sangrientos. Habíamos abolido al tiempo.

La noticia de la llegada del extranjero corrió por la mañana con la velocidad de la alegría. El tiempo, por primera vez en muchos años, giró por mis calles levantando luces y reflejos en las piedras y en las hojas de los árboles; los almendros se llenaron de pájaros, el sol subió con delicia por los montes y en las cocinas las criadas comentaron ruidosas su llegada. El olor de la tisana de hojas de naranjo llegó hasta las habitaciones a despertar a las señoras de sus sueños inhábiles. La inesperada presencia del forastero rompió el silencio. Era el mensajero, el no contaminado por la desdicha.

—¡Conchita! ¡Conchita...! Matilde tiene a un mexicano. ¡Vístete! —gritó doña Elvira cuando su criada le dio la noticia.

La señora se levantó de un salto. Quería llegar temprano a la misa de siete para tener, la primera, noticias sobre el forastero. ¿Quién era? ¿Cómo era? ¿Qué quería? ¿A qué había venido? Se vistió de prisa y se contempló con calma en el espejo. Su cara no le hacía gestos.

—¡Mira qué buen color tengo...! ¡Lástima que tu pobre padre no me pueda ver! ¡Le daría envidia, él siempre fue tan amarillo...!

Conchita, de pie junto al tocador, esperó pacientemente a que su madre terminara de admirarse.

—¡Allí está! ¡Allí está, espiándome desde el fondo del espejo, enojado de verme viuda y joven todavía! Ya me voy, Justino Montúfar.

Y la señora le sacó la lengua a la imagen de su marido guardado en el azogue del espejo. «Allí se quedó por mirarse demasiado», se dijo en camino a la iglesia. «¡Nunca conocí a un hombre más fatuo!». Y recordó enojada la precisión del planchado de los puños de sus camisas, la perfección de sus corbatas, las valencianas de sus pantalones. Cuando murió no quiso vestirlo: «¡Una simple mortaja!», pidió llorando a sus amigas, contenta de privarlo de los caprichos que la habían tiranizado tantos años. «¡Que aprenda!», se decía mientras sus amigas amortajaban el cuerpo en una sábana cualquiera: en ese momento ya era dueña otra vez de su voluntad y la impuso vengativa sobre el difunto que pálido y contraído parecía revolverse enfurecido contra ella.

—¡Cómo se tarda Matilde...! Las viejas hacen todo despacio —exclamó contrariada cuando vio que su amiga no llegaba todavía al atrio de la iglesia. Mostró su disgusto dando patadas en el suelo. Conchita bajó los ojos. Le parecía que las frases y los gestos de su madre atraían las miradas de los demás que, aunque esperaban también impacientes, lo hacían con más disimulo.

—Es capaz de no venir. ¡Le gusta tanto hacerse la interesante! Pobre muchacho, no sabe en la casa de locos que ha caído.

Conchita le hizo una seña para que callara.

—¿Por qué me haces señas? Todos sabemos que Joaquín está loco. Se cree el rey de los animales... —y se echó a reír de su ocurrencia.

No pudo continuar su discurso pues vio venir a su encuentro a doña Lola Goríbar acompañada de su hijo Rodolfo.

—¡Ahí viene esa gorda! —dijo con enojo.

Doña Lola no salía casi nunca de su casa. Tal vez por eso padecía una gordura monstruosa. Tenía miedo. Un miedo distinto del nuestro. «Si uno se quedara sin dinero nadie le tendería una mano», decía con terror y permanecía junto a sus armarios de copete alto en donde los centenarios de oro formaban pilas parejas y compactas. Los sábados y domingos los criados la oían, encerrada en su cuarto, contar las monedas. El resto de la semana patrullaba su casa con ferocidad. «Nunca se sabe qué nos guarda Dios», y este pensamiento la aterraba. Existía la posibilidad de que Dios quisiera volverla pobre; y para prevenirse contra la voluntad divina, acumulaba riquezas sobre riquezas. Era muy católica, tenía capilla en su casa y ahí escuchaba misa. Hablaba siempre del «santo temor de Dios» y todos sabíamos que el «santo temor» se refería solo al dinero. «No te fíes, no te fíes», soplaba en los oídos de Rodolfo. Asombrados, la vimos venir apoyada en el brazo de su hijo. «Nos están mirando», dijo la madre en voz baja. Nosotros admiramos el traje de gabardina del joven y el broche de diamantes que fulguraba en el pecho de la señora. Él se vestía en México y los criados decían que tenía más de mil corbatas. En cambio, su madre llevaba siempre el mismo traje negro que empezaba a volverse verdoso en las costuras. La señora Montúfar salió a recibirla y doña Lola miró a Conchita con desconfianza: la joven le parecía peligrosa. Rodolfo procuró no verla. «No quería darle esperanzas; con las mujeres nunca se sabe; se valen del menor gesto para comprometer al hombre».

Doña Lola Goríbar temía que el extranjero tuviera intenciones perversas que pusieran en peligro la tranquilidad de su hijo.

—¡Yo digo que no es justo, no es justo! ¡Fito pasa ya tantos desvelos...!

—No te preocupes por mí, mamacita.

Doña Elvira siguió resignada el diálogo sostenido entre la madre y el hijo. La señora Goríbar sentía una admiración ilimitada por Rodolfo: gracias a él sus tierras le habían sido devueltas y el Gobierno le había pagado los daños cometidos por los zapatistas. Era pues justo que en público hiciera testimonio de su agradecimiento. ¿Qué menos podía hacer por él?

—¡Es tan bueno, Elvira...! —y doña Lola se llevó la mano al broche de diamantes. La señora Montúfar se inclinó a admirar la joya. «Justino también era muy buen hijo...», pensó con ironía. Rodolfo hacía frecuentes viajes a México y al volver a Ixtepec entraba a la Comandancia Militar a conversar con el general Francisco Rosas.

—¡Ya movió las mojoneras! —decíamos al verlo salir sonriente de la oficina del general.

En efecto, después de cada viaje, Rodolfo, ayudado por sus pistoleros traídos de Tabasco, movía las mojoneras que limitaban sus haciendas y ganaba peones, chozas y tierras gratuitas. Bajo uno de los almendros del atrio, esperando la misa de siete, estaba Ignacio, el hermano de Agustina la panadera. Observó largo rato al hijo de doña Lola: luego se acercó cortésmente a él y le pidió un aparte. Se decía que Ignacio era un agrarista. La verdad era que había militado en las filas de Zapata y que ahora llevaba la vida descalza de cualquier campesino. Sus pantalones de manta y su sombrero de palma estaban comidos por el sol y el uso.

—Mire, don Rodolfo, es mejor que deje quietas las mojoneras. Los agraristas dicen que lo van a matar.

Rodolfo sonrió y le volvió la espalda. Ignacio, mortificado, se retiró y desde lejos contempló la silueta menuda de Rodolfo Goríbar. Este no le concedió ni una mirada más. ¿Cuántas veces lo habían amenazado? Se sentía seguro. El menor rasguño a su persona costaría la vida a docenas de agraristas. El Gobierno se lo había prometido y lo había autorizado para apropiarse de las tierras que le vinieran en gana. El general Francisco Rosas lo apoyaba. Cada vez que ensanchaba sus haciendas, el general Francisco Rosas recibía de manos de Rodolfo Goríbar una fuerte suma de dinero que se convertía en alhajas para Julia.

—¿Ves cómo una mujer es capaz de dominar a un hombre? ¡Desvergonzada, nos está arruinando!

Rodolfo besaba a su madre para consolarla de las ofensas que Julia le infligía con su impudor. Y para reparar la ofensa también él le regalaba alhajas a su madre.

—Él paga y los indios no trabajan —la oyó decir.

Se acercó a ella. Su voz lo consolaba de la dureza de las palabras de Ignacio. Se sentía unido a su madre por un amor tierno y único y sus mejores ratos los pasaba en la noche cuando de cama a cama, a través de la puerta abierta, sostenía con ella diálogos apasionados y secretos. Desde niño fue el consuelo de su madre, víctima de un matrimonio desgraciado. La muerte de su padre no hizo sino afirmar la delicia del amor exclusivo que los unía. Doña Lola lo veía pequeño y medroso, sediento de mimos, y le prodigaba sus halagos.

—El secreto para conseguir a un hombre es coba y buena cocina... —decía maliciosamente y vigilaba con astucia los caprichos y la comida de su hijo. Cuando era niño y se tropezaba con la silla o con la mesa las mandaba azotar para demostrarle al niño que ellas eran las culpables. «Fito siempre tiene razón», afirmaba muy seria, y justificaba la menor de sus rabietas.

—No sabes, Elvira, la dicha que es tener a un hijo como Fito... No creo que se case nunca. Ninguna mujer lo comprendería como su madre...

Doña Elvira no tuvo tiempo para contestar. La llegada de doña Matilde la distrajo.

—¿Te fijaste? ¿Te fijaste, qué descarada? —preguntó doña Lola refiriéndose a Conchita, apenas la joven y su madre se hubieron alejado.

—Sí, mamá, pero no te preocupes.

—¡Te comía con los ojos!

Doña Matilde atravesó el atrio con su trotecito alegre. Se le había hecho tarde conversando con Joaquín sobre su huésped y venía sofocada por la carrera: quería alcanzar el final de la misa. Al ver a sus amigas esperándola hizo un esfuerzo para no echarse a reír. «¡Las curiosas, tendré que invitarlas!».

Por la noche en casa de don Joaquín se sacaron las sillas al corredor, se encendieron los quinqués y se prepararon bandejas con refrescos y dulces. Hacía ya tanto tiempo que nadie se reunía en Ixtepec que la casa entera se llenó de regocijo, pero apenas llegaron los invitados la alegría desapareció y el grupo de amigos se sintió intimidado frente al forastero. Avergonzados, pronunciaron breves saludos y luego en silencio ocuparon sus sillas y contemplaron la noche. Un calor ardiente flotaba en el jardín, los helechos crecían desmesurados entre las sombras y las formas obtusas de las montañas que me rodean se instalaron en el cielo por encima de los tejados y oprimieron a la noche. Las señoras enmudecieron: sus vidas, sus amores, sus camas inútiles desfilaron deformadas por la oscuridad y el calor inmóvil. El forastero se refugió en el ritmo lúgubre del ir y venir de los abanicos para olvidar la extrañeza de hallarse frente a esas caras desconocidas. Isabel y Conchita, condenadas a gastarse poco a poco entre los muros de sus casas, comieron con desgano las golosinas por las que escurría la miel ardiente. Tomás Segovia se esforzó por ensartar frases brillantes como cuentas, pero ante el silencio de sus amigos perdió el hilo y las vio rodar melancólico por el suelo y perderse entre las patas de las sillas. Martín Moncada contemplaba la noche desde un lugar apartado. Hasta él llegaban algunas palabras de Segovia.

—¡Es un hombre muy raro! —susurró doña Elvira al oído del extranjero. Ante el fracaso de la reunión, la señora buscaba el camino de las confidencias. Hurtado la miró sorprendido y la viuda le indicó con señas la lejanía voluntaria de Martín Moncada. Hubiera querido decirle la opinión que tenía sobre su amigo, pero temió que Ana la escuchara.

—¡Fue maderista! —comentó en voz muy baja para hacer un resumen de las rarezas de Moncada.

El extranjero sonrió ante la confidencia de doña Elvira y no supo qué decir.

—Con Madero empezaron nuestras desdichas... —suspiró la viuda con perfidia. Sabía que una discusión reanimaría la conversación moribunda.

—En el principio de Francisco Rosas está Francisco Madero —sentenció Tomás Segovia.

La figura del general Rosas surgió en el centro oscuro del jardín y avanzó hasta el grupo olvidado en el corredor de doña Matilde: «Él es el único que tiene derecho a la vida», se dijeron rencorosos y se sintieron atrapados en una red invisible que los dejaba sin dinero, sin amores, sin futuro.

—¡Es un tirano!

—¿Qué le vas a decir al señor si él le vio con sus ojos?

—Desde que llegó a Ixtepec, no ha hecho sino cometer crímenes y crímenes y crímenes.

En la voz de Segovia había una ambigüedad: casi parecía envidiar la suerte de Rosas, ocupado en ahorcar agraristas en lugar de sentarse en el corredor de una casa mediocre a decir palabras inútiles. «Debe pasar momentos terribles», se dijo sintiendo una emoción aguda. «Los romanos tampoco tenían la concepción ridícula de la piedad y menos frente a los vencidos, y los indios son los vencidos». Mentalmente hizo con el pulgar la señal de la muerte, tal como la veía en los grabados de su historia romana. «Somos un pueblo de esclavos con unos cuantos patricios», y se sentó en el palco de los patricios a la derecha de Francisco Rosas.

—Desde que asesinamos a Madero no tenemos sino una larga noche que expiar —exclamó Martín Moncada, siempre de espaldas al grupo.

Sus amigos lo miraron con rencor. ¿Acaso Madero no había sido un traidor a su clase? Pertenecía a una familia criolla y rica y sin embargo encabezó la rebelión de los indios. Su muerte no solo era justa sino necesaria. Él era el culpable de la anarquía que había caído sobre el país. Los años de guerra civil que siguieron a su muerte habían sido atroces para los mestizos que sufrieron a las hordas de indios peleando por unos derechos y unas tierras que no les pertenecían. Hubo un momento, cuando Venustiano Carranza traicionó a la Revolución triunfante y tomó el poder, en que las clases adineradas tuvieron un alivio. Después, con el asesinato de Emiliano Zapata, de Francisco Villa y de Felipe Ángeles, se sintieron seguras. Pero los generales traidores a la Revolución instalaron un gobierno tiránico y voraz que solo compartía las riquezas y los privilegios con sus antiguos enemigos y cómplices en la traición: los grandes terratenientes del porfirismo.

—Martín, ¿cómo puedes hablar así? ¿Crees sinceramente que nos merecemos a Rosas?

Doña Elvira Montúfar estaba avergonzada de las palabras de su amigo.

—No solo a Rosas sino a Rodolfito Goríbar y a sus matones tabasqueños. Ustedes acusan a Rosas y olvidan a su cómplice que es aún más sanguinario... Pero, en fin, ya otro porfirista facilitó el dinero a Victoriano Huerta para asesinar a Madero.

Los demás callaron. En verdad estaban asombrados de la amistad sangrienta entre los porfiristas católicos y los revolucionarios ateos. Los unían la voracidad y el origen vergonzoso del mestizo. Entre los dos habían inaugurado una era bárbara y sin precedente en mi memoria.

—Yo no creo que ellos hayan pagado para asesinar a Madero —dijo la viuda sin convicción.

—Luján pagó seis millones de pesos a Huerta, querida Elvira —dijo Moncada con ira.

—Tiene razón, Martín, y todavía veremos cosas peores. ¿Para qué creen que Rodolfito trajo a esos pistoleros de Tabasco? ¿Para cazar perros callejeros?

Don Joaquín al decir esto se estremeció pensando en los innumerables perros famélicos y sarnosos que trotaban por mis calles empedradas, perseguidos por la sed, iguales en su miseria y en su condición de parias a los millones de indios despojados y brutalizados por el Gobierno. «¡Los pistoleros!». La palabra todavía nueva nos dejó aturdidos. Los pistoleros eran la nueva clase surgida del matrimonio de la Revolución traidora con el porfirismo. Enfundados en trajes caros de gabardina, con los ojos cubiertos por gafas oscuras y las cabezas protegidas por fieltros flexibles, ejercían el macabro trabajo de escamotear hombres y devolver cadáveres mutilados. A este acto de prestidigitación, los generales le llamaban «Hacer Patria» y los porfiristas «Justicia Divina». Las dos expresiones significaban negocios sucios y despojos brutales.

—Nos hubiera ido mejor con Zapata. Cuando menos era del Sur —suspiró doña Matilde.

—¿Con Zapata? —exclamó doña Elvira. Sus amigos se habían vuelto locos esa noche o quizá solo querían ponerla en ridículo delante del extranjero. Recordó el alivio de todos cuando supieron el asesinato de Emiliano Zapata. Durante muchas noches les pareció oír el ruido de su cuerpo al caer en el patio de la Hacienda de Chinameca y pudieron dormir tranquilos.

—Matilde habla como un general del Gobierno —dijo Segovia con aire divertido, y pensó en el nuevo idioma oficial en el que las palabras «justicia», «Zapata», «indio» y «agrarismo» servían para facilitar el despojo de tierras y el asesinato de los campesinos.

—¡Es verdad! ¿Sabes que el Gobierno le va a hacer una estatua? —preguntó doña Elvira con alegría.

—¡Para que no digan que no son revolucionarios...! ¡No tiene remedio, el mejor indio es el indio muerto! —exclamó el boticario recordando la frase que había guiado a la dictadura porfirista y aplicándola ahora con malicia al uso que se pretendía hacer con el nombre del indio asesinado Emiliano Zapata. Los demás festejaron con carcajadas la sutileza del boticario—. Me parece una broma estúpida —contestó Martín Moncada.

—No se enoje, don Martín —suplicó Segovia.

—Todo esto es muy triste...

—Es verdad, aquí la única que gana siempre es Julia —contestó el boticario con amargura.

—Sí, la culpa la tiene esa mujer —exclamó la señora Montúfar.

—¿Y en México no saben lo que pasa por aquí? —preguntó con cautela doña Matilde para ahuyentar al fantasma de Julia.

—¿Y en Ixtepec no hay teatro? —dijo el fuereño cambiando la respuesta por otra pregunta.

—¿Teatro? ¿Quiere usted más teatro del que nos da esta mujer? —repuso la madre de Conchita sobresaltada y mirando con asombro al extranjero.

—¡Es una lástima! —aseguró este con tranquilidad.

Los demás se miraron sin saber qué decir.

—La gente vive más feliz. El teatro es la ilusión y lo que le falta a Ixtepec es eso: ¡la ilusión!

—¡La ilusión! —repitió melancólico el dueño de casa. Y la noche oscura y solitaria cayó sobre ellos llenándolos de tristeza. Nostálgicos, buscaron algo impreciso, algo a lo que no lograban darle forma y que necesitaban para cruzar los innumerables días que se extendían ante ellos como un enorme paisaje de periódicos viejos, en cuyas hojas se mezclan con grosería los crímenes, las bodas, los anuncios, todo revuelto, sin relieve, como hechos vaciados de sentido, fuera del tiempo, sin memoria.

La fatiga cayó sobre las mujeres y los hombres se miraron inútiles. En el jardín los insectos se destruían unos a otros en esa lucha invisible y activa que llena a la tierra de rumores. «Las ratas están agujereando mi cocina», se dijo doña Elvira Montúfar y se puso de pie. Los demás la imitaron y juntos salieron a la noche. Felipe Hurtado se ofreció a acompañarlos. El grupo avanzó cabizbajo por mis calles silenciosas. Ocupados en evitar los baches y los desniveles de terreno, apenas hablaban. Al llegar a la plaza abandonada vieron la luz que se escapaba por las persianas del balcón de Julia.

—¡Ahí están esos! —dijo doña Elvira con rencor.

¿Qué estarían haciendo? La imagen de una dicha ajena los dejó taciturnos. Quizá Francisco Rosas tenía razón. Quizá solo la cara sonriente de Julia ahuyentaba a los días de papel de periódico y en su lugar crecían los días de soles y de lágrimas. Inseguros se alejaron del balcón elegido para perderse por las calles oscuras, buscando sus zaguanes que los veían entrar y salir todos los días idénticos a sí mismos.

En su viaje de regreso, Felipe Hurtado se detuvo frente a los balcones de la querida de Ixtepec. Luego atravesó la calle y se sentó en una de las bancas de la plaza desde donde dominaba la ventana del cuarto de Julia. Con la cabeza entre las manos y entregado a pensamientos infinitamente tristes, esperó a que amaneciera.

En la mañana sus huéspedes lo miraron con extrañeza. Hubieran querido decirle que toda la noche habían esperado su vuelta temerosos de que algo malo le hubiera ocurrido, pero no se atrevieron. Él se presentó manso y sumiso como un gato y sus amigos aceptaron su presencia con beneplácito.

OCHO

¿CUÁL FUE LA LENGUA QUE POR PRIMERA VEZ PRONUNCIÓ LAS PALABRAS que habían de empeorar mi suerte? Han pasado ya muchos años y todavía no lo sé. Aún veo a Felipe Hurtado seguido por aquella frase como si un animal pequeño y peligroso lo persiguiera de día y de noche. «Vino por ella». En Ixtepec no había otra ella que Julia. «Vino por ella», decían las hijas de don Ramón cuando desde sus balcones veían la figura alta del forastero. Su padre le salió al paso, se mostró afectuoso y solícito y trató de llevarlo al terreno de las confidencias.

—¿Piensa usted quedarse mucho tiempo con nosotros? —dijo el señor Martínez mientras escrutaba con avidez los ojos del forastero.

—Todavía no lo sé... Depende.

Pero, en fin, un joven debe saber lo que quiere... Tal vez le moleste mi indiscreción —se apresuró a decir cuando vio la frialdad con que su interlocutor recibía sus palabras.

—No, ¿por qué supone que me molesta? Más bien agradezco su interés —contestó el forastero.

—La primera vez que lo vi, pensé que pertenecía a esa clase de jóvenes dinámicos que buscan un negocio brillante... Algo productivo...

—¿Un negocio? —preguntó Felipe Hurtado como si fuera la primera vez que semejante idea le cruzara por la cabeza.

—¡No, nunca pensé semejante cosa! —agregó echándose a reír.

—Pues imagínese, amigo mío, que Catalán creyó que era usted inspector. Yo le aseguré que no había nada más lejos de usted que esa carrera.

Felipe Hurtado se rió de buena gana.

—¡Inspector! —comentó, como si la ocurrencia de don Pedro Catalán fuera realmente graciosa.

—¡Es un charlatán! —dijo don Ramón a guisa de excusa por su curiosidad y buscando la manera de continuar el diálogo, pero Felipe Hurtado hizo ademán de retirarse y a don Ramón no le quedó más remedio que cederle el paso.

—¡No me cabe duda! ¡Ahora sí que no me cabe la menor duda! —gritó triunfante don Ramón al entrar a su casa. Sus hijas se precipitaron hacia él—. Este joven que se hace llamar Felipe Hurtado «vino por ella» —aseguró el viejo.

Las mujeres se compadecían a su paso y repetían las palabras que seguían al joven por mis calles. Él parecía ignorar la frase que iba de boca en boca y salía tranquilamente a campo abierto, en donde el sol pega fuerte, la tierra está erizada de espinas y las víboras duermen entre las piedras. Los arrieros lo encontraban cerca del Naranjo, caminando o sentado en una piedra, con un libro en la mano y la cara afligida por un pesar que no le conocíamos. A su regreso pasaba por la acera del Hotel Jardín. Julia estaba en la ventana. Nadie los vio nunca darse los buenos días. Solo se miraban. Ella, impávida, lo veía perderse en los portales. Los transeúntes se miraban maliciosos repitiéndose con gestos: «Vino por ella».

Y era indudable que algo sucedía. Desde la llegada del extranjero la actitud de Rosas empeoró. Se hubiera dicho que alguien le había soplado en el oído la frase destinada a todos los oídos menos a los suyos y que vivía hostigado por la duda.

Nosotros seguíamos con malignidad y regocijo aquellas relaciones apasionadas y peligrosas y llegábamos a la conclusión: «La va a matar». La idea nos producía un júbilo secreto y cuando veíamos a Julia en la iglesia con el chal negro enroscado al cuello dejando ver su escote delicado, nos mirábamos levantando un coro mudo de reproches. Inquieto, el general esperaba en el atrio. Él nunca iba a misa, no se mezclaba con beatas y santurrones. Nervioso, fumaba recargado en un almendro. Sus asistentes esperaban con él a que los servicios terminaran. Las queridas eran devotas y asistían con regularidad a la misa. La actitud arisca de Rosas hacía que procuráramos no rozarlo a la salida. Lo veíamos desde lejos y nos alejábamos prudentes.

—¡Esa mujer no tiene temor de Dios!

Las mujeres se iban en grupos enlutadas mirando con avidez a Julia que se alejaba del brazo de su amante.

—Sería bueno presentar una queja al padre Beltrán para que no la admita en la iglesia —propuso Charito, la hija de María y directora de la escuelita de Ixtepec.

—¡Todo el mundo tiene derecho a Dios! —protestó Ana Moncada.

—Pero ¿no te das cuenta, Ana, del mal ejemplo que da a las jóvenes? Además, es una ofensa para las mujeres honestas.

Llevada por Francisco Rosas, Julia salió del atrio sin oír los comentarios hostiles. Solitaria, perdida en Ixtepec, ignoraba mis voces, mis calles, mis árboles, mis gentes. En sus ojos oscuros se veían las huellas de ciudades y de torres lejanas y extrañas a nosotros. Rosas la llevaba a buen paso. Quería guardarla de las miradas envidiosas que corrían detrás de su figura alta y pensativa.

—Quiero caminar —pidió la joven esbozando una sonrisa para excusar su capricho.

—¿Caminar? —preguntó Francisco Rosas y miró a la joven por encima del hombro. Julia le mostró su perfil imperturbable. El general miró con atención la línea de su frente. ¿En qué iría pensando? ¿Por qué quería caminar, ella tan perezosa? Un nombre le vino a la memoria y se dirigió al hotel.

—Dime, Julia, ¿por qué quieres caminar?

Rodolfo Goríbar, acompañado de dos de sus pistoleros tabasqueños, esperaba al general en los portales del hotel. Desde lejos lo vio venir con Julia y le salió al paso, a sabiendas de que era inoportuna su presencia.

—General... —lo llamó con timidez. Rosas lo vio como si no lo conociera.

—Una palabrita, general...

—Véame después —contestó Rosas sin mirarlo y se alejó con Julia. Rodolfo Goríbar se volvió a sus amigos.

—Vamos a esperarlo —y se quedó paseando delante de la puerta del Hotel Jardín. La experiencia le decía que el general no tardaría en salir. Cuando se enojaba con Julia era el momento en que concedía todas las muertes. Rodolfito sonrió con beatitud.

—¡Indios cabrones!

Sus hombres lo miraron, escupieron por el colmillo y se ladearon los sombreros. Ellos podían esperar durante horas. El tiempo corría veloz cuando la presa estaba segura y la expresión plácida de su jefe les daba esa certeza.

—Cuestión de horas —dijeron tragándose las eses.

Julia se dejó caer de bruces sobre la cama. Francisco Rosas, sin saber qué hacer ni qué decir, se acercó a la ventana. Sus ojos apagados por el miedo que le inspiró el tedio de la joven se hallaron frente a los torrentes de sol que entraban a través de las persianas. Sintió ganas de llorar. No la entendía. ¿Por qué se empeñaba en vivir en un mundo distinto del suyo? Ninguna palabra, ningún gesto podían rescatarla de las calles y los días anteriores a él. Se sintió víctima de una maldición superior a su voluntad y a la de Julia. ¿Cómo abolir el pasado? Ese pasado fulgurante en el que Julia flotaba luminosa en habitaciones irregulares, camas confusas y ciudades sin nombre. Esa memoria no era la suya y era él el que la sufría como un infierno permanente y desdibujado. En esos recuerdos ajenos e incompletos encontraba ojos y manos que miraban y tocaban a Julia y la llevaban después a lugares en donde él se perdía buscándola. «Su memoria es el placer», se dijo con amargura y oyó cómo Julia se levantó de la cama, llamó a la criada y ordenó un baño de agua bien caliente. La oyó moverse a sus espaldas, buscar los frascos de perfume, escoger el jabón, las toallas.

—Me voy a bañar —dijo la joven en un susurro y salió de la habitación. Rosas se sintió muy solo. Sin Julia el cuarto quedó desmantelado, sin aire, sin futuro. Se volvió y vio la huella de su cuerpo sobre la cama y sintió que giraba en el vacío. Él no tenía memoria. Antes de Julia su vida era una noche alta por la que él iba a caballo cruzando la Sierra de Chihuahua. Era el tiempo de la Revolución, pero él no buscaba lo que buscaban sus compañeros villistas, sino la nostalgia de algo ardiente y perfecto en que perderse. Quería escapar de la noche de la sierra, en donde solo le quedaba el consuelo de mirar las estrellas. Traicionó a Villa, se pasó con Carranza y sus noches siguieron iguales. Tampoco era el poder lo que buscaba. El día de su encuentro con Julia tuvo la impresión de tocar una estrella del cielo de la sierra, de atravesar sus círculos luminosos y de alcanzar el cuerpo intacto de la joven, y olvidó todo lo que no fuera el resplandor de Julia. Pero ella no olvidó y en su memoria seguían repitiéndose los gestos, las voces, las calles y los hombres anteriores a él. Se encontró frente a ella como un guerrero solitario frente a una ciudad sitiada con sus habitantes invisibles comiendo, fornicando, pensando, recordando, y afuera de los muros que guardaban al mundo que vivía adentro de Julia estaba él. Sus iras, sus asaltos y sus lágrimas eran vanas, la ciudad seguía intacta. «La memoria es la maldición del hombre», se dijo, y golpeó el muro de su cuarto hasta hacerse daño. ¿Acaso el gesto que él hacía ahora no quedaría para siempre en el tiempo? ¿Cuántas veces, mientras hablaba con sus amigos, Julia se paseaba desnuda en su imaginación? Él seguía sus pasos, veía sus ojos y su cuello moviéndose dentro del mundo húmedo de las gacelas y oía a sus subordinados hablar de barajas y dinero. «La memoria es invisible», se repitió con amargura. La memoria de Julia le llegaba hasta cuando era él quien la llevaba dormida entre sus brazos cruzando las calles de Ixtepec. Era ese su dolor irremediable: no poder ver lo que vivía adentro de ella. Ahora mismo, mientras él sufría viendo los rayos secos del sol, ella jugaba con el agua, olvidada de Francisco Rosas que sufría porque ella no olvidaba. Estaría bajo el agua recordando a otros baños y a otros hombres que la esperaban transidos. Se vio en muchos hombres preguntándole sin esperanza de respuesta: «¿En qué piensas, mi amor...?».

Le llegó su perfume y la oyó volver caminando descalza sobre

las losetas rojas. Y la oyó caminar en muchos cuartos parecidos, dejando tras de sí unas huellas húmedas que huían en un vapor leve y brevísimo. Julia entraba en muchos cuartos y muchos hombres la oían llegar y aspiraban su perfume de vainilla que subía en espirales a un mundo invisible y perdido.

—¡Julia! —la llamó sin volverse.

La joven se acercó. Francisco Rosas oyó venir a ese mundo vasto que se escondía detrás de su frente. Su frente era un muro altísimo que la separaba de él. «Detrás está engañándome», se dijo, y la vio galopando en paisajes desconocidos, bailando en oscuros salones de pueblo, entrando en camas enormes acompañada de hombres sin cara.

—Julia, ¿hay algún pedacito de tu cuerpo que no lo haya besado alguien? —preguntó sin volverse y asustado de sus palabras. La joven se acercó más a él y permaneció silenciosa—. Julia, yo solo te he besado a ti —suplicó humilde.

—También yo —y su mentira le rozó la nuca. Con los recuerdos de Julia, Francisco Rosas dibujó en el sol que entraba por las persianas la cara apacible de Felipe Hurtado.

Sin decir una palabra salió de la habitación y llamó a gritos a don Pepe Ocampo.

—¡Que no se abran las ventanas de la señorita Julia!

Salió a la calle buscando con miradas amarillas al forastero. Rodolfito Goríbar le salió al paso. El general siguió de largo. El joven hizo una seña a sus hombres y los tres siguieron al militar a buena distancia. La gente que veía pasar al general sonreía maliciosamente. «¿Qué andará buscando Rosas?».

Muy entrada la noche volvió al hotel. Traía los ojos enrojecidos, la cara ardida por el sol y los labios resecos por el polvo. Julia lo esperaba sonriente. El hombre se tiró en la cama y miró con fijeza las vigas oscuras del techo. Se sentía perseguido por unos recuerdos que lo martirizaban por imperfectos. «Si me pudiera acordar bien», se repetía con una voluntad reseca que le llenaba la cabeza de polvo, «pero no me acuerdo de las caras». Julia se acercó y se inclinó sobre su rostro ardido.

—Te dio mucho el sol —dijo, mientras le pasaba la mano por la frente. Francisco Rosas no contestó. Alguna vez en el pasado Julia había hecho el mismo gesto, quizá ni siquiera era a él a quien le pasaba la mano por la frente, y él, Rosas, la veía dentro de su memoria acariciando a un desconocido.

—¿Es a mí a quien le tocas la frente?

Julia retiró la mano como si se la hubieran quemado y asustada se la guardó en el pecho. Detrás de sus párpados huyeron veloces unos recuerdos que Rosas alcanzó a vislumbrar. Quieta en el cuarto perfumado, idéntico al cuarto de todas las noches, Julia parecía la misma Julia y sin embargo él, Rosas, era otro hombre con un cuerpo y una cara diferente. Se levantó y avanzó hasta ella. Sería el otro, la besaría como la habían besado en el pasado.

—Ven, Julia, ven con cualquiera. No importa que Francisco Rosas sea tan desgraciado.

Por la mañana las criadas llevaron la noticia: en el manglar de las trancas de Cocula había cinco hombres colgados y entre ellos estaba Ignacio, el hermano de Agustina la panadera. La mujer andaba gestionando que le permitieran bajar el cuerpo de su hermano y todos nos habíamos quedado sin bizcochos.

—¡Pobres hombres, tal vez no quisieron entregar sus tierras...! —explicó doña Matilde al extranjero sin querer decir lo que pensaba. Esta vez se trataba de culpar a uno de sus amigos y la señora prefería guardar silencio. Estaba avergonzada. Felipe Hurtado no supo qué decir. Desde su llegada era la primera vez que había muertos en Ixtepec. Miró la mesa tendida para el desayuno, se sirvió una taza de café caliente y trató de sonreír. La señora no hizo más comentarios.

—¡Es Julia...! Ella tiene la culpa de todo lo que nos pasa... ¿Hasta cuándo se saciará esta mujer...? ¡Pues no desayuno! —gritó doña Elvira y empujó con violencia la cafetera que Inés acababa de poner sobre la mesa. Conchita se sirvió su café y miró de frente a su madre. ¿Cómo podía enojarse porque no había bizcochos cuando el pobre Ignacio estaba colgado al sol, muerto y tristísimo después de haber pasado una vida aún más triste? Desde niña lo había visto atravesar el pueblo descalzo y vestido con sus ropas de manta viejas y remendadas. ¿Cuántas veces le había hablado? Le pareció oír su voz: «Buenos días, niña Conchita», y sintió que iba a llorar.

—Si lloras yo también lloro —amenazó doña Elvira adivinando las lágrimas ocultas de su hija y con disimulo se sirvió una taza de café y la bebió despacio, perdida en unos pensamientos que por primera vez la asaltaban. «¡Pobre Ignacio! ¡Pobres indios! ¡Tal vez no son tan malos como creemos!». Y la madre y la hija quedaron frente a frente sin saber qué decirse. Las esperaba un día largo y pesado, uno de esos días, tan frecuentes en Ixtepec, poblados de muertes y de augurios siniestros.

Doña Lola Goríbar se levantó temprano y revisó con esmero el orden de su casa. Estaba inquieta. Su hijo dormía plácido, olvidado de haber amanecido a un día peligroso. Lo contempló largo rato y se sintió sin fuerzas para escapar al sobresalto de saberse en un mundo enemigo. «¡Dios mío, Dios mío! ¿Por qué serán las gentes tan malas con nosotros?», y miró a su hijo con compasión. Desde niña se supo amenazada: la gente le deseaba el mal. Desde niña había en su memoria una distancia que la separó de los juegos y más tarde la dejó sola en las fiestas. La codicia en los ojos de los demás había abierto ese foso entre ella y el mundo. Poco a poco, obligada por la avidez que despertaba y que la hacía sufrir, se retiró de sus amistades y se entregó a una vida solitaria y ordenada. Cuando nació su hijo se llenó de miedo y quiso protegerlo del mal que la aquejaba y que parecía hereditario, pues Rodolfito despertaba la misma envidia que ella había despertado en Ixtepec. La experiencia le enseñó que no podía hacer nada contra esa desdicha, nada, sino andar con pies de gato. «No lo olvides, hijito, el que da primero da dos veces». Pero Rodolfo era un inocente, dormía como un niño, ajeno a las maquinaciones del pueblo. A esa hora ya las lenguas y los ojos apuntaban amenazadores hacia su casa. Pensativa, salió al corredor y llamó a los criados. Los miró con astucia.

—No hagan ruido. El niño Fito llegó muy tarde... Tiene que dormir; está muy cansado.

Los criados la escucharon con rencor y se alejaron sin contestar, y doña Lola los vio irse entre las plantas del jardín. Era verdad que la odiaban. Cuando el odio flotaba en su casa, ejercía su poder con beneplácito. Se dirigió al comedor a esperar su chocolate perfumado.

—No hay bizcochos, señora.

—Ya lo sé, tenemos que pagar justos por pecadores —y bebió el chocolate a sorbitos mirando complacida las idas y venidas cuidadosas de su criada.

—En la cocina, las demás sirvientas desayunaban el café negro y las tortillas con sal.

—Fue este manfloro... Aprovechó los celos de Rosas.

—Quién sabe el mal fin que tenga...

Estaban descalzos y sus pies, rajados por el continuo andar sobre las piedras, tristes y olvidados de la suerte. De buena gana se hubieran ido de la casa de doña Lola Goríbar, pero el hambre que sufrían en el campo los obligaba a seguir en su cocina.

—¡No lo cuenten delante de la niña! —gritó Ana Moncada al oír la noticia de la muerte de Ignacio. Su marido la oyó con tristeza y miró la mañana azul y luminosa que reposaba sobre las plantas. Hacía muchos años su madre había gritado lo mismo: «¡No lo digan delante del niño!». ¿Por qué no podían decir las criadas que Sarita había muerto esa mañana? Aquel día recordó sin dificultad la iglesia y las telas blancas que cubrían la cabeza de Sarita. La recordó arrodillada frente al altar y recordó sus zapatos de raso blanco y suelas amarillas. Las criadas guardaron silencio como ahora delante del grito de Ana y su madre se asomó a la olla del chocolate y aspiró su perfume con deleite. Él, sin decir una palabra, salió de la cocina, se acercó al zaguán a esa hora abierto y se fue a la calle. Era la primera vez que salía solo. Lo llamaban con urgencia las ventanas de la muerta. Se vio caminando sobre el empedrado con su estatura de cinco años. Lo detuvo el aire petrificado que envuelve las casas de los muertos. Se trepó por el muro hasta alcanzar los barrotes de la ventana y miró al interior de la casa. Reconoció la falda y los zapatos blancos apuntando inmóviles hacia la ventana por la que él espiaba. Sarita estaba sola y muerta. Sorprendido, no de la muerte, sino de que fuera precisamente Sarita la que había muerto, se dejó caer a la acera y volvió cabizbajo a su casa.

—¿En dónde andabas? —le gritaron sus padres, su hermana Matilde y los criados. Él no contestó. Solitario, entró en ese día cargado de recuerdos no vividos. Por la noche, en su cama, recordó su propia muerte. La vio muchas veces ya cumplida en el pasado y muchas veces en el futuro antes de cumplirse. Pero era curioso que en el pasado fuese él, Martín, el que había muerto y en el futuro un personaje extraño el que moría; mientras él, acomodado en el techo de su cuarto miraba sus dos muertes, la realidad de su cama minúscula, de su cuerpo de cinco años y de su habitación, pasaron a una dimensión sin importancia. Las vigas oscuras del techo con el sol de la mañana lo devolvieron a un presente banal, sucedido entre las manos de sus nanas. Desde esa noche su porvenir se mezcló con un pasado no sucedido y la irrealidad de cada día.

Miró el reloj que columpiaba aburrido sus segundos y el péndulo le recordó a Ignacio balanceándose en el tiempo permanente de la mañana.

—¿Ya los bajaron?

—No, señor —contestó Félix con pudor. No quería que nadie adivinara la pena que sentía por sus iguales: «Los pobres somos un estorbo...».

—Iremos a gestionar que los devuelvan —dijo Martín, persuadido de que vivía una mañana desconocida y sin saber qué cuerpos reclamaba, ni de dónde quería que los bajaran.

—Puede ser que al señor se los devuelvan, siempre respetan más a los de traje —dijo Félix, sabiéndose de los descalzos.

—¡Niñas! ¡Niñas! ¡Levántense, por el amor de Dios! —gritó Juan Cariño cuando se enteró de la muerte de Ignacio y sus cuatro amigos. Las niñas oyeron su llamado y siguieron durmiendo. El señor presidente golpeó con los nudillos a las puertas de las mujeres: nunca se había sentido tan desazonado. La víspera había visto a Rodolfo Goríbar acompañado de sus pistoleros seguir al general en su paseo desordenado por el pueblo. «Este muchachito quiere sangre», se dijo, y a su vez lo siguió todo el día. No vio que hablara con el general y ya de noche, cuando Francisco Rosas entró a la cantina, perdió la pista de Goríbar y sus matones y volvió tranquilo a su casa. Durante el sueño, algo le dijo que Rodolfito esperaba en las sombras la salida del general borracho. Ahora no se perdonaba ese descuido. Volvió a llamar a las puertas de los cuartos de las cuscas, pero estas seguían durmiendo.

—¡Niñas, asesinaron a cinco agraristas! ¡Vamos a la Comandancia Militar!

—Señor presidente, se van a reír de nosotros. De nada sirve protestar —rogó *la Luchi.*

—¿De nada? ¡Ignorante! Si todos los hombres del mundo hubieran pensado como tú, todavía estaríamos en la Edad de Piedra —respondió Juan Cariño solemne. El término Edad de Piedra le producía escalofríos y esperaba que en los demás hiciera el mismo efecto. Miró a las muchachas con atención y repitió, lúgubre.

—Tal como me oyen: ¡en la Edad de Piedra!

Las mujeres asustadas guardaron silencio y se dispusieron a obedecer sus órdenes. Él revolvió sus ropas hasta encontrar una cinta negra que cosió con esmero a la solapa de su levita. Estaba triste. Se hacía viejo y perdía poder. Se encerró en el saloncito rodeado de sus diccionarios. Iría a la Comandancia armado de palabras capaces de destruir el poder de Francisco Rosas y el de Rodolfito. Las jóvenes lo ayudarían.

—Ustedes lo único que deben hacer es repetir a coro las palabras que yo diga al general.

—Muy bien, pero acuérdese señor presidente que no tenemos permiso para caminar por el centro de Ixtepec.

—¡Bah! Tonterías.

A eso de las cinco de la tarde Juan Cariño desfiló por mis calles seguido de las cuscas que caminaban cabizbajas. Avergonzadas, trataban de ocultarse el rostro con las chalinas negras. Las gentes preguntaban asombradas.

—¿Adónde van?

—A la Comandancia. ¿Gustan unirse a esta manifestación?
Nosotros nos reíamos y contestábamos con palabras soeces a la invitación de Juan Cariño. Él trataba de cogerlas al vuelo. Después de haber meditado todo el día, iba seguro de que su maldición aniquilaría a Francisco Rosas. En adelante contestaría a la violencia con la violencia. No quería seguir contemplando el martirio de los inocentes. Llegó a la Comandancia Militar y los soldados lo miraron con regocijo.

—¡Ora! ¿Qué se traen? ¿Ya se mudaron acá...? ¡Nos va a resultar muy cómodo!

Las mujeres no contestaron. Mortificadas, siguieron al señor presidente que llegó muy dueño de sí hasta la antesala del general Francisco Rosas. El capitán Flores, que atendía el escritorio, lo miró asombrado.

—¿Qué desea, señor presidente? —preguntó con los ojos muy abiertos.

—Haga el favor de anunciar mi visita. Vengo en nombre de las cinco víctimas.

El capitán Flores no supo qué contestar. Juan Cariño lo había tomado por sorpresa. Fascinado por los ojos del loco, se levantó y desapareció por la puerta que comunicaba con el despacho del general Rosas.

—Siéntense, y no olviden repetir a coro lo que yo le diga a ese hombre.

Las muchachas ocuparon las sillas vacías de la antesala y esperaron inmóviles. Juan Cariño repetía las maldiciones en voz baja. Quería cargarlas de poder para que en el momento de decirlas salieran con la violencia de un disparo. Las voces de las muchachas ayudarían. Pasó una hora, luego otra, y el reloj de la iglesia dio las ocho de la noche. Juan Cariño, extrañado, se acercó a la puerta por la que había desaparecido el capitán Flores, escuchó unos segundos y llamó. Del otro lado de la puerta no dieron señales de vida. El loco aguardó unos momentos y volvió a llamar. Le contestó el mismo silencio. Se asustó. Quizá la sola violencia de sus maldiciones, aun antes de ser pronunciadas, había surtido efecto y Francisco Rosas, el capitán Flores y Rodolfo Goríbar yacían muertos. Abrió la puerta de un empellón. Quería cerciorarse: en el despacho de Francisco Rosas no había nadie.

—¡Esto es una burla! —gritó súbitamente enfurecido y empezó a dar voces y a decir palabras incoherentes como si se hubiera vuelto loco. Las muchachas asustadas trataron de calmarlo. Aparecieron unos soldados.

—¿Qué escándalo es este? ¡Fuera de aquí!

—¿En dónde se escondió Francisco Rosas?

—¡Ay Dios, qué miedo! —dijo un soldado, imitando la voz de una mujer.

—¡Lárguense! ¡El señor general hace mucho tiempo que salió! ¡Lárguense o los detengo a todos...!

Y los soldados sacaron a empellones a Juan Cariño y a las muchachas. Cuando se encontraron en la calle, las mujeres con las chalinas desgarradas y él sin su sombrero de copa, amenazó:

—¡Díganle a ese asesino que no vuelva a presentarse nunca más en la Presidencia!

—¡Ora sí! ¡Huelga de putas!

Los soldados se echaron a reír mientras Juan Cariño buscaba entre las piedras su sombrero abollado. Volvió a su casa y cerró la puerta con llave.

—Los asesinos no volverán a entrar aquí mientras no laven sus crímenes.

Las muchachas aceptaron sus palabras. Tarde en la noche, algunos soldados y oficiales llamaron con grandes golpes a la puerta. *La Luchi* no se dignó a abrirles.

La voz que anuncia lo secreto corrió de boca en boca y acusó a Rodolfo Goríbar del asesinato de Ignacio y sus amigos. Tal vez los actos quedan escritos en el aire y ahí los leemos con unos ojos que no nos conocemos. Pasamos muchas veces frente a la casa de doña Lola. «Aquí está durmiendo el asesino», decía la luz que la envolvía, y a través de sus paredes lo vimos despertarse ya muy tarde y vimos a su madre llevarle una bandeja de comida.

—¿Te sientes bien, hijito?

Doña Lola se inclinó sobre Rodolfo y lo observó con ansiedad. «Ahorita está comiendo», dijimos, viendo lo que ocurría dentro de la casa. No quitamos la vista de su cuarto y sus amigos encerrados en sus casas miraban el ir y venir de doña Lola llevándole croquetas, ensaladas y sopitas.

En la mañana Martín Moncada esperó varias horas antes de que Rosas diera la orden para descolgar los cuerpos de los ahorcados. Por la tarde, mientras Juan Cariño esperaba en la Comandancia Militar, don Martín, acompañado del doctor Arrieta, de Félix y de algunos soldados se dirigió a las trancas de Cocula y a las siete de la noche llegó a casa de Agustina con los cinco cadáveres mutilados.

—¡Ay, señor, no sé para qué les hicieron esto! —lloró Agustina con los ojos secos.

Desde esa noche Rodolfo Goríbar, el hijo más fiel de Ixtepec, le produjo espanto. Trataba de no pensar en él y de olvidar la gordura y las palabras grotescas de su madre y se refugiaba en la lectura.

Cuando cayó la noche un miedo súbito se apoderó de mis gentes. Doña Elvira, presa de pánico, gritó:

—¡Vamos a ver a Matilde!

No quería estar sola. Al llegar a la casa de don Joaquín se encontró con los amigos de costumbre sentados en el corredor, mirándose asombrados. ¿Qué hacer o qué decir? Ninguno se atrevía a nombrar a Rodolfito. Alguno que otro «pobre Ignacio» se escapó de sus lenguas. Tampoco hablaron de la aparición de Juan Cariño seguido de las cuscas. Callados, bebían sus refrescos y arrimaban sus sillas para cerrar el círculo y sentirse menos solos en la noche inhóspita. A Ignacio había que echarle tierra para que nunca más los asustara su cuerpo mutilado. ¿Y si el verdadero culpable fuera otro? Les costaba aceptar que fuera Rodolfito. Doña Elvira se movió inquieta en su silla. Quería hablar, romper el silencio que los acusaba delante de Felipe Hurtado.

—Dicen que lo está volviendo loco... —dijo la viuda, y enrojeció ligeramente al llevar la conversación a Julia. Ella era la verdadera culpable. Las criadas del Hotel Jardín dejaban los chismes en las cocinas y de allí pasaban a las mesas y a las reuniones. Sus amigos la miraron con aprobación, incitándola a que dijera lo que sabía sobre la responsabilidad de Julia en la muerte de Ignacio.

—¿Vieron la cara que tenía el general esta mañana?

—Sí, muy atravesada.

—Figúrense que anoche llegó al hotel a eso de las doce, sin duda después de haber colgado a ese pobre de Ignacio a quien Dios perdone sus pecados, y como a las tres de la mañana despertó a don Pepe para que le sirviera una comida especial porque Julia tenía hambre.

—Me pregunto qué hacen esos dos a esas santas horas de la noche. ¡Velando como almas en pena! —exclamó doña Carmen Arrieta.

—Los remordimientos no los dejan dormir —aventuró doña Matilde con inocencia.

—¡Por Dios, Matilde, esas mujeres siempre tienen malas mañas!

Los hombres escucharon pensativos. Isabel se sintió extraña entre esa gente a la que había visto desde niña. Se acercó a Hurtado. Le inspiraba confianza y en la ausencia de sus hermanos se sentía más unida a él que a sus conocidos de Ixtepec.

—Solo la saca para llevarla a la misa. ¿No se fijaron que hoy no se lució en el balcón?

—Es cierto. Y las otras, ¿qué hacen?

—Pues qué van a hacer. Ya saben que cuando el amo anda triste los criados fingen estarlo.

Doña Carmen arrebató la palabra a su amiga para decir que el tren de México llegaba todos los días repleto de regalos para Julia.

Y describió minuciosamente los trajes, las alhajas y las comidas exquisitas con las que el general regalaba a su querida. Los demás la escucharon boquiabiertos.

—¡En eso se van los dineros del pueblo! —comentó el doctor.

—¡La tiene cubierta de oro!

—¡Para esas mujeres hicimos la Revolución! —concluyó el médico.

—La Revolución no la hicieron ustedes. Es natural que ahora no les toque nada del botín —aventuró Isabel, sonrojándose.

—¡El botín! —repitió azorado el doctor Arrieta.

—Doctor, Isabel habla pensando en una lección de la *Historia de Roma* —intervino Tomás Segovia.

Isabel lo miró con enojo. Felipe Hurtado se puso de pie, la tomó del brazo y la alejó del grupo. Juntos salieron al jardín y se perdieron entre los helechos. Conchita los vio alejarse con nostalgia. También a ella le aburrían las mismas frases repetidas a través de los meses. Su madre se inclinó al oído de doña Carmen.

—¡Duerme desnuda!

—¿Qué dices?

—Que Julia duerme desnuda.

La esposa del doctor se encargó de pasar al oído de su vecino la preciosa revelación. Cuando Isabel y Hurtado volvieron al grupo, Tomás le pasó el secreto al extranjero. Este se volvió hacia la joven.

—Hay veces en que uno está de sobra en este mundo —le dijo en voz muy baja.

—Yo siempre he estado de sobra —contestó Isabel.

La noche avanzaba difícilmente, llevando a cuestas los crímenes del día. El jardín empezaba a quemarse a fuerza de sol y ausencia de lluvias, y los invitados, pasada la excitación que les produjo el nombre de Julia, volvieron a sus pensamientos sombríos. Se esforzaron en mirar los helechos, todavía húmedos en medio de la sequía. El gran calor de ese año y el crimen de Rodolfito los tenía inquietos. Volvieron a pensar en: «si Julia vuelve a pelearse con el general, pobres de nosotros» y se lo dijeron para disculpar a Goríbar. Julia tenía que ser la criatura preciosa que absorbiera nuestras culpas. Ahora me pregunto si sabría lo que significaba para nosotros. ¿Sabría que también era nuestro destino? Tal vez sí, por eso de cuando en cuando nos miraba con benevolencia.

NUEVE

PASARON UNOS DÍAS Y LA FIGURA DE IGNACIO TAL COMO LA VEO AHORA,
colgada de la rama alta de un árbol, rompiendo la luz de la mañana como un rayo de sol estrella la luz adentro de un espejo, se separó de nosotros poco a poco. No volvimos a mentarlo. Después
de todo, solo era un indio menos. De sus cuatro amigos ni siquiera
recordábamos los nombres. Sabíamos que dentro de poco otros
indios anónimos ocuparían sus lugares en las ramas. Solo Juan
Cariño se obstinaba en no cruzar mis calles y, encerrado en su
cuarto, se negaba a mirarme. Sin sus paseos las tardes no eran las
mismas tardes y mis aceras estaban llenas de cáscaras de jícamas,
de cacahuates y de palabras feas.

Todavía estaba cerrada la casa de *la Luchi* cuando los Moncada
volvieron al pueblo. Su llegada nos llenó de bullicio. Venían alegres,
y al atravesar mis calles las sembraban de risas y de gritos. Felipe
Hurtado los acompañaba en sus idas y venidas.

—Parecen hermanos —decía Matilde al verlos reír y platicar
arrebatándose la palabra.

—¡Isabel, no interrumpas! —gritó Nicolás interrumpiendo a su
vez a su hermana.

La joven contestó a la reprimenda con una carcajada. Su risa se
contagió a los demás. Era domingo y había tertulia en la casa de

doña Matilde. Las bandejas con refrescos y golosinas circulaban con libertad y los invitados vestidos de gala hablaban de las noticias de los periódicos y de política.

—Calles se va a querer reelegir —se dijo casi con frivolidad.

—Es anticonstitucional —intervino el doctor.

—¡Sufragio efectivo, no reelección! —comentó con pedantería Tomás Segovia mientras lanzaba una mirada a Isabel. Esta, sin prestarle atención, reía con Hurtado y con sus hermanos. Conchita y el boticario trataron de atrapar palabras sueltas de aquella conversación risueña que amenazaba durar toda la tarde.

—¡Ah!, me parece que están hablando de los amantes —intervino Segovia con un gesto que le pareció mundano. Los jóvenes y Hurtado lo miraron sin entender lo que se proponía.

—¿De quiénes?

—¿Ya saben lo que hizo anoche esa mujer? —dijo doña Elvira regocijada al poder hablar de Julia.

—¿Qué hizo? —preguntó doña Carmen.

—Se emborrachó —contestó la madre de Conchita con satisfacción.

—¡Déjenla tranquila! —dijo Nicolás con impaciencia.

Las señoras protestaron. ¿Cómo se atrevía Nicolás a decir semejante cosa cuando era ella la que no nos dejaba tranquilos? Vivíamos en perpetuo sobresalto gracias a los caprichos de esa mujerzuela.

—Es tan bonita que cualquiera de nosotros daría algo por ser el general.

Una lluvia de protestas femeninas acogió las palabras de Nicolás.

—A ver usted, señor Hurtado, usted que la vio de cerca, ¿es cierto que es tan bonita como dicen? —preguntó con enojo doña Elvira. Felipe Hurtado se quedó pensativo. Luego, mirando a los ojos de la viuda y como si pesara bien sus palabras, declaró:

—Yo, señora, nunca he visto a una mujer más bonita que Julia Andrade...

Se interrumpió. Un silencio acogió sus palabras. Nadie se atrevió a preguntarle cómo y cuándo aprendió su nombre completo, pues en Ixtepec solo por Julia la conocíamos. La conversación se volvió difícil después de la confidencia involuntaria del extranjero. Sus amigos sintieron que sin proponérselo lo habían llevado a decir algo que debía quedar oculto.

—¡Se quedaron todos muy tristes! —dijo Nicolás tratando de reanimar al grupo.

—¿Tristes? —preguntaron los otros sorprendidos.

Hasta la casa de doña Matilde llegaron los acordes de la Banda Militar que tocaba marchas en la plaza.

—¿Y por qué no vamos a la serenata? —propuso Juan Moncada.

—Así podemos ver a Julia. Y Nicolás se levantó para animar a los demás a seguirlo.

Al llegar a la plaza la serenata estaba en su apogeo. La Banda Militar instalada en el kiosco llenaba el aire de marchas alegres. Los hombres daban vueltas por la izquierda y las mujeres por la derecha. Giraban así tres horas, mirándose al pasar. Isabel y Conchita se separaron de los jóvenes. Las señoras, acompañadas del doctor, se instalaron en una de las bancas.

Los militares con sus queridas al brazo eran los únicos que rompían el orden. Iban ellas como siempre, con sus vestidos claros, sus cabellos brillantes y sus joyas de oro. Se diría que pertenecían a otro mundo. La presencia de Julia llenaba de presagios el aire caliente de la noche. Desde lejos su traje rosa pálido nos anunciaba su belleza nocturna. Ella, indiferente, sonriendo apenas, paseaba al lado de Francisco Rosas, vigilante.

—¡Anda celoso! —dijimos con malignidad.

El general parecía inquieto: los ojos amarillos llenos de imágenes sombrías, muy erguido, trataba de disimular su pena y de saber de dónde le venía el peligro. La llegada de Hurtado a la plaza acompañado de los Moncada le produjo un sobresalto. Julia no se inmutó. Sonámbula, caminó entre la gente encandilándonos con su piel translúcida, sus cabellos ahumados y en una mano su abanico de paja finísima en forma de corazón transparente y exangüe. Dio varias vueltas por la plaza para ir a sentarse después en la banca de costumbre. Allí se formó una bahía de luz. Julia, en el centro del círculo mágico formado por ella, rodeada de las queridas y escoltada por los hombres de uniforme, parecía presa en un último resplandor melancólico. Las ramas de los árboles proyectaron sombras móviles y azules en su rostro. De la cantina de Pando trajeron refrescos. El general se inclinó ante ella para servirla.

Los hombres inquietos giraban de prisa para llegar al lugar donde se encontraba Julia. No podían perderla: bastaba seguir la estela de vainilla dejada por su paso. En vano la condenaban cuando estaban alejados de ella, pues una vez en su presencia no podían escapar al misterio de mirarla. Felipe Hurtado, al pasar cerca de ella, la miraba con los ojos bajos como si mirarla le produjera dolores extraños. Apenas si contestaba a las palabras de sus amigos.

Las noches en que Julia no salía de su hotel, la plaza languidecía. Los hombres esperaban hasta muy tarde, y al final, convencidos de que esa noche no la verían, volvían a su casa defraudados. Esa fue una de las últimas noches que la vimos. Estaba triste. Había adelgazado un poco: la nariz se le veía ahora más pálida y afilada:

Toda ella tenía un aire de tristeza y lejanía. Se dejaba llevar mansamente por su querido y apenas sonreía cuando este le cambiaba las pajuelas para que bebiera su refresco. Melancólica, movía su abanico de paja y miraba a Francisco Rosas.

—¿Por qué no lo querrá? —preguntó Isabel, mirando a la pareja desde lejos.

—¡Quién sabe! —respondió Conchita, buscando con los ojos a Nicolás que a su vez espiaba a Julia desde un rincón del parque. Parecía como si el joven quisiera aprisionar para siempre la imagen transparente de la querida. Conchita enrojeció. Ella, como todas las jóvenes de Ixtepec, envidiaba en secreto a Julia. Pasaba junto a ella casi con miedo, sintiéndose fea y tonta. Sabía que el resplandor de Julia disminuía su belleza. A pesar de su humillación, fascinada por el amor, se acercaba supersticiosamente a ella, esperando que algo se le contagiara.

—¡Yo quisiera ser Julia! —exclamó Isabel con vehemencia.

—¡No seas bárbara! —contestó Conchita, escandalizada de las palabras de su amiga, aunque ella también lo había deseado muchas veces.

Doña Ana Moncada observó a la querida con embeleso. Compartía con sus hijos una admiración sin reservas.

—No se puede negar que tiene algo... —dijo a su amiga. La señora Montúfar la miró con reproche.

—¡Ana, no digas eso...! Lo único que tiene es el vicio.

—No, no. No solo es bonita sino que además tiene algo...

Doña Elvira se enfadó. Buscó con los ojos a su hija y le hizo señas de que se acercara. Las jóvenes llegaron hasta sus madres.

—¡Siéntense y no miren más a esa mujer! —ordenó la madre de Conchita.

—Pero Elvira, si la vemos todos... ¡Es tan bonita...!

—De noche, tan pintada, no está mal, pero habrá que verla cuando despierta con todos los vicios en la cara...

—La belleza de Julia no tiene hora... —interrumpió Hurtado, que se había acercado al grupo de las señoras. Hacía días que andaba como exasperado. Observaba a la querida desde lejos, la veía tomando su refresco, recortada sobre la corteza del árbol, vigilada de cerca por Francisco Rosas, y el rostro se le ensombrecía.

—Estás enamorado de Julia —le dijo en voz baja Nicolás.

Felipe Hurtado, como si de pronto le hubieran dicho algo insoportable, se separó del grupo y sin decir una palabra salió de la plaza a grandes pasos. Nicolás lo vio alejarse. Miró a doña Elvira con rencor y recordó a Julia sentada en el balcón del hotel con la cara lavada y la piel fresca como una fruta. Era natural la cólera de la señora. Para él, como para Hurtado y para todo Ixtepec, Julia era la imagen del amor. Muchas veces, antes de dormir, pensó con rencor en el general que poseía a aquella mujer tan lejana de las otras, tan irreal. La huida de Hurtado provocada por sus palabras y las de doña Elvira parecía darle la razón. Vio de reojo a la amiga de su madre: «Es vieja y es fea», se dijo Nicolás con malignidad, para consolarse de la partida súbita del extranjero.

La tristeza de Julia pareció contagiarse a todo su grupo y de allí extenderse a la plaza entera. En los rostros de los militares, repentinamente tristes, los encajes negros de las sombras de las ramas escribían signos maléficos.

Grupos de hombres vestidos de blanco, recargados en los troncos de los tamarindos, lanzaron ayes prolongados que desgarraron la noche. Nada más fácil entre mi gente que esa rápida aparición de la pena. A pesar de las trompetas y los platillos que estallaban dorados en el kiosco, la música giró en espirales patéticas.

El general se puso de pie, se inclinó ante Julia y los dos se separaron del círculo amigo. Los vimos alejarse, cruzar la calle, entrar a los portales y atravesar el zaguán del hotel. Una luz diferente los envolvía. Era como si hubiéramos visto que Julia se le había ido para siempre.

Antes de que la serenata terminara, el general volvió a salir. Venía muy pálido. No llegó a la plaza, sino que se fue directamente a la cantina de Pando.

«Llegó borracho y toda la noche se la pasaron en vela», susurró al día siguiente don Pepe al oído de los curiosos. «Mientras más la quiere, ella se le va más lejos. Nada la entretiene: ni las alhajas, ni las golosinas. Anda ida. Yo he visto sus ojos aburridos cuando él se le acerca. También lo he visto a él sentado al borde de la cama, espiándole el sueño».

—Julia, ¿me quieres?

El general, de pie frente a su querida, con la guerrera abierta y los ojos bajos, lanzaba la pregunta mil veces. La joven volvía hacia él sus ojos melancólicos y sonreía.

—Sí, te quiero mucho...

—Pero no me lo digas así...

—¿Cómo quieres que te lo diga? —preguntaba ella con la misma indiferencia.

—No lo sé, pero no así...

Caía el silencio entre los dos. Julia, inmóvil, continuaba sonriente. El general, en cambio, buscaba algo con qué distraerla, e iba de un lado a otro de la habitación.

—¿Te gustaría que fuéramos a caballo? —propuso, pensando que hacía mucho tiempo que no paseaban de noche y echando de menos los galopes a campo tendido.

—Si quieres.

—¿Qué quieres, Julia? ¿Qué se te antoja? ¡Pídeme algo!

—Nada, no quiero nada. Estoy muy bien así...

Y se acurrucó silenciosamente en un rincón de la cama. Él hubiera querido pedirle que le dijera lo que recordaba, pero no se atrevió. Le daba miedo la respuesta.

—¿Sabes que yo vivo solo por ti? —confesó humildemente.

—Lo sé... —y Julia hizo una mueca para consolarlo.

—¿Te morirías conmigo, Julia?

—¿Por qué no?

El general salió del cuarto sin decir una palabra. Iba a beber. Después tendría más valor para hablar con ella. Al salir dijo a don Pepe:

—Cuide que la señorita no salga de su cuarto y que no hable con nadie.

A medida que los días pasaban, las consignas a don Pepe se iban haciendo más y más estrechas.

—¡Que no se abran los balcones de la señorita!

Los balcones de Julia permanecieron cerrados por un tiempo y ella no salió a las serenatas de los jueves y domingos. En vano la esperamos en la plaza.

DIEZ

«VA A PASAR ALGO», CORRÍA DE BOCA EN BOCA. «¡SÍ, HACE DEMASIADO calor!»: era la respuesta.

¿Eran las secas de ese año las que precipitaban a mis gentes en la angustia o era la espera que se prolongaba demasiado? En los últimos días los mangos de la salida de Cocula mecían en la luz de la mañana los cadáveres de nuevos ahorcados. Era inútil preguntar el porqué de aquellas muertes. La respuesta la poseía Julia y ella se negaba a darla. Nadie miraba al general cuando cruzaba las calles. Sus asistentes parecían preocupados y apenas se atrevían a dirigirle la palabra. Don Pepe lo acompañaba hasta la puerta del hotel y asustado lo veía alejarse. Luego, sentado en su silla de tule, vigilaba la entrada y se negaba a dar informaciones.

—Sí... ¡Va a pasar algo! Anden, anden, no pregunten —respondía a los que se acercaban curiosos a pedir noticias.

«Va a pasar algo», se dijo en voz alta *la Luchi* cuando Damián Álvarez salió de su habitación. Hubiera querido que su frase provocara una catástrofe, pero sus palabras dejaron intactas las paredes sucias de su cuarto. Se torció las manos y se volvió inquieta en su cama revuelta. El sol entraba radiante por la ventana y la miseria de su casa le pareció insoportable. «Estoy cansada, tiene que pasar algo», repitió, y no avanzó en sus pensamientos por temor a encontrarse con el día que la esperaba. ¿Y si fuera hoy? Se tapó la cara con las manos. No quería recordar el final de *la Pípila*. «El cuchillo se equivocó de cuerpo», se había dicho frente a la mujer asesinada, y desde ese momento un miedo inconfesado se instaló en ella y la obligó a ceder a la voluntad de los demás por temor a provocar al crimen que nos acecha a todos. Se sentó en la cama y examinó la fragilidad de su piel y la inconsistencia de sus huesos. Comparó la blandura de sus rodillas con la solidez de los barrotes de la cabecera y sintió una piedad dolorosa por ella misma. «Y ese Damián anda provocando que lo maten...». Recordó al joven desnudo y a sus

lágrimas derramadas por causa de Antonia, la querida de Justo Corona, y tuvo la certeza de que no volvería a verlo. Ella apenas conocía a la joven. Una o dos veces había visto desde lejos el pelo rubio y la mancha desdibujada de su rostro. Antonia no sabía que Damián Álvarez lloraba por no habérsela llevado la noche que se la entregó al coronel Justo Corona. La única que lo sabía en Ixtepec era ella, *la Luchi*. Álvarez se lo había contado en la cama, así como su deseo de sacar a la joven del Hotel Jardín. «Ni lo intentes, vas a morir», le dijo *la Luchi* asustada por la fragilidad del cuerpo de Damián. «¡Está muerta!», había dicho el soldado años atrás, cuando ella entró al cuarto de *la Pípila*. Y el hombre levantó una mano de la muerta e incrédulo la dejó caer inerte sobre el pecho ensangrentado. «No sabía que se iba a quedar tan quietecita», agregó mirando a *la Luchi* con ojos infantiles. Ella lo miró desnudo y asustado por su crimen, miró la piel de la muerta y vio que era igual a la del hombre, y absorta salió de la habitación. No se le ocurrió llamar a las autoridades; la certeza de que un cuchillo podía dejarla en aquella quietud aterradora la volvió sombría. Damián Álvarez, como todos los hombres que se acostaban con ella, buscaba el cuerpo de otra y la miraba con rencor por haberlo engañado. «Las putas nacimos sin pareja», se decía *la Luchi* mientras le hablaban de «la otra», y los hombres desnudos se convertían en el mismo hombre, su propio cuerpo, la habitación y las palabras desaparecían, y solo le quedaba miedo frente a lo desconocido. Sus acciones sucedían en el vacío y los hombres que dormían con ella eran nadie. «¿Qué estoy haciendo aquí contigo?», había dicho el oficial y le había vuelto la espalda. «Estás aquí porque andas buscando tu desgracia». En la noche, Álvarez trató de provocar pleitos con los borrachos que había en el burdel y Flores asustado lo llevó a la cama de *la Luchi* para evitar una riña. Las palabras de la mujer desataron el llanto de Damián. «Tres veces me pidió que me la llevara...». Ella lo dejó llorar, se enderezó en la cama y fumó un cigarrillo tras otro, mientras Damián Álvarez seguía llorando por la querida de Justo Corona. «Si la sacas del hotel te cuesta la vida. Mejor huye de Ixtepec». Damián la miró con ira. «¡Puta, tú qué sabes del amor!». Y se fue dando un portazo. El cuarto quedó silencioso iluminado por un sol que separó a los muebles de los muros y los hizo bailar en el aire. «¿Y si fuera hoy?», se repitió *la Luchi,* y se cubrió la cara con la sábana para huir del vértigo que le produjo la luz de las doce del día.

107

Juan Cariño llamó a su puerta y *la Luchi* se metió de prisa su vestido. Era muy raro que el loco entrara a los cuartos de las mujeres:

—Pase, señor presidente.

—El joven Álvarez busca la desgracia. Va a pasar algo...

—¿Usted cree, señor presidente? —preguntó ella con desaliento.

Y mientras tanto, por mis cielos altos y azules, sin asomo de nubes, seguían haciendo círculos cada vez más cerrados las grandes bandadas de zopilotes que vigilaban a los ahorcados de las Trancas de Cocula.

—¡Va a pasar algo! —repitió el grupo de amigos reunido en la casa de doña Matilde. Estaban cansados y apenas si tenían nada que decirse. La noche se extendía ante ellos larga y tediosa, igual a todas las noches. El calor alejaba a las estrellas y bajaba a las ramas de los árboles, el aire no corría y el diálogo estacionado en un tiempo invariable repetía solo las imágenes de Julia y de Francisco Rosas.

—¡Y esos, encerrados en el hotel!

Elvira Montúfar estaba llena de rencor ante la tenacidad de los amantes por no compartir con nosotros su secreto. Nos ignoraban, eran inalcanzables, y las palabras nos devolvían pulverizadas sus sombras lejanas. Estaban solos y no buscaban compañía. Los guiaba una altivez suicida y nosotros, encarnizados, desmenuzábamos algunos de sus gestos que escapaban incompletos a través de los muros del Hotel Jardín.

—¡Los vamos a ver muertos! —sentenció doña Carmen.

Isabel, al oírla, recordó los pasos nocturnos y el silbido alerta que los acompañaba. Ella era niña y despertaba sobresaltada con el ruido que venía de la calle y que retumbaba como si alguien caminara fuerte adentro de la iglesia.

—¡Nico...! ¡Tengo miedo...! —y ella y sus hermanos escucharon cómo se alejaban aquellos pasos malignos y la calle volvía a quedar en silencio.

—¿Quién camina a estas horas? —preguntó Juanito con miedo.

—Es la muerte, Nico, que va a buscar a alguien...

—¡Sh! No la nombren... Que no nos oiga hablar —contestó Nicolás, asustado debajo de las sábanas.

—Ahí va Federico —oyeron decir a su madre desde el cuarto vecino.

—Debe haber parto y Arístides anda fuera —contestó la voz de su padre.

—¿Pero cómo se arriesga este muchacho? —preguntó su madre en voz muy baja.

—Silba porque lleva miedo —respondió don Martín.

Los niños escucharon la extraña conversación. Después miraban a Federico sin saber lo que buscaba a medianoche, silbando para espantar al miedo.

—Isabel, ¿qué busca Federico cuando el doctor sale?

—No sé.

—Tú sabes todo.

—Sí, pero no sé qué busca Federico. Ahora doña Carmen, echándose aire con su abanico japonés, esperaba la muerte de Julia y de Francisco Rosas.

—Las criadas me dijeron que esta mañana había tres pobres indios colgados de los mangos —replicó la señora Montúfar dando sorbitos a su refresco de agua de jamaica.

—¡Cuánto pecado! El nombre del indio Sebastián flotó en la memoria de Isabel. «Nunca digan mentiras si no quieren que les pase lo que le pasó al indio Sebastián», les había dicho Dorotea en una de las tardes de su infancia.

«—¿Qué le pasó a Sebastián? —preguntaron ellos asustados.

«—Sebastián era el capataz de los Montúfar. Era muy bueno, hasta que un día se robó el dinero de la caja de raya. Don Justino lo mandó llamar.

«—Mira, Sebastián, devuélveme el dinero —dijo el señor.

«—Yo no agarré nada, patrón.

«Sebastián era como cualquier indio: terco y mentiroso.

«Don Justino, que era recto e implacable, se disgustó.

«—Mira, Sebastián, has trabajado conmigo muchos años y siempre gozaste de mi confianza. Dime dónde escondiste el dinero.

«—Yo no agarré nada, patrón —volvió a contestar el indio.

«—Te doy cinco minutos para que reflexiones. ¿No sabes que si es un pecado robar, es más pecado mentir?

«—Pero si yo no agarré nada, patrón.

«Y don Justino, ante la terquedad de Sebastián, lo mandó azotar hasta que confesara. Al día siguiente era el santo de Elvira y fuimos a felicitarla. ¿Y qué vimos al llegar a su casa? A Elvira, sin saber qué hacer, pues los criados se le habían fugado por la muerte de Sebastián. ¡Miren nada más a este indio terco cómo quedó! Y nos llevó al

109

corral para que viéramos el cuerpo de Sebastián tirado entre las piedras, esperando la llegada de sus familiares para darle sepultura».

—¡Pobre Sebastián! —habían gritado los niños asustados con la historia de Dorotea.

—¿Ven a dónde conduce la mentira? A colmar la paciencia de los justos. Doña Elvira había olvidado a Sebastián y ahora compadecía a los indios colgados por Francisco Rosas.

—Es natural que ahora cuelguen ellos si antes colgaron ustedes —contestó Nicolás.

—¡Por Dios, Nico, no vamos a empezar otra vez! —exclamó el doctor con impaciencia. Y agregó conciliador:

—Somos un pueblo joven, en plena ebullición, y todo esto es pasajero... Este calor exalta los ánimos. Siempre ocurre lo mismo en esta época del año. El sol nos enloquece...

Las visitas se abanicaron: las palabras del médico aumentaban el calor estacionado en el jardín. En silencio aspiraron los perfumes pesados de la noche y quietos en sus sillas austríacas miraron pensativos sus refrescos de colores vivos y fríos.

—¿Y Hurtado? —preguntó Isabel rompiendo el silencio. Era verdad que el huésped no había aparecido y, aunque todos tenían la pregunta en la lengua, ninguno se había atrevido a formularla.

—¿Y Hurtado? —volvió a repetir la joven.

Como si sus palabras hubieran desatado una fuerza misteriosa, un rayo atravesó los cielos y sobresaltó a todo el pueblo: era el primero del año. Los amigos se pusieron de pie para escrutar el cielo oscuro. Un segundo rayo lo iluminó.

—¡Va a llover!

Gritaron con júbilo. Se sucedieron dos relámpagos más. Cayeron las primeras gotas gruesas y pesadas. Isabel tendió la mano fuera del techado.

—¡Llueve! —exclamó alegre y miró ávidamente el jardín desgarrado por ese viento súbito que acarrea en mi tierra a la tormenta.

En unos minutos se formaron remolinos de agua que deshojaron a los jacarandaes y a las acacias. Las papayas altas se doblaron bajo la lluvia. Los nidos de los pájaros instalados en lo alto de las palmeras cayeron al suelo. El viento pasaba zumbando por los tejados, abriéndose paso entre la lluvia y llevando ramas verdes y pájaros enloquecidos.

Los invitados de doña Matilde callaron. Veían por encima de los tejados, por el cielo abierto del jardín, el trozo de la torre de la iglesia que tragaba uno tras otro los relámpagos.

—¿Quién habrá inventado el pararrayos? —preguntó Isabel sobrecogida. Desde chica, cada vez que llovía hacía la misma pregunta.

Se la habían contestado muchas veces y siempre la olvidaba y ahora, asustada por la tormenta, se repetía lo mismo mirando encandilada el espectáculo salvaje. Se volvió. El viento le llevó los rizos negros a los ojos y a la boca. Los apartó riéndose.

—¡Digo —gritó para hacerse oír— que esta noche dormiremos con cobija! ¡Va a hacer frío!

Lo intempestivo de la tormenta la hizo olvidar a Hurtado.

—¡Pobrecito, ahí viene! —gritó doña Matilde señalando hacia el jardín.

Hurtado avanzaba por el caminillo de piedras que unía al pabellón con el corredor de la casa. Verlo así, avanzando contra el viento, inclinado para evitar el golpe de las ramas, con el pelo y el traje oscuro batidos por el aire, la mano sosteniendo un candil encendido, era curioso. Fascinados, lo vieron acercarse, abrirse paso entre la lluvia y los molinetes de viento.

—Se debe haber sentido muy solito —dijo doña Matilde con ternura.

Hurtado llegó hasta ellos. Venía risueño. Puso su candil sobre una mesita y lo apagó de un soplo.

—¡Qué viento! Creí que me iba a llevar hasta las copas de los árboles de un país vecino.

Mucho después, cuando ya Hurtado no estaba entre nosotros, los invitados de doña Matilde se preguntaron cómo había atravesado aquella tempestad con el candil encendido y las ropas y el pelo secos. Esa noche encontraron natural que su luz permaneciera encendida hasta el momento en que llegó a lugar seguro.

Isabel lo recibió palmoteando de alegría; Juan y Nicolás, riéndose y dando patadas en el suelo. Hurtado, sin saber por qué, empezó a reír a grandes carcajadas.

—¡Hay que hacer algo! ¡Nos cambió la suerte! —gritó Isabel.

—¡Sí! ¡Hay que hacer algo! —corearon sus hermanos.

Nicolás sacó su armónica de uno de los bolsillos del pantalón y entonó una marcha alegre, mientras giraba bailando solo. Isabel se lanzó sobre Juan y los tres bailaron al compás de la música y la lluvia, con aquella facilidad suya para improvisar la alegría.

De pronto, Isabel se detuvo.

—¡Hagamos teatro! —dijo, acordándose de las palabras de Hurtado. Este la miró con entusiasmo.

—Sí, ¡hagamos teatro!

Y sin atender a las llamadas de los mayores, el joven se lanzó al jardín seguido de Nicolás. Volvieron los dos con el cabello goteando agua y los rostros lavados por la lluvia. Debajo del brazo, envuelto en una cobija, el extranjero traía un libro que mostró a sus amigos. Lo hojeó despaciosamente. Los demás lo observaron con curiosidad. Isabel leía por encima de su hombro.

—Aquí está el teatro.

—¡Lee en voz alta! —pidió Nicolás.

—¡Sí! ¡Sí! —aprobaron los otros.

Felipe Hurtado se echó a reír y empezó la lectura de una obra.

Por los canales de los tejados caían grandes chorros de agua que acompañaban la voz de Hurtado. Las palabras fluían mágicas y milagrosas como la lluvia. Los tres hermanos lo escuchaban absortos. Ya muy tarde, cuando la lluvia no amenguaba todavía, consintieron en irse a su casa. Hurtado los acompañó. Tenían mucho que decirse esa noche en que por primera vez habían compartido la poesía. No en todo el pueblo la lluvia produjo ese arrebato. En la cantina de Pando sorprendió a los parroquianos y los dejó quietos y aislados. Era el lugar de los militares. Ellos no la habían esperado con ansia. Para ellos no significaba las cosechas ni el bienestar, ni podían compartir con nosotros aquel bien que nos llenó de alegría. El general, acompañado de su séquito, ocupaba su lugar de costumbre. Tenía los ojos tristes, y de cuando en cuando miraba distraídamente hacia la calle, inclinándose para buscar a través de la puerta abierta el cielo negro escrito por relámpagos y olvidando los dados adentro del cubilete.

En una mesa vecina, Damián Álvarez y el teniente Flores bebían solitarios y oían caer la lluvia con tristeza.

—Dios sabe lo que uno piensa cuando llueve —comentó Flores.

—Yo sí sé lo que pienso —contestó Damián Álvarez.

—¡Pues cállatelo! —aconsejó su amigo.

—Traigo mucha muerte —la voz de Damián era sombría.

—Ya lo sé... Ya lo sé...

—No, no sabes... Soy un cobarde...

Flores le sirvió una copa para que callara, pero Álvarez siguió hablando.

—¿Los ves? ¡Allí están y yo estoy aquí!

Y Álvarez señaló el lugar que ocupaban el general, el coronel y el teniente coronel.

—¡Vámonos ya! —urgió Flores, asustado.

—De aquí solo me saca mi voluntad. ¡Bébete una copa con el desgraciado!

Nadie prestaba atención al diálogo ni a la desdicha de Damián Álvarez. Seguían todos observando la lluvia, ensimismados en sus pensamientos. En la cantina reinaba esa nostalgia melancólica que solo produce la lluvia y el ambiente era tranquilo y casi silencioso. Don Ramón Martínez, sorprendido por el agua, jugaba una partida de dominó con otros parroquianos que no querían afrontar la tormenta. No era su costumbre quedarse en la cantina cuando el general llegaba con sus hombres, pero el miedo a mojarse lo detenía. De cuando en cuando el señor Martínez observaba a los militares. Lo hacía con precaución, atisbando semioculto detrás de sus interlocutores.

—Los cielos cambian de la noche al día. Así cambia la suerte del hombre.

Tal era la voz taciturna y ondulante del general. Solo su suerte no cambiaba. Seguía atada a la de Julia que se perdía en ese momento en otras lluvias. «Me gusta que me besen cuando llueve», le había dicho una noche de tormenta. «No dijo me gusta que me beses... Julia no se da nunca...».

—Muy cierto, mi general.

La respuesta del teniente coronel Cruz confirmó sus pensamientos: «Muy cierto que Julia no se daba nunca». Se le escapaba brillante y líquida como una gota de mercurio y se perdía en unos parajes desconocidos, acompañada de unas sombras hostiles.

—¡Quién iba a decirme que acabaría en este pueblo!

El coronel Justo Corona miró a su jefe, entrecerrando los párpados comidos de viruela.

«Julia no andaba en este pueblo. No pisaba tierra. Vagaba perdida en las calles de unos pueblos que no tenían horas, ni olores, ni noches: solo un polvillo brillante en el que desaparecía cada vez que él encontraba la mancha diáfana de su traje rosa».

—¡Perdí! —agregó Corona en voz baja.

Ganar para nada sirve. Siempre lo supe, desde que andaba cruzando la sierra y me agarraba la noche, allá en el Norte.

Francisco Rosas dijo estas últimas palabras con recelo, como si le doliera nombrar su tierra en este Sur al que nunca quiso.

—¡Qué lejos anda el Norte!

El teniente coronel también tenía nostalgia de los manzanos y el viento frío.

Julia, como una rosa de hielo, apareció girando delante de los ojos de Francisco Rosas, se desvaneció luego en el viento helado de la sierra y reapareció flotando encima de las copas de los piñoneros. Le sonreía en medio del granizo que escondía su cara y su traje escarchado. Rosas no podía alcanzarla ni tocar el rumor frío que dejaba su paso a través de la sierra helada...

—Por allá somos distintos. Desde que somos crianzas ya sabemos lo que es la vida y lo que queremos de ella. Por eso damos la cara sin esconder los ojos. En cambio, la gente de por acá es gente gananciosa, de madriguera. Nunca se sabe con ella.

Así nos juzgaba con rencor el coronel Justo Corona.

—Parece que se contentan cuando uno sufre —dijo Rosas.

—Pero la están pagando —agregó Corona, sombrío.

—Por allá no nos gusta ver sufrir al hombre, somos querendones. ¿Verdad, mi general?

La voz de Cruz parecía conciliadora.

Su jefe no lo oyó. Hundido en su silencio afligido, el eco de las palabras lo llevaban a Julia y al mundo lejano en que vivía. Miró la lluvia con atención y trató de verla con los ojos con que ella la estaría viendo ahora: «Siempre lloverá esta noche para ella», se dijo con amargura, y luego agregó en voz alta:

—¡Cuándo acabará de llover!

Dio un puñetazo en la mesa. Sus acompañantes miraron hacia fuera contrariados, como si la insolencia de la tormenta fuera dirigida contra ellos.

—¡Hay que hacer algo, uno se muere en esta quietud!

Rosas arrastró sus palabras, alargándolas sobre las vocales y luego cortando bruscamente el final, como todos los norteños. Sus amigos se miraron inquietos, sin saber qué decir ni qué proponer.

—¡Si pasara este maldito aguacero! —Y el general miró a su alrededor y descubrió a don Ramón que se agachó para evitar ser reconocido.

—¡Miren a ese! ¿Por qué se agacha? —preguntó con enojo.

Los demás se volvieron a mirar a don Ramón Martínez.

—Por lo mismo que decíamos, porque estos nada más son buenos para murmurar y no para dar la cara —respondió Corona.

Entró una ráfaga de viento húmedo, trayendo el olor de las hojas y los campos que se confundió con la frescura del alcohol.

El general se sirvió un trago de *cognac* que apuró de un solo golpe.

—¡Tráigamelo, vamos a invitarlo a beber! —dijo con los ojos opacos.

El teniente coronel se dirigió a la mesa de don Ramón. Este, apenas lo vio acercarse, hizo ademán de despedirse de sus contertulios.

—El general le ruega que lo acompañe.

—Muchísimas gracias, pero en este momento me iba... Me esperan en mi casa.

—No nos va a hacer un desaire —dijo gravemente Cruz.

El viejo, sin saber qué hacer, se levantó. Cruz lo tomó del brazo y lo condujo a la mesa del general. Los clientes de Pando miraron al viejo que se dejó llevar asustado, sin decir una palabra.

—Señor Martínez, haga el favor de tomar asiento —ofreció galantemente el general Rosas.

Don Ramón se sintió seguro. Después de todo no era malo intimar un poco con aquella gente huraña. Tal vez los convenciera de que él era una persona de algún valor. Sus ideas sobre las mejoras para el pueblo le llegaron atropelladas. Era su oportunidad y se dispuso a hablar seriamente con los militares. Bebió las primeras copas y atacó de frente su tema favorito: el progreso.

El general lo oyó con atención y respondió con signos afirmativos mientras continuaba llenando las copas con regularidad.

—¡Aquí nos hace falta un benemérito! Alguien que entienda a nuestro tiempo de motores, de sirenas de fábrica, de grandes masas obreras, grandes ideas y grandes revoluciones. ¡Alguien como usted, mi general! —dijo don Ramón ya medio borracho. Estaba cansado de esperar la aparición del gran jefe que pusiera en marcha al pueblo atrasado que era Ixtepec. Ixtepec daría luego el ejemplo al resto del país feudal y estúpido, fuera de la historia moderna que él leía en los periódicos. La industria, las huelgas y las guerras europeas lo llenaban de desprecio por nuestros problemas caseros y mezquinos.

—¡Nunca hemos padecido una crisis! Alemania atraviesa actualmente por una crisis importantísima. Nosotros solo tenemos motines de hambrientos y de flojos. No nos gusta trabajar y la fuente de todo progreso es el trabajo. Por eso necesitamos a un jefe como usted, mi general.

—¡Ah! ¿Alguien como yo... que los haga trabajar? —contestó con sorna el general.

—¡Exactamente! —confirmó el viejo.

—Pues está bueno saberlo.

—Para ser una gran potencia, nos hacen falta hombres como usted...

El general pareció que empezaba a aburrirse con las necedades de su invitado.

—¡Déjese ya de discursitos y póngase a trabajar! —cortó brusco Francisco Rosas.

—Pero, mi general, yo le explicaba mis ideas...

—No son ideas; Pando, tráigame una escoba, que aquí el compañero quiere trabajar —gritó el general.

—Mi general, yo hablaba de otra cosa...

—¡Pando, una escoba! —volvió a ordenar Rosas.

Pando se acercó con una escoba que entregó a Francisco Rosas. El general la puso en las manos de don Ramón y este, sin saber qué hacer ante la mirada del militar, se puso de pie y sonrió.

—Barra la cantina —ordenó Rosas.

Don Ramón dio unos pasos y los oficiales, sentados a las mesas, lo miraron con júbilo. El señor Martínez trató de dar algunos escobazos y su sumisión aumentó el alborozo de los oficiales. Afuera la lluvia coreaba las risas de los jóvenes. Solo el general siguió serio, indiferente, bebiendo su *cognac* sin hacer caso de don Ramón. Los oficiales lanzaron corchos y cigarrillos encendidos a la cabeza del viejo y este, asustado, trató de esquivar los golpes girando sobre su escoba. Algunos se levantaron de sus sillas y regaron la cerveza por el suelo, estrellaron botellas, lanzaron los platos con botanas y vaciaron los ceniceros en el piso.

—¡Un trapeador! —pidieron a gritos.

Pando no se movió de su lugar. Desaprobaba su actitud. Con los codos sobre el mostrador miraba al señor Martínez barriendo su cantina y le llegaba ardiendo la humillación del viejo. Cejijunto, esperaba a que la broma terminara. Pero los jóvenes ensuciaban una y otra vez lo que el viejo barría.

—¡Ahora mismo me la saco del hotel!

La voz de Álvarez se hizo oír a través de la algarabía. El capitán Flores, muy pálido, se puso de pie y trató de arrastrar a su amigo fuera de la cantina.

—¡Déjame, desgraciado!

Francisco Rosas levantó la vista y miró sin pestañear el forcejeo de los dos oficiales.

—¡Estás borracho, no sabes lo que dices!

—¡Digo que ahora mismo me la saco del hotel...! ¡Hijos de la chingada!

Y Damián Álvarez avanzó torvo y tambaleante hacia la mesa de sus superiores. Los demás oficiales olvidaron a don Ramón y en la cantina se volvió a escuchar el ruido acompasado de la lluvia cayendo sobre los tejados. El capitán Flores sujetó a Damián y a empellones lo arrastró a la calle. Hasta la mesa de Francisco Rosas llegaban las injurias y los gritos del oficial borracho que se debatía con su amigo en los portales. ¿A quién quería llevarse Damián Álvarez? Los asistentes, muy pálidos, miraron de reojo al general; este, con los párpados entrecerrados, siguió bebiendo su *cognac*. Llegó un perfume de vainilla y la invisible presencia de Julia, ajena a Damián Álvarez, se instaló como la discordia en el centro de la cantina.

Don Ramón aprovechó el silencio, abandonó la escoba y con los ojos llenos de lágrimas desapareció por la puerta de las letrinas. De la calle solo llegaba el ruido insistente de la lluvia. ¿Adónde se había ido Damián Álvarez? Los militares creyeron adivinar sus pasos titubeantes acercándose a Julia y miraron en silencio a su jefe. Francisco Rosas bebió unas copas más. Parecía muy tranquilo cuando dio las buenas noches a sus asistentes y salió de la cantina. No buscó compañía y sus amigos se quedaron inmóviles viendo cómo se iba muy derecho en busca de la noche. Al poco rato el lugar quedó desierto y Pando fue a llamar al viejo que seguía llorando en las letrinas.

—¡Es un desalmado!

—No se preocupe, don Ramón, fue una broma —dijo el cantinero avergonzado frente a sus lágrimas. Pero era difícil que el señor Martínez olvidara.

Los Moncada y Hurtado cruzaban la plaza con las caras mojadas por la lluvia cuando tropezaron con el cuerpo del capitán Damián Álvarez tirado en medio del arroyo. Tenía el uniforme empapado y sus cabellos se movían caprichosos mecidos por el agua que caía sobre él desde hacía una buena media hora.

ONCE

EL DÍA AMANECIÓ RADIANTE Y NUEVO. LAS HOJAS FORTALECIDAS POR
la lluvia brillaban en todos los tonos del verde. Del campo llegaba un
olor a tierra nueva y de los montes húmedos se desprendía un vapor
cargado de esencias. El río, crecido después de tantos meses de sequía, avanzaba por su cauce amarillo llevando ramas rotas y animales ahogados. Por el aire fresco de la mañana corrió la voz: «Anoche
el general mató al capitán Álvarez». Había quien oyó un grito en
medio de la lluvia: «¡Vuélvete Damián Álvarez, que no quiero matar-
te por la espalda!», pero no podía jurar que era la voz de Rosas.

—Yo no sé nada. Él llegó borracho y abrió la puerta de su cuarto
de un puntapié. Luego me pareció que lloraba... pero nada de lo que
digo me consta. Ya era muy tarde y no sé si lo oí... También pude
soñarlo —decía don Pepe Ocampo.

No supimos quién recogió el cuerpo de Damián, pues cuando
amaneció ya estaba tendido en la Comandancia Militar. Nosotros
pasamos frente al edificio y frente a los balcones del hotel, pero no
logramos oír nada. En los dos lugares se guardaba el secreto y lo
único que supimos era lo que ya sabíamos: que Damián Álvarez
había muerto esa noche cerca de la entrada del Hotel Jardín. Por
orden de Francisco Rosas los militares con una cinta negra en la
manga de la guerrera hicieron guardia ante el cuerpo del oficial.

A eso de las cuatro de la tarde Rodolfito Goríbar cruzó el pueblo acompañado de sus pistoleros y entró a la Comandancia. Iba de negro a presentar sus condolencias. —«¡Mejor hubieras sido tú!», dijimos a su paso. «¡Hierba mala nunca muere!», nos contestamos viendo la seguridad con que entraba al recinto vedado a nosotros. Desde la muerte de Ignacio, su figura delicada aparecía poco en mis calles. No había vuelto a mover las mojoneras. Tal vez tenía miedo y prefería esconderse cerca de su madre. Al oscurecer, en la capilla de doña Lola empezó el novenario por el descanso del alma del capitán Álvarez. El rosario lo llevaba la señora y lo contestaban su hijo, los pistoleros y los criados. A nosotros no nos invitaron.

En el hotel no se oyeron las voces de los amantes ni se abrieron las puertas de su cuarto. Se hubiera dicho que también ellos habían muerto. Ya de noche Francisco Rosas, muy pálido, se presentó en el velorio para hacer una guardia frente al cuerpo del oficial. Las gemelas aprovecharon su ausencia para ir al cuarto de Antonia.

—¡Pobrecito, morir a los veintitrés años!

Antonia las miró asustada. Le parecía increíble que el recuerdo tibio del cuerpo de Damián fuera ya solo un recuerdo y que nadie, nunca más, volviera a sentir aquel calor que la acompañó a ella toda una noche.

—¿Y por qué fue? —preguntó la jovencita con miedo.

—¿Tú tampoco lo sabes? —dijeron perplejas las hermanas. —No... No lo sé —murmuró Antonia. Y de verdad no lo sabía.

Las tres jóvenes se quedaron absortas buscando el porqué de la muerte de Damián Álvarez.

—Fue por Julia —afirmó Luisa desde la puerta, pero ni ella ni las otras creyeron sus palabras. La muerte enigmática del capitán ensombreció los cuartos en los que vivían secuestradas las mujeres.

Al amanecer volvieron los militares a cambiarse de ropa y a afeitarse. Venían hoscos. Tomaron un café caliente y después se presentaron de nuevo en la Comandancia Militar donde los esperaba Damián Álvarez metido en su uniforme atravesado por las balas y todavía húmedo por la lluvia que lo acompañó en su muerte. Muy temprano fue el entierro y ese lunes quedó en mi memoria como «el lunes que enterraron a Damián Álvarez». Se le tributaron honores y su nombre estuvo en boca de todos.

Después de unos días empezamos a olvidar a aquel que murió por causa de Antonia, la hija del gachupín Paredes. Justo Corona no lo olvidó. Tiró su pistola al río, y a nadie le dijo nunca qué hizo la noche de la muerte de Damián, pues volvió al hotel cuando ya rayaba el día.

Ya no volvimos a ver el agua. Un calor blanquecino y ardiente devoraba las matas de los montes y volvía invisible el cielo. Ardían los jardines y las cabezas de los hombres.

—Ya se sabe que cuando el calor sube así ocurren desgracias —decía don Ramón para no salir de su casa. Pensaba que el tiempo borraría su humillación y para guardar su prestigio, cuando menos dentro de su casa, agregaba:

—¡Esos tiros eran para mí! Yo vi claramente que Rosas iba a matarme, pero mi valor y cierta astucia me salvaron de esa situación desagradable. El general es un hombre primario al que se desconcierta con la inteligencia.

—Y ya ves, ese pobre de Damián Álvarez recibió la muerte que era para ti —contestaba su mujer compadecida.

—Debemos ir a México a darle las gracias a la Virgen de Guadalupe que iluminó a mi papacito en esas horas de peligro —agregaban sus hijas, llenas de admiración por el valor de su padre.

Don Ramón las escuchaba sin oírlas. Se sentía solo y aterrado. Recordaba al coro de jóvenes riendo mientras él barría la cantina y un calor extraño le devoraba las orejas. «Todos deben saberlo», se decía con amargura y maldecía al pueblo y a sus conocidos, testigos de su humillación.

—¡A este pueblo lo deberían incendiar, arrasar, hasta que no quedara piedra sobre piedra! —decía indignado mientras el rencor le roía las horas del sueño y las comidas y sus semanas y su casa caían desmenuzadas por las lenguas que comentaban risueñamente su aventura. «¡Vaya, hasta que Francisco Rosas hizo algo bueno! ¡Hacer trabajar a Ramón Martínez!».

También para mí aquellos días eran amargos. Es curiosa la memoria que reproduce como ahora tristezas ya pasadas, días lisonjeros que no veremos más, rostros desaparecidos y guardados en un gesto que acaso ellos no se conocieron nunca, palabras de las cuales no queda ya ni el eco. En su primera noche en Ixtepec, Felipe Hurtado había dicho a sus huéspedes: «Lo que falta aquí es la ilusión». Sus amigos no lo entendieron pero sus palabras quedaron escritas en mi memoria con un humo incandescente que aparecía y desaparecía según mi estado de ánimo. La vida en aquellos días se empañaba y nadie vivía sino a través del general y su querida.

Habíamos renunciado a la ilusión.

¿Dónde quedaba mi cielo siempre cambiante en sus colores y sus nubes? ¿Dónde el esplendor del valle amarillo como un topacio? Nadie se preocupaba de mirar al sol que caía envuelto en llamaradas naranjas detrás de los montes azules. Se hablaba del calor como de una maldición y se olvidaba que la belleza del aire incendiado proyectaba los rostros y los árboles humeantes en un espejo purísimo y profundo. Ignoraban las jóvenes que el reflejo de sus ojos era el mismo que el de la luz inmóvil de agosto. En cambio, yo me veía como joya. Las piedras adquirían volúmenes y formas diferentes y una sola me hubiera empobrecido con solo moverse de lugar. Las esquinas se volvían de plata y oro. Los contrafuertes de las casas se abultaban en el aire de la tarde y se afilaban hasta volverse irreales en la luz del amanecer. Los árboles cambiaban de forma. Los pasos de los hombres sacaban sonidos de las piedras y las calles se llenaban de tambores. ¿Y qué decir de la iglesia? El atrio crecía y sus muros no pisaban tierra. La sirena de la veleta apuntaba con su cola de plata hacia el mar, nostálgica del agua. Un canto de chicharras inundaba el valle, se levantaba de las bardas, aparecía cerca de las fuentes inmóviles; las chicharras eran las únicas que agradecían al sol que llegara a la mitad del cielo. Nadie miraba las lagartijas tornasoles. Todo mi esplendor caía en la ignorancia, en un no querer mirarme, en un olvido voluntario. Y mientras tanto mi belleza ilusoria y cambiante se consumía y renacía como una salamandra en mitad de las llamas. En vano cruzaban los jardines nubes de mariposas amarillas: nadie agradecía sus apariciones repentinas. La sombra de Francisco Rosas cubría mis cielos, empañaba el brillo de mis tardes, ocupaba mis esquinas y se introducía en las conversaciones. Quizá el único que me apreciaba era Felipe Hurtado y el único también que sufría por la inercia en que habían caído mis gentes. Tal vez por eso, ayudado por Isabel, inventó la obra de teatro. Su fe en la ilusión convenció a don Joaquín y este le prestó el pabellón en que vivía para representar una obra.

En la obra, Isabel dejaba de ser ella misma y se convertía en una joven extranjera. Él era el imprevisto viajero y las palabras formas luminosas que aparecían y desaparecían con la magnificencia de los fuegos de artificio.

Juan y Nicolás trabajaron para arreglar el escenario. El pabellón con las ventanas abiertas al «jardín de los helechos» daba la impresión de ser mucho más amplio de lo que era. Ana Moncada llevó sus sillas para acomodar a los espectadores y entre ella y su cuñada prepararon los disfraces. Conchita iría de blanco; Isabel de rojo.

—Es la luna, la misma luna la que sale en este minuto en escena —les repetía Hurtado, mitad en serio, mitad en broma.

Ellas asentían convencidas y repetían los versos una y otra vez. En Ixtepec corrió la voz del teatro mágico en casa de doña Matilde. Isabel y Conchita, arrobadas ante su propia belleza, atravesaban mis calles como dos reflejos más en el lujoso espectáculo de agosto.

«Está pasando algo», se decían los jóvenes sin saber qué era lo que pasaba. Juan y Nicolás fabricaban cetros y espadas y se probaban las capas azules que llevarían en la pieza. El escenario estaba casi terminado. Los jóvenes, apenas subían sus gradas, alcanzaban un reino diferente en que danzaban y hablaban también de una manera diferente. Las palabras se llenaban de paisajes misteriosos y ellos, como en los cuentos de hadas, sentían que de sus labios brotaban flores, estrellas y animales peligrosos. La escena consistía en unas tablas mal clavadas y sin embargo para ellos era el mundo entero con sus variedades infinitas. Bastaba que Nicolás dijera: «Frente a este mar furioso...» para que de un misterioso rincón del escenario surgiera el mar con sus olas altas y su espuma blanca y para que una brisa desconocida soplara en el cuarto inundándolo de sal y yodo.

—¡Tenía tantas ganas de conocer el mar! —gritó Isabel cuando su hermano terminó el parlamento.

Todos rieron. Doña Ana Moncada estaba contenta; cuando sus hijos subían a escena una luz inesperada iluminaba sus ojos. Por primera vez los veía tal como eran y en el mundo imaginario que deseaban desde niños.

—Decía usted la verdad. En Ixtepec faltaba la ilusión —y también ella se echó a reír. Luego se quedó pensativa y escuchó a Hurtado que se lamentaba en escena. De pronto sus palabras prestadas dejaron de aludir a aquellos amores teatrales y sonaron como si fueran palabras del general a Julia.

—¡Qué triste es todo! —interrumpió Isabel.

Felipe Hurtado calló y todos volvieron del mundo ilusorio. Su frase los devolvió a la figura patética del general y a Julia impávida escondida detrás de sus pestañas. «¡Mírame, Julia!», decían que le pedía. Y Julia se asomaba a sus ojos almendrados y le regalaba una mirada ciega. Isabel rompió el silencio. Empezó despacio su respuesta y a la mitad de la frase se detuvo y miró asustada a sus hermanos.

Ahora, después de muchos años, los veo a todos esa noche. A Isabel en mitad del tablado, a Hurtado junto a ella, como aturdido por un recuerdo súbito y doloroso; a Nicolás y a Juan, con los ojos interrogantes y listos para entrar en escena; a Conchita sentada entre la madre y la tía de los jóvenes, jugando con un cordelito y esperando ser llamada. Recorro la casa y encuentro en el salón de doña Matilde los lazos de colores, las capas hilvanadas, el manto de Isabel. Vuelvo al pabellón y escucho todavía flotantes las palabras dichas por Isabel y que provocaron su interrupción: «¡Mírame antes de quedar convertida en piedra...!».

Las palabras de Isabel abrieron una bahía oscura e irremediable. Aún resuenan en el pabellón y ese momento de asombro allí sigue como la premonición de un destino inesperado. Los tres hermanos se miraron a los ojos como si se vieran de niños corriendo en yeguas desbocadas cerca de las tapias del cementerio cuando un fuego secreto e invisible los unía. Había algo infinitamente patético en sus ojos. Parecieron siempre mejor dotados para la muerte. Por eso desde niños actuaron como si fueran inmortales.

—¿Qué pasa? —preguntó la madre asustada por el silencio súbito y el aire sonámbulo de sus hijos.

—Nada... Pensé algo horrible —contestó Isabel... Y miró a sus hermanos que seguían inmóviles sin apartar los ojos de ella.

—Pasó una bruja y su cortejo —dijo doña Matilde santiguándose.

—Nos echó un maleficio —contestó la joven con voz blanca.

Después siguieron ensayando hasta muy tarde.

DOCE

EL ENCANTAMIENTO SE ROMPIÓ Y POR PRIMERA VEZ TUVIMOS ALGO QUE
hacer, algo en qué pensar que no fuera la desdicha. La magia que
invadía al pabellón de doña Matilde invalidó en unos cuantos días
a Ixtepec. Mis gentes hablaban del «Teatro» con asombro, contaban
los días que faltaban para el estreno y se preguntaban por qué antes
nos privábamos de esa diversión.

—En todas las ciudades hay teatros que funcionan todos los días
—decía doña Carmen con naturalidad.

—Tiene razón, Carmen, no sé cómo no se nos había ocurrido
organizar algunas funciones. Hemos vivido como caníbales. ¿Sabes que hay caníbales? ¡Qué horror! Hoy leí en el periódico el
caso de los exploradores que se comieron en el Polo Norte. ¡Que
dizque porque tenían frío! Un pretexto. También nosotros porque tenemos calor somos capaces de comernos cualquier día.
¿Lo leíste, Conchita?

Doña Elvira de vuelta de los ensayos hablaba alegre, sentada
frente al espejo de su tocador.

—No, mamá, no lo leí.

—Léelo, a ver si se te ocurre lo que se me ocurrió a mí.

Y doña Elvira, soñadora, se quedó con el peine en la mano mirando con dulzura su brazo redondo y gordezuelo.

—Debe ser muy azucarada la carne de los güeros... Se me ocurrió que tiene un saborcito a flan...

—¡Mamá!

—¿A qué sabrá Tomás Segovia? Él, diga lo que diga, es morenito. ¿Te has fijado que no va a los ensayos? Está celoso de Hurtado porque a él nunca se le ocurrió organizar una *troupe* de teatro...

Y doña Elvira se durmió sin recordar a Julia, dispuesta a encontrarse con sueños nuevos y ligeros.

Era muy dulce saber que podíamos ser algo más que espectadores de la vida violenta de los militares y casi sin darnos cuenta nos alejamos de los balcones del Hotel Jardín para acercarnos a los de doña Matilde. Aquellos fueron días halagüeños. Los ánimos de los invasores también se calmaron. La misteriosa muerte de Damián Álvarez sirvió de tregua a los celos de Francisco Rosas. Únicamente Julia seguía imperturbable, encerrada en su tristeza.

La aparición de Julia en la serenata, después de varios domingos de no verla, nos devolvió en un instante a los días anteriores al teatro. Olvidamos todo por verla entrar en la plaza. Venía con uno de aquellos trajes suyos de tonos rosa pálido, escarchado de pequeños cristales translúcidos, centelleante como una gota de agua, con sus joyas enroscadas al cuello y los cabellos ahumados meciéndose como plumas ligeras sobre la nuca. Dio varias vueltas, apenas apoyada en el brazo de su amante que avanzaba con ella con respeto, como si llevara junto a él a toda la belleza indecible de la noche. Nada podía leerse en su rostro impasible. Las gentes se abrieron para darles paso y ella avanzó como un velero incandescente rompiendo las sombras de los árboles. Francisco Rosas la llevó a su banca de costumbre. Las otras queridas la rodearon y le hablaron con alegría. Ella apenas si contestó. Inmóvil, escrutaba la plaza. El general, de pie detrás de la banca que ella ocupaba, se inclinó hacia Rafaela que le hablaba a gritos para hacerse oír a través de la música.

—¡Qué contenta estoy! ¡Ya se fueron los días malos!

Y supersticiosa se inclinó para tocar con los dedos cruzados la madera del tacón de su zapato. Rosas sonrió.

—¡Es tan bonito el mundo! —continuó la gemela viendo el éxito de su primera frase—. ¡Qué bonito es quererse!, ¿verdad? Francisco Rosas asintió con la cabeza y le ofreció un cigarrillo. La joven lo tomó con desparpajo y le acarició la mano con un gesto de complicidad. Su hermana también se volvió hacia el general sonriendo generosamente. Francisco Rosas, agradecido, les dio de palmaditas en las mejillas y pidió refrescos para todos. Solo Luisa parecía enojada con la aparente felicidad de Rosas y cuando este le pasó un refresco lo rechazó y volvió la cabeza del lado de los paseantes.

—¡Gracias, no tengo sed!

Con la presencia de Julia, la plaza se llenó de luces y de voces. Las mujeres daban vueltas platicando en alta voz, los hombres sin atreverse a mirarla pasaban cerca de ella y aspiraban las ráfagas intensas de jazmín que atravesaban la noche. ¿Y ella, Julia, a quién esperaba? ¿Para quién guardaba aquella sonrisa apenas entrevista?

Escrutó la plaza con disimulo. Buscaba a alguien y se alejaba de la conversación de sus amigos. Acaso llevaría media hora entre nosotros cuando pidió defraudada irse al hotel. Francisco Rosas se inclinó ante ella y con la punta de los dedos le rozó los cabellos. Pareció asentir de buen grado a su deseo.

—¡Si acabas de llegar! —dijeron las gemelas.

—Me voy —respondió Julia. Se puso de pie y se volvió hacia Rosas para decirle algo al oído.

—¡Quédate otro ratito!

—¡Aguafiestas!

—¡Déjenla, sus motivos tendrá! —comentó Luisa.

—Tengo sueño —replicó Julia. Decidida, hizo ademán de dejar a sus amigos.

Un grupo ruidoso atravesó en esos momentos la calle y entró a la plaza: eran los Moncada; riéndose con aquella risa suya sonora y contagiosa, venían acompañados de Hurtado y de Conchita. Recuerdo la frase de Nicolás: «¡Isabel, un peso por una carcajada!», y mostró a su hermana, de risa fácil, una moneda de plata que ella ganó al instante, echando la cabeza hacia atrás y enseñando la fila guerrera de sus dientes.

Julia, indecisa, no acabó de despedirse. Al ver su turbación, Rafaela la invitó a sentarse.

—¡Quédate! Mira, ya llegaron esos...

—¿De qué hablarán que vienen riéndose? —preguntó su hermana.

—¡Adivinar! Hay veces en que me gustaría conocer a la gente de aquí —contestó Rafaela.

Julia aprovechó el diálogo de las hermanas y volvió a sentarse, aparentando indiferencia.

El grupo de jóvenes pasó frente al de los militares y Hurtado disminuyó el paso y dejó de reír. Se diría que Julia no lo había mirado. El rostro del general Francisco Rosas, unos minutos antes apacible, se descompuso. Entonces, el teniente coronel Cruz intervino en la conversación.

—¿Y para qué quieres conocer a unos mocosos y a un merolico?

Dijo esta última palabra con desprecio y mirando de reojo al general, para que este se diera cuenta de la insignificancia del forastero.

—Pues no lo sé... —contestó Rafaelita, que no tenía ningún interés en conocer a aquellas gentes.

—Julia sí conoce a uno de ellos... —dijo Luisa malignamente.

Sus palabras produjeron el silencio en el grupo de los militares. Las mujeres se quedaron en suspenso y los hombres miraron las copas de los árboles. La música se dejó oír ruidosa y la plaza entera pareció girar en torno a Julia que permaneció quieta y pálida. El general se inclinó ante ella.

—Vámonos, Julia.

Julia siguió inmóvil con su abanico en la mano mirando al vacío.

Rafaela intervino asustada.

—¡Quédense otro ratito...! La noche está tan caliente que se apetece estar al aire libre.

—¿No oyes, Julia? Siempre tienes que ir en contra de la voluntad del general. —Y Luisa se inclinó sobre la querida de Rosas. Julia ignoró sus palabras. Seguía inmóvil, parecía de cristal, cualquier movimiento podía romperla en mil pedazos. El general la tomó por un brazo y con brutalidad la hizo levantarse de su asiento. Julia cedió sin resistencia.

—Buenas noches —dijo Rosas, trémulo de ira. Sin más despedida cruzó la plaza y atravesó la calle llevándose a la joven.

—¡Le va a pegar!

—¡Sí... le va a pegar...! —repitió Antonia mirando con terror al coronel Justo Corona. Este, con los brazos cruzados, permaneció impasible. En la manga de su guerrera estaba la cinta negra que Rosas había ordenado que lucieran todos, incluyéndose él mismo, en señal de duelo por la muerte de Damián Álvarez.

—Es muy rejega. Merece unos fuetazos y luego su azúcar, como las yeguas finas.

—¡Ojalá y le dé una buena, a ver si se le quita lo mañosa!

Y los ojos azules de Luisa se volvieron blancos. Su amante, el capitán Flores, se puso de pie.

—Me voy, estoy de guardia.

Salió de la plaza y se encaminó a casa de *la Luchi*.

—*Luchi, ¿*tienes envidia de Julia?

La Luchi se quedó pensativa unos minutos.

—¿Por qué me lo preguntas?

—Quiero saber por qué no la quieren las mujeres.

—Tal vez porque a ninguna de nosotras nos quieren como a ella —contestó *la Luchi* con entereza y luego se abrazó a su cuello.

Las criadas del hotel contaron que el general, al llegar a su cuarto, golpeó a su querida con el rebenque «sin ninguna compasión». Ellas desde el corredor escucharon los golpes y la voz entrecortada del hombre que parecía quejarse. De Julia no se escuchó nada. Luego el general salió a buscar a Gregoria, la vieja ayudante de la cocina, que sabía de muchos remedios.

—No quiero que venga el doctor Arrieta. Le digo que vaya usted a remediar a la señorita Julia.

La voz de Francisco Rosas estaba rota.

A las once de la noche la vieja salió del hotel para ir a su casa en busca de hierbas. A su vuelta, cuando llamó al cuarto de los amantes, el general salió para perderse en las profundidades del jardín. Gregoria preparó cataplasmas y aguas limpiadoras y con ellas curó la piel ensangrentada de la más querida de Ixtepec. Luego hizo también un cocimiento para que Rosas quisiese menos a la joven. Esta parecía no oír los consejos de la vieja.

—Mire, señorita Julia, échele esto en la copa que se bebe antes de meterse en la cama con usted. Pero no le diga que yo le di la hierba, porque me mata...

Julia, echada en la cama con los ojos cerrados no contestó. Gregoria se empeñaba en consolarla.

—Ya verá, niña. Con el favor de Dios va a dejar de quererla. Cuando un hombre se pone así, hace pagar con la vida a la mujer. Pero primero Dios se va a aliviar hasta más pronto que usted, ya lo verá.

Julia se dejaba curar muy quieta. Temblaba y bebía pequeños sorbitos de *cognac* para reanimarse. Un trazo violeta en la mejilla la hacía parecer más pálida.

—¡Júreme, señorita Julia, que le va a dar este remedio! Está hechizado.

La joven seguía temblando.

—Y dígame, perdonando la curiosidad, ¿qué hierba le dio usted allá en su tierra para ponerlo así? —preguntó la mujer.

—Ninguna, Gregoria.

—¿A poco él solito se le engrió tanto?

—Sí, Gregoria, él solito.

Ya tarde el general volvió a su cuarto, miró a Julia tendida en la cama, se acercó a ella y con la punta de los dedos le acarició los cabellos. La joven no se movió y su amante se sentó en una silla llorando. Ella lo dejó llorar.

—Ya me voy, niña Julia —digo Gregoria cohibida.

Los amantes no le contestaron.

—Aquí le dejo su tisanita, niña Julia. También al general déle un trago, le hará bien, parece muy cansado —agregó la vieja haciendo un guiño de complicidad.

Julia guardó silencio. El general con la cara entre las manos no se ocupó ni de dar las buenas noches.

TRECE

DESDE AQUÍ VEO LA CASA DE GREGORIA Y ME PARECE QUE ELLA ESTÁ llegando esa noche, abriendo su puerta y santiguándose antes de entrar. Adentro están sus botes, que fueron de petróleo, cubiertos de geranios y de tulipanes. En el jardín crecen las hierbas para olvidar, para quererse y para salvarse de la ira o de un enemigo. No se vaya a creer que Gregoria fuera bruja. No, ella no era como Nieves que llegó a darme mala fama. Desde muy lejos venían a verla, le traían pedazos de trajes, mechas de pelo y fotografías de los futuros embrujados. ¿Cuántos años hará desde el día en que la costeña Marta llegó a Ixtepec con Juan Urquizo? Hasta acá lo trajo para que Nieves le diera su bebedizo. Años fueron y vinieron. Marta murió en su tierra, nosotros lo supimos por Juan Urquizo que a pie, y con la cara de tonto que le puso Nieves, pasó por Ixtepec de ida para México. Desde entonces se presentó en mis calles dos veces por año: una cuando iba para México y otra cuando regresaba. Sus viajes tenían por objeto estar en la costa el día de la fecha de la muerte de Marta. Hacía seis meses de ida y seis meses de vuelta, siempre a pie. Cuando lo veíamos de regreso sabíamos que había pasado un año justo.

Así vivía tranquilo sin darse cuenta de su desgracia. Había sido comerciante, sus mulas iban cargadas de mercancía, y la gente, al verlo con los huaraches rotos, las ropas desgarradas, la piel renegrida por el sol y los ojos más azules que nunca, le tenía compasión. Nadie conocía a su familia, porque Juan Urquizo era español. Al pasar por Ixtepec, don Joaquín lo recibía en su casa, ordenaba que le pusieran jabones y toallas en el baño de ladrillos rojos y le daba ropa limpia. Juan Urquizo aceptaba la caridad con beneplácito. Se quedaba una noche y un día en el pueblo y de madrugada emprendía la ruta hacia México o hacia la costa, según fuera de ida o de venida. Doña Matilde le suplicaba:

—Mire, don Juan, repósese aquí unos días.

Juan Urquizo no podía aceptar reposo.

—Doña Matilde, es usted buenísima, pero no puedo faltarle a Marta. Un día que pierda y no llego a la costa el 14 de noviembre. ¿No sabe, doña Matilde, la desgracia que me ha ocurrido...? Marta murió en esa fecha y no puedo dejarla sola... Es el único día que tengo para hablar con ella... ¿La recuerda, doña Matilde?

Y Juan Urquizo seguía llorando hasta que la señora, que sabía lo que sabíamos todos, le decía:

—No llore, don Juan, ya no está lejos el 14 de noviembre.

Hace quince años que dejó de hacer su viaje circular. Hay quien dice que murió en unos llanos cerca de Tiztla. Ya era tan viejo que apenas le quedaban unos cuantos pelos blancos, y de seguro ese día el sol pegó muy fuerte.

Nunca supimos si Julia le dio la bebida al general. Era reservada y se presentó siempre como extranjera, sin dársenos, encerrada en su sonrisa, que fue cambiando según fue cambiando su suerte. Y los días siguieron cayendo iguales los unos a los otros. Se comía a las doce y media, a las tres de la tarde eran pocos los que se atrevían a cruzar mis calles. Los vecinos dormían la siesta en sus hamacas y esperaban a que el calor bajara. Los jardines y la plaza estallaban en un polvillo inmóvil que volvía el aire irrespirable. Los perros, echados a la sombra de los almendros del atrio, apenas entreabrían los ojos, las cocinas se apagaban y no volvían a encenderse hasta las seis de la tarde. Los Selim, los turcos del almacén de ropa La Nueva Elegancia, dormitaban detrás de un mostrador con las tijeras sobre el pecho. Sus hijos les traían tacitas de café renegrido. «Muy bueno para el calor. Allá en su tierra con eso se aliviaban del sueño y del sofoco».

En la plaza, Andrés se refugiaba debajo de su tendido de dulces y con un plumero color de rosa espantaba las avispas y las moscas que se posaban ávidas en su alfajor de coco.

—A mí no me importa lo que le pase a la cusca de Julia. Las que son buenas son las otras, las cuatitas. ¡Qué suerte la del teniente coronel, encontrar dos mujeres bonitas y a las dos al mismo tiempo! —decía. Y cuando Rosa y Rafaela le compraban dulces, Andrés les daba las golosinas casi regaladas.

Cerca de él, encadenada al tronco de un tamarindo, Lucero, su águila, vigilaba con su ojo feroz los trozos hediondos de carne cruda con que la obsequiaba su dueño.

—¿Y dónde la agarró? —le preguntaban las gemelas siempre espantadas por la fuerza del animal.

—Muy alto, niñas, muy alto, donde se encuentra todo lo bueno.

La refresquera Juana, sentada detrás de su puesto, con los dedos rosas remojados a fuerza de rallar limones sobre su teja, dejaba de insultar a los «guachos» que venían a beberle los refrescos de colores y dormitaba con los párpados a medio cerrar.

Javier no jugaba más con los montones de canastas. Se bajaba bien el sombrero de paja y, tendido en un petate, espiaba las piernas de las pocas mujeres que acertaban a pasar cerca de su puesto.

Los cocheros sentados al pescante se quedaban quietos y solo se oían las patadas de los caballos espantándose los tábanos. Las tardes se repetían iguales. El doctor Arrieta era el único que seguía trajinando a aquella hora, traído y llevado por las fiebres que en tiempo de calor y secas abundan en Ixtepec.

Fue una tarde así cuando Julia salió del Hotel Jardín. A esa hora las queridas hacían la siesta. Las persianas echadas hacían presentir brazos desnudos y cabellos húmedos. Don Pepe Ocampo trató de detenerla.

—¡Por favor, señorita Julia, no salga!

—¡Muy mi gusto! —dijo Julia, despectiva.

—El general no debe tardar. No se fíe de sus palabras. Estoy seguro de que va a volver antes de la hora que dijo.

—Pues ahí me lo entretiene usted un rato.

—¡Señorita Julia! —suplicó el viejo yendo de un lado al otro del zaguán para impedirle el paso. Julia lo miró con frialdad y se detuvo a esperar que el viejo terminara sus carreras.

—Tenga usted compasión de mí. No puedo dejarla salir, piense en las consecuencias... si llega a enterarse.

—No le diga nada. Yo vuelvo en seguida. —Y Julia empujó a don Pepe y salió a la calle. Iba sin pintar, con los cabellos muy cepillados y los labios apenas rosa. Su presencia en las aceras hizo que los mercaderes de la plaza se pusieran de pie.

—¡Mira tú quién viene ahí! —exclamó Andrés sobresaltado.

—¡Y viene sola! —contestó Javier saliendo debajo de su sombrero.

—¿Qué pasa con esa desafiadora, a la que le veo mal fin?

Y Juana, boquiabierta, contempló a Julia que venía con un traje de muselina clara. En su rostro pálido todavía estaba la huella oscura del golpe de rebenque recibido unas noches antes. A la luz del sol parecía más endeble. Cruzó la plaza y bajó por la calle del Correo.

—Va a casa de él.

—Ya lo decía yo que había venido por ella.

—¡Lástima de mujer, tan bonita, y ya no la veremos mucho por aquí! —Y Javier se ladeó el sombrero.

—Anda caminando su última tarde —concluyó Juana.

Los cocheros, desde sus pescantes, siguieron dando noticias del camino que llevaba la joven. Julia iba a buen paso, sin medias, meciéndose sobre sus tacones altos.

—Pasó frente al portón de los Pastrana.

La figura de Julia se fue haciendo más pequeña y acabó por perderse en las sinuosidades de la calle. Pasó frente al portón de los Montúfar, se cruzó a la otra acera y se detuvo en la puerta de la casa de don Joaquín. Dio varios aldabonazos y esperó sosegada. Adentro no esperaban visitas. Los golpes se perdieron en la espesura del jardín. Después de un rato largo, Tefa abrió el portón.

—¿Está la señora? —preguntó Julia con aquella su voz tan peculiar.

—Un momentito... —dijo Tefa, asustada por la aparición de la joven.

Julia esperó en la calle, bajo el rayo del sol, sin atreverse a entrar. Volvió Tefa, sofocada por la carrera.

—Pase usted, señorita.

Entró Julia a la casa, mirando a todos lados con sus ojos de almendra; buscaba a alguien escondido en la sombra. Doña Matilde apareció en el corredor. Venía asustada, con los párpados hinchados por el sueño y una mejilla roja con las marcas del encaje de la almohada. Julia se quedó aturdida, como si de pronto su visita no tuviera objeto.

—Perdone, señora, ¡perdóneme, por favor!, soy Julia Andrade...

—Ya tenía el gusto... es decir, la conocía de lejos... —interrumpió turbada la señora.

Con un gesto le indicó que la siguiera por el corredor sombrío. Las dos mujeres avanzaron con aire de misterio. Los pasos sonaban huecos sobre las losetas rojas. «¿A qué habrá venido esta muchacha...? ¡Ojalá que todo esto no acabe mal...!». Se iba diciendo la señora, mientras Julia olvidaba las palabras que había preparado para explicar su situación. «No diré nada... No podré...», se repitió Julia cuando llegaron a la puerta de la sala. Entraron solemnes al cuarto fresco y profundo. Pocas veces se utilizaba aquella sala habitada por pastores de porcelana que se vigilaban sobre consolas negras y por mujeres pompeyanas tendidas en terrazas, con los cabellos coronados de rosas y a sus pies tigres mansos dorados. Había abanicos, espejos, ramilletes de flores y en lo alto del muro principal una imagen de bulto del Sagrado Corazón con unas veladoras encendidas. Sobre un sillón estaban los trajes terminados de Isabel y Conchita. Doña Matilde los recogió.

—Perdone, son los trajes de teatro. —Y sonrió mortificada por la palabra. ¿Qué pensaría su visita? ¡Trajes de teatro en una casa decente!

—Son mis sobrinos que van a hacer una representación para nosotros, la familia...

Las dos mujeres tomaron asiento en el estrado del salón y se miraron desconcertadas. Julia, ruborizada, trató de sonreír, miró a la señora y luego se miró las puntas de los dedos. No podía hablar. Doña Matilde, a su vez, no sabía qué decir y esperaba turbada que la visita hablara la primera. Así estuvieron unos minutos atreviéndose apenas a mirarse, sonriéndose furtivas, las dos tímidas y asustadas.

—Señora, dígale a Felipe que se vaya... El general se fue hoy a Tuxpan y no vuelve hasta muy tarde. Por eso vine a avisarle...

En el primer momento doña Matilde no supo de quién le hablaba. Después recordó que Felipe era el nombre de pila de su huésped y se quedó boquiabierta, asaltada por un tropel de pensamientos confusos. «¿Por qué debe irse Felipe...? ¿Por qué vino Julia a avisar...?».

—Lo va a matar... —le susurró Julia acercando las palabras a su oído.

Doña Matilde la miró con miedo. Hubiera querido que Julia no se presentara nunca ante la puerta de su casa y ya que estaba adentro le gustaría que se fuera en seguida. Pero ¿cómo decírselo? La miró y pensó que a la primera que mataría el general sería a ella por haberlo traicionado.

—¿Y usted? —preguntó.

—¿Yo? No lo sabrá nunca —dijo Julia sin convicción.

—No faltará quien se lo diga.

Y la señora pensó que quizás estaba viendo a Julia por última vez. La miró fascinada. «¿Será capaz de hacerle algo?». Le pareció estar frente a una criatura que lleva la violencia en su misma fragilidad. Había entrado a su casa como el heraldo de la desdicha. Su presencia irreal era más peligrosa que la de un ejército. Examinó su escote delicado, sus clavículas quebradizas, su traje de muselina rosa y sus manos olvidadas sobre la falda. El parpadeo de las veladoras daba reflejos naranjas a su piel dorada. Los ojos de la joven crecieron al llenarse de lágrimas, una sonrisa húmeda avanzó por sus labios. Una ráfaga violenta de granizos cruzó el salón.

—¿Puedo verlo?

La voz de Julia le llegó a doña Matilde desde el centro de una tempestad que partía del cuerpo luminoso de la joven. Su imagen brillante se escindió y cayó en trozos de cristal. La señora sintió un vértigo.

—... Solo unos minutos —insistió la voz de Julia, ahora muy cerca de los oídos de doña Matilde. Corrieron vientos fríos y los granizos desaparecieron. La señora podía verla, muy quieta, con las manos entrelazadas sobre la falda, mirándola con sus ojos oscuros y alertas como los de una gacela. Felipe Hurtado apareció en el marco de la puerta.

Julia se puso de pie y fue a su encuentro, caminando muy despacio y los dos desaparecieron por el corredor. Doña Matilde se echó a llorar. La sorpresa de esa tarde y las visiones provocadas por la presencia de Julia no hallaron más camino que el de las lágrimas. O tal vez se sintió muy vieja.

Julia y Hurtado cruzaron el jardín y entraron en la habitación del forastero. Iban enlazados, al paso, mirando los helechos, como si pertenecieran a un orden diferente. Los criados los espiaban desde lejos.

—¡Vino Julia!

—Dijo bien don Cástulo, adelante de los pasos de un hombre van los de una mujer. —Y buscaron en el aire las huellas brillantes que habían traído a Felipe Hurtado hasta Ixtepec.

El grupo de los sirvientes se quedó debajo del arco que comunicaba con la cocina mirando con fijeza hacia el pabellón cerrado. Adentro estaban los amantes. ¿Qué estarían diciéndose? El pabellón había entrado en una gran quietud, el jardín también estaba plácido y hasta la cocina llegaba el beneficio de los sueños. La torre de la iglesia dio las cinco de la tarde, el cielo empezó a cambiar de color y las ramas de los árboles se hicieron más oscuras. Los pájaros guardaron silencio y los primeros perfumes del crepúsculo se esparcieron por la casa. Pasaba el tiempo y el pabellón seguía quieto.

—Lo pagan con la vida...

Los criados se quedaron tristes al ver la mancha del traje de Julia reaparecer en el jardín. Felipe Hurtado se le emparejó. Los amantes venían imperturbables, con los gestos en paz.

—¡Lástima...! ¡Lástima...!

Los jóvenes volvieron a la sala donde doña Matilde los esperaba inmóvil. Al verlos tuvo una reacción de pánico. Se hubiera dicho que los había olvidado.

—¡Criatura! ¿Por qué vino...?

—Para decirle que se fuera...

—Sí, sí, que se vaya... Ahora mismo preparo su viaje...

La señora salió a dar voces a las criadas. «Tengo mucho que hacer, mucho que hacer...», se repitió mirándose las manos, de pie en el corredor.

La primera impresión que le produjo la llegada de Hurtado había sido que el forastero venía a alterar el orden implacable de su casa, como si una arenilla se hubiera introducido en la maquinaria de un reloj y alterara los segundos de una manera imperceptible y segura. Hoy, en esa tarde que huía entre los árboles del jardín, sus horas y sus gestos contados de antemano saltaron hechos pedazos y cayeron a sus pies en el desorden imprevisto que producen las catástrofes. «¿Qué tengo que hacer?». Sus palabras carecían de sentido, su vida entera hecha de naderías se le presentó como una máquina rota. «Tiene razón mi hermano Martín en vivir fuera del tiempo», se dijo sin entender lo que decía. Todos sus cálculos habían resultado inútiles. Los criados esperaban sus órdenes.

—Hay que preparar el viaje del joven —dijo sin saber de qué viaje hablaba ni qué era lo que había que preparar.

—¿Ya llegó Joaquín?

—No, señora.

«¿Por qué andaría en la calle a esas horas?». Le pareció que la cuarteadura invisible que se produjo en su vida con la llegada del forastero se abría en ese momento con estrépito y que el edificio entero se iba por esa grieta negra que avanzaba con la velocidad del rayo.

—Ya oscureció —dijo Julia con voz extraña, y a la señora le pareció que la voz de la joven acumulaba en su casa todas las sombras de Ixtepec. Miró a Felipe Hurtado, reconoció su rostro amable a esa hora sombrío y como la primera vez que lo vio se reconcilió con el desconocido. «El destino siempre escoge un rostro imprevisto», se dijo resignada.

—Yo le ayudaré a seguirlo —prometió a sabiendas de que ya nada podía separar su suerte de la de los jóvenes.

Julia se oprimió las manos y se alejó unos pasos. Luego, sin ruido, corrió veloz hacia el zaguán, lo abrió y se fue a la calle.

Felipe Hurtado corrió en su busca, pero el ruido de la puerta que se cerraba de golpe lo detuvo. Se quedó unos instantes indeciso frente al portón cerrado, se pasó la mano por la frente, sacó un cigarrillo, lo encendió y sin decir una palabra cruzó el jardín y se encerró en el pabellón.

—Vayan a decir a mis sobrinos que hoy no hay teatro... Y de la señorita Julia, ¡ni una palabra! —gritó con ferocidad doña Matilde y por segunda vez se echó a llorar aquella tarde.

145

CATORCE

JULIA NO VOLVIÓ AL HOTEL POR DONDE HABÍA VENIDO. PARA SU VIAJE
de regreso buscó calles extraviadas. Iba despacio, caminando muy
cerca de los muros de las casas. Parecía muy asombrada. Entre las
dos luces de la noche las gentes que se la cruzaban no la reconocían.
Detrás de ella iban quedando sus fantasmas: se deshacía de su memoria y sobre las piedras de la calle iban cayendo para siempre sus
domingos de fiesta, los rincones iluminados de sus bailes, sus trajes
vacíos, sus amantes inútiles, sus gestos, sus alhajas... Sintió que le
estorbaban los tacones, se quitó los zapatos, y cuidadosa los colocó en
el umbral de una casa. Llegó descalza a los portales, caminando frente a un futuro que se alzaba delante de sus ojos como un muro
blanco. Detrás del muro estaba el cuento que la había guiado de
niña: «Había una vez el pájaro que habla, la fuente que canta y el
árbol que da los frutos de oro». Julia avanzaba segura de encontrar-
lo. En la puerta del hotel, alto, sombrío, obstruyendo la entrada, estaba Francisco Rosas esperándola. Julia lo vio sin reconocerlo.

— ¿De dónde vienes? —preguntó el hombre en voz baja.

—No vengo... Voy a ver algo —dijo Julia con el cuerpo y la cara
que tuvo a los doce años. Rosas vio sus cabellos infantiles revueltos,
con mechas que le caían sobre los ojos y sus pies descalzos. La cogió
por los hombros.

—¿Qué algo? —preguntó sacudiéndola con fuerza. Sintió bajo sus manos a una criatura desconocida y volvió a sacudirla con furia.

—Un árbol —respondió Julia.

—¿Un árbol?

Y Francisco Rosas la zarandeó con odio como si fuera ella el árbol que a él le cubría el mundo.

Don Pepe Ocampo, oculto detrás de un pilar, espiaba a la pareja. «Ya sé lo que hiciste, cusca desgraciada...».

Rafaela y Rosa estaban encerradas en su cuarto. Antonia, sentada en el borde de la cama, respondía con «sí» y «no» al interrogatorio cerrado a que la sometía Justo Corona. Luisa, echada en su cama con los quinqués apagados, no se movía. Desde la salida de Julia, en el hotel reinaba un silencio asombroso. Nadie oyó que Francisco Rosas y Julia Andrade entraron a su cuarto.

Doña Matilde echó los cerrojos y las trancas del portón y soltó a los perros. Los criados se agruparon cabizbajos en la cocina y en silencio hicieron los preparativos para el viaje nocturno de Felipe Hurtado. El joven seguía encerrado en el pabellón y no contestaba a los llamados de Tefa. La noche caía sobre el jardín y la casa asustada se replegaba sobre ella misma.

Llamaron al portón de entrada y los criados y la señora se precipitaron al zaguán.

—¿Quién es? —preguntó doña Matilde acercándose mucho a la puerta, como quien espera a un enemigo.

—¡Yo! Joaquín... —contestó el señor desde el otro lado de la puerta, asustado por el tono de voz de su mujer.

«Ya sucedió», se dijo. Los criados quitaron las trancas y corrieron los cerrojos.

—¡Joaquín, sucedió algo terrible!

El señor palideció. En su paseo por Ixtepec se había enterado de la visita de Julia y sabía que el pueblo esperaba una desgracia. «No podía acabar bien», repetía Ixtepec a coro. Los vecinos habían echado las persianas, se habían recogido muy temprano y las calles estaban quietas.

Los esposos entraron en la habitación de la señora. Al poco rato don Joaquín salió del cuarto y se dirigió al pabellón a llamar a la puerta. Estuvo largo rato golpeando las maderas, pero nadie contestó. Quería convencer a Felipe Hurtado de que huyera; Cástulo lo llevaría a Tiztla y allí lo tendría escondido hasta que pasara el peligro; luego se iría a donde mejor quisiese. Pero el huésped no quería oír razones. Sumido en la oscuridad de su cuarto, permaneció sordo a los golpes dados en su puerta y a la voz amiga que lo llamaba. Quién sabe qué pensaría el forastero, a solas consigo mismo, tendido en su cama, sin moverse.

Los perros presentían el miedo de sus amos y vigilaban el jardín inquietos. Los criados sentados en círculo en la cocina hablaban en voz baja, fumaban con calma y atisbaban los ruidos de la noche. De cuando en cuando llegaban hasta ellos los golpes cautelosos que don Joaquín seguía dando en la puerta del cuarto del joven. Cástulo, con el morral de la comida listo y la «víbora» bien llena de pesos, esperaba que el huésped saliera para emprender el viaje.

—Al joven Hurtado no le gusta la vida.

—¿Cómo quieres que se vaya, si vino por ella? —respondió Cástulo seguro de sus palabras.

Como a las diez de la noche, Francisco Rosas, con la guerrera abierta, la cara y los cabellos llenos de polvo, atravesó el pueblo silencioso. Sintió que lo espiaban detrás de cada persiana.

«¡Ahí va!» «¡Ahí va!», corrió de balcón en balcón. Francisco Rosas siguió su camino sin hacer caso de las sombras que lo veían pasar arrastrando las botas. Atravesó la plaza a esa hora agrandada por el silencio, empujó la puerta de resorte de la cantina de Pando y se sentó solo a una mesa. Tenía los ojos muy cansados y los gestos ausentes. Los militares no se atrevieron a dirigirle la palabra; cabizbajos bebieron su *cognac* y evitaron mirarlo. Él cruzó los brazos sobre la mesa e inclinó la cabeza. Parecía dormir.

Desde su balcón doña Elvira hizo señas: «¡Ahí va!». Doña Matilde se alejó de las persianas y se dirigió al jardín. Encontró a su marido sentado en el quicio de la puerta del pabellón: seguía llamando a Felipe Hurtado.

—Ya es tarde... Anda por ahí... —murmuró la señora.

—Solo nos queda encomendarnos a la voluntad de Dios.

Y los esposos volvieron a su cuarto, apagaron el quinqué y se quedaron al amparo de las veladoras.

—Pobre muchacho, tan bueno como es... —dijo la señora sentada en el borde de una silla.

—¡Desvístete! No conviene que nos encuentre así... Sospecharía algo extraño —ordenó el señor.

En ropas de dormir esperaron en las tinieblas de su cuarto apenas rotas por la luz de las veladoras. El camisón blanco de la señora se llenó de colores. Las luces cambiaban del naranja al verde para entrar al azul, después al rojo y volver con violencia al amarillo. Los reflejos alargaban el tiempo. En los rincones se instalaron formas extravagantes y el olor de las cucarachas gigantes llegó a través de las rendijas de las puertas. Una humedad viscosa se untó a las paredes y a las sábanas. Afuera se oían caer las hojas podridas de los árboles. El ir y venir de los insectos produjo un ruido sofocante. La noche de los trópicos devorada por miles de alimañas se agujereaba por todos los costados y los esposos oían mudos la invasión de agujeros.

—Tengo miedo... Pobre muchacho, tan bueno como es.

—¿Por qué no dices tan bueno como era? —respondió su marido con violencia.

—Sí... Tan bueno como era.

A eso de las once de la noche una absurda tranquilidad sucedió al desasosiego de una hora antes. Quizá todo era el resultado del miedo que el general les inspiraba, quizá no era tan temible como lo imaginaban y todo saldría a pedir de boca. Los relojes marcaron los minutos con orden y la noche empezó a correr con su velocidad acostumbrada. Los ruidos que agujereaban las sombras cesaron y la intensidad de los olores se disolvió en perfumes suaves. Los esposos se tendieron en la cama y escucharon las doce campanadas.

—¡Dios nos oyó! —dijeron.

Felipe Hurtado, a oscuras y a solas con sus pensamientos, esperaba. Doña Matilde trató de imaginarlo solo frente a la noche.

—Es muy hombrecito. No aceptó dejarla sola. Prefirió correr su misma suerte —dijo don Joaquín.

Los esposos trataron de imaginar al joven: ¿en qué pensaría a esas horas? Estaría entregado al recuerdo de Julia, revisando las huellas dejadas por su paso... Tal vez lloraba por ella.

—¿Tú crees que la quiera más que el general? —preguntó la señora.

—No sé... Tú que los viste juntos ¿qué piensas?

Doña Matilde no supo qué contestar y los dos callaron avergonzados de su repentina curiosidad: violaban la confianza de su amigo; el misterio del amor debía quedar en el secreto. Un sueño ligero les nubló la vista y los dos se durmieron apacibles.

Pasada la una de la madrugada se oyó la Banda Militar. Sin dar ningún rodeo por el pueblo bajó directamente por la calle del Correo, rumbo a la casa de don Joaquín Meléndez.

—¡Ahí viene ya! —gritó doña Matilde despertándose sobresaltada.

Su marido no contestó. Un sudor frío le corrió por la nuca. Cerró los ojos y esperó.

Los vecinos espiaban por las rendijas de las persianas. El general venía a caballo. Se oían los cascos del animal caracoleando sobre las piedras, abriéndose paso entre la música. Lo seguían más jinetes. Se oían voces aisladas. La procesión se detuvo ante las rejas del cuarto de doña Matilde. En medio de la música alguien llamó a su marido por su nombre completo y golpeó las maderas con fuerza.

—¡Don Joaquín Meléndez, ábrale usted a un cristiano!

Era la voz del general Francisco Rosas. La señora, paralizada por el terror, no se movió. Su marido saltó de la cama y avanzó sin rumbo por el cuarto. Había oído la cabalgata y la música y estaba sin habla, con la absurda esperanza de que todo fuese un error, de que no fuese su casa la que esos hombres terribles buscaban. Adentro los perros ladraban y cruzaban vertiginosos el corredor. Seguían golpeando las maderas, la ventana se sacudía con estrépito. La voz se escuchaba en todo Ixtepec.

—¡Abra, don Joaquín!

El señor se dirigió al balcón. Su mujer trató de detenerlo, pero él la apartó con violencia.

—Te vas a llevar tú la primera balacera...

—¡Ya voy, mi general! ¿Qué lo trae por aquí tan a deshoras...? —Y don Joaquín abrió decidido las maderas—. ¡Cómo le agradezco su música, mi general! —agregó haciendo un esfuerzo por parecer cordial y buscando con ojos ansiosos el rostro del general en medio de la noche.

Francisco Rosas, sin apearse de su montura, se agarró a los barrotes del balcón.

—Ya ve usted, señor Meléndez, vengo aquí en busca de un conejo.

Don Joaquín se echó a reír.

—¡Ah, qué mi general! Pero no vaya a ser que con tantas dianas se le escape entre las matas.

El general, sin soltar los barrotes, se bamboleó como si fuera a caerse. Iba borracho.

—¡Qué esperanza!

—¿Y de qué conejo se trata, mi general?

Francisco Rosas lo miró desdeñoso y se afirmó con brío en su caballo.

—De uno muy mentado que se ha metido en su honorable casa.

—¡Ah, qué caray! ¡Matilde, trae la botella de *cognac*, vamos a beber un trago mi general y yo! Don Joaquín quería distraerlo; pensaba que una actitud amistosa lo desarmaría. El general se volvió a agarrar a los barrotes e inclinó la cabeza. Parecía muy cansado y con ganas de llorar.

—¡Corona! ¡Pásame el Hennessy!

Con la botella en la mano, el coronel surgió a caballo de la noche. Rosas cogió la botella que le tendía su segundo y se echó un trago; después se la pasó a don Joaquín.

—¡Muchachos, échense *Las Mañanitas* pa'despertar a un cabrón!

La Banda Militar obedeció la orden del general.   153

> *Y estas son las Mañanitas*
> *que cantaba el Rey David*
> *y a las muchachas bonitas*
> *se las cantamos así.*
> *Despierta mi bien, despierta...*

Francisco Rosas, a caballo, escuchaba la música sin hacer caso a don Joaquín.

—¡Salud, mi general! —gritó con fuerza el señor.

—¡A la suya! —respondió el militar. Recogió la botella de las manos del señor Meléndez y volvió a beber.

—No es justo andar desgraciado por una mujer —se quejó Francisco Rosas, mientras apuraba más *cognac*.

—¡Vístase...! Vamos a pasearnos juntos y a tronar a ese conejo —ordenó de pronto.

—Pero, mi general, ¿por qué no platicamos un ratito?

—¡Vístase! —repitió el general con ojos turbios.

Don Joaquín entró a su cuarto y empezó a vestirse con pesadumbre. Doña Matilde se dejó caer en una silla y miró atónita cómo se iba vistiendo su marido. En el corredor las criadas rezaban en voz alta. «¡Ánimas benditas! ¡Socórrenos, María Santísima!». No se atrevían a encender los quinqués y a oscuras se oían los suspiros y los lloros. Los jaboneros, que dormían en los cuartos del corral, estaban en el «jardín de los helechos».

—Desde hace muchas horas la casa está cercada por soldados —anunciaron con miedo.

Solo el cuarto de Felipe Hurtado permanecía silencioso, extrañamente ajeno a lo que sucedía en la casa.

En la calle continuaban los gritos y la música. La voz del general se oyó de nuevo.

—¡Dígale que se vista! ¡No me gusta tronarlos encuerados!

—Algún nombre tendrá el conejo, mi general —respondió don Joaquín con frialdad para obligarlo a pronunciar el nombre de su rival.

—¡Oye tú, Jerónimo!, ¿cómo dices que lo nombran? —gritó el general a uno de sus asistentes.

—¡Felipe Hurtado, mi general! —contestó con rapidez el aludido desde la otra acera y, dando rienda a su caballo, se acercó a los balcones de don Joaquín. Este se puso una pistola al cinto y apareció en la ventana.

—¿Otro trago, general?

—¿Por qué no? —respondió Rosas llevándose la botella a la boca, para luego pasársela a don Joaquín.

Doña Matilde llegó hasta la puerta del pabellón y llamó con suavidad. El extranjero apareció; en lo oscuro se adivinaban sus ojos tristes. Quedó frente a la señora, que se echó a llorar.

—Ya ve, hijo... Vienen a buscarlo...

El huésped desapareció en su cuarto, para volver a aparecer con su maleta en la mano. La voz apesadumbrada del general llegó hasta él y doña Matilde.

—Mire, don Joaquín, no quiero matarlo adentro de su casa.

Felipe Hurtado abrazó a la señora.

—Adiós, doña Matilde, y muchas gracias. Perdone, perdone tantas molestias por alguien que ni siquiera sabe usted quién es.

A la mitad del corredor se detuvo.

—¡Dígale a Nicolás que estrene la obra de teatro!

Los criados lo miraban irse a través de sus lágrimas. Estaban a medio vestir, con los cabellos revueltos y las caras ansiosas. «Nunca se perdonarían haber murmurado de él y haberlo servido de tan mala gana». Ixtepec entero estaba como ellos, desesperado por la suerte de un forastero que se nos iba tan misteriosamente como había llegado. Y era verdad que no sabíamos quién era aquel joven que había venido en el tren de México. Solo ahora se nos ocurría pensar que nunca le preguntamos cuál era su tierra, ni qué lo había traído por aquí. Pero ya era tarde. Se iba en mitad de la noche. En la calle Francisco Rosas hacía caracolear a su caballo. Un soldado llevaba otra montura por las riendas: era para don Joaquín. A Hurtado lo llevarían en medio de las patas de los animales. La Banda seguía tocando. La noche esperaba a su víctima. El forastero se despidió de los criados; a ninguno dejó de darle la mano. Ellos miraban al suelo dejando correr su llanto.

—¡Vamos! No hagamos esperar al general —le gritó a don Joaquín.

Francisco Rosas lanzó su animal al galope y rayó al caballo frente al portón de la casa. Un galope nutrido lo siguió. La Banda, siempre tocando, se lanzó en su busca.

Don Joaquín trató de detener a Hurtado.

—¡Que nos mata a todos! —suplicó el viejo.

El forastero lo miró con aquella mirada suya, llena de paisajes extraños. Los dos estaban en el zaguán y oían las voces enemigas.

El joven levantó los cerrojos, quitó las trancas, abrió el portón y salió. Don Joaquín iba a seguirlo, pero entonces sucedió lo que nunca antes me había sucedido; el tiempo se detuvo en seco. No sé si se detuvo o si se fue y solo cayó el sueño: un sueño que no me había visitado nunca. También llegó el silencio total. No se oía siquiera el pulso de mis gentes. En verdad no sé lo que pasó. Quedé afuera del tiempo, suspendido en un lugar sin viento, sin murmullos, sin ruido de hojas ni suspiros. Llegué a un lugar donde los grillos están inmóviles, en actitud de cantar y sin haber cantado nunca, donde el polvo queda a la mitad de su vuelo y las rosas se paralizan en el aire bajo un cielo fijo. Allí estuve. Allí estuvimos todos: don Joaquín junto al portón, con la mano en alto, como si estuviera haciendo para siempre aquel gesto desesperado y desafiante; sus criados cerca de él, con las lágrimas a la mitad de las mejillas; doña Matilde santiguándose; el general montando al Norteño y el Norteño encabritado con las patas delanteras en el aire, mirando con ojos de otro mundo lo que pasaba en este; los tambores y cornetas en actitud de tocar alguna música; Justo Corona con el fuete en la mano y el sombrero bien ladeado; Pando en su cantina casi vacía inclinado sobre un cliente que recogía unas monedas de plata; las Montúfar espiando detrás de sus balcones con las caras pálidas de miedo; y como ellas los Moncada, los Pastrana, los Olvera, todos. No sé cuánto tiempo anduvimos perdidos en ese espacio inmóvil.

Un arriero entró al pueblo. Contó que en el campo ya estaba amaneciendo y al llegar a las Trancas de Cocula se topó con la noche cerrada. Se asustó al ver que solo en Ixtepec seguía la noche. Nos dijo que es más negra rodeada por la mañana. En su miedo no sabía si cruzar aquella frontera de luz y sombra. Estaba dudando cuando vio pasar a un jinete llevando en sus brazos a una mujer vestida de color de rosa. Él iba de oscuro. Con un brazo detenía a la joven y con el otro llevaba las riendas del caballo. La mujer se iba riendo. El arriero les dio los buenos días.

—¡Buenas noches! —gritó Julia.

Supimos que era ella por las señas del traje rosa, la risa y las cuentas de oro que llevaba enroscadas al cuello. Iban al galope.

Al salir de la noche se perdieron por el camino de Cocula, en el resplandor de la luz rosada del amanecer. El arriero entró al pueblo y nos contó cómo todo Ixtepec dormía redondo y negro con las figuras inmóviles en las calles y en los balcones.

—Era un mar negro, rodeado por los albores del campo —dijo.

Nunca más volvimos a oír de los amantes.

SEGUNDA PARTE

UNO

DESPUÉS VOLVÍ AL SILENCIO. ¿QUIÉN IBA A NOMBRAR A JULIA ANDRADE
o a Felipe Hurtado? Su desaparición nos dejó sin palabras y apenas
si nos dábamos los buenos días.

Nos faltaba Julia: las serenatas se volvieron muy oscuras sin el
resplandor de sus trajes; sus collares de oro no iluminaron más a los
árboles de la plaza; a su caballo Cascabel el general le dio de tiros y
nada nos quedó de su hermosura. «¡Qué vida, mejor se acabara!»
y caminábamos los días que ya no eran nuestros.

Había que olvidar también a Felipe Hurtado, borrar la huella de
su paso por Ixtepec; solo así nos evitaríamos mayores males. «¡Ese
hombre era un mago!», se decía don Pepe Ocampo, y receloso sacaba su silla a los portales, la recargaba contra la pared y sentado veía
pasar la tarde y sus paseantes. Estaba enojado.

—¡Quítense de mi vista! —decía rencoroso a las pocas gentes
que de cuando en cuando se le acercaban. ¿Qué iba a decirles?
¿Que Rafaela y Rosa ya no cantaban? ¿Que Luisa y Antonia también guardaban silencio? ¿Y que las cuatro mujeres encerradas en
sus nombres vulgares evitaban un encuentro con Francisco Rosas?
La insignificancia de sus secretos lo ponía de mal humor. Callado,
reconstruía la tarde pasada con el forastero. «¡Me hipnotizó!», se
repetía al no recordar las palabras de Felipe Hurtado. Había dejado

escapar al único secreto que rozó su vida de hotelero de un pueblo del Sur en donde solo cae polvo y llegan personajes de última categoría. «¡Y pensar que la tuve aquí mismo tanto tiempo y nunca pude arrancarle una palabra!».

Y recordaba uno a uno los gestos y las sonrisas de Julia; con paciencia descubriría el misterio. «Aquí hubo un milagro y ni lo vi...», y las tardes pasaban iguales las unas de las otras delante de sus ojos.

—Por un tiempo es mejor no visitar a Matilde... ¿No te parece?

—Sí, mamá —respondía Conchita apesadumbrada.

Extrañaba el pabellón y el corredor de doña Matilde. El teatro y las pláticas habían terminado, nunca se repetirían aquellas noches. La voluntad del general Francisco Rosas era que Conchita estuviera triste.

—Les va a caer una desgracia. Ni creas que Rosas les perdone lo de Hurtado.

Doña Elvira vaticinaba al oscurecer, asomada a su ventana y mirando con nostalgia las persianas cerradas de los Meléndez.

Doña Matilde clausuró el pabellón y ella y su marido se encerraron en su casa. Solo su hermano Martín venía a visitarla.

Se decía que don Joaquín estaba muy enfermo, pero nadie se acercaba a informarse de su salud. Sus sobrinos guardaron los trajes de teatro sin terminar y una mañana se fueron a Tetela sin decir adiós a nadie. Pasó mucho tiempo antes de que Nicolás y Juan volvieran a Ixtepec.

Francisco Rosas vagaba sin rumbo por el pueblo. Los amaneceres lo veían volver borracho y los vecinos lo oían arrastrar sus botas sobre el empedrado de mis calles. Del general solo quedaban sus pasos tambaleantes estrellándose contra sus días. Por las mañanas las criadas comentaban:

—¿Lo oyeron anoche? Iba a casa de las cuscas.

La Luchi temía su presencia: llegaba sombrío y sin la compañía de sus amigos, se dejaba caer en una silla y con un vaso de *cognac* en la mano esperaba que avanzara la noche.

Le daba miedo volver al cuarto del Hotel Jardín en donde encontraba el eco de la voz y la huella del cuerpo de Julia. Cualquier palabra que aludiera a algo sucedido antes de Felipe Hurtado le ponía en guardia y de un puñetazo hacía saltar las mesas y las copas. La presencia del señor presidente lo incomodaba. Le molestaba la sonrisa y los ojos del loco observándolo. El capitán Flores, amigo de Juan Cariño, trataba de convencerlo.

—Retírese, señor presidente, ya es muy tarde para usted...

—El joven general no debe gritar de esa manera. Me falta al respeto y no tendré más remedio que destituirlo... ¡Señor general, preséntese mañana en mi oficina! Su conducta deja mucho que desear.

Y Juan Cariño abandonaba con dignidad el saloncito de *la Luchi.* Los asistentes de Rosas lo rodeaban fingiendo estar alegres. Un continuo «¡Mi general!», «¡Mi general!», llenaba las lenguas solícitas. Él se quedaba muy quieto, mirándolos con indiferencia, y seguía solo, entregado a sus pensamientos.

—De seguro la niña Julia no le dio la tisana y lo dejó desgraciado para siempre... ¡Ojalá que no acabe como Juan Urquizo! —repetía Gregoria cada vez que se cruzaba con Rosas en los patios del Hotel Jardín y recordaba la noche en que curó a Julia y lo vio llorar atribulado.

Pasaba el tiempo y no nos consolábamos de haber perdido a Julia. Su belleza crecía en nuestra memoria. ¿Qué paisajes andaban mirando aquellos ojos que ya no nos veían? ¿Qué oídos escucharían su risa, qué piedras de qué calle retumbaban a su paso, en qué noche distinta de nuestras noches espejeaba su traje? Nosotros, como Francisco Rosas, la buscábamos y la llevábamos y la traíamos por parajes imaginarios. Tal vez escondida en la noche nos miraba buscarla. Tal vez veía su banco de la plaza abandonado debajo de los tamarindos y escuchaba a la Banda Militar tocar marchas para ella. Tal vez se escondía en los almendros del atrio y sonreía al ver pasar a las mujeres enlutadas entrar a la iglesia y después salir buscando la gracia de su escote. Los que salían de Ixtepec volvían siempre con noticias de ella: uno la había visto paseándose por México. Iba del brazo de Hurtado, riéndose como en aquellas noches en que Francisco Rosas la llevaba a caballo hasta Las Cañas. Otro contaba en voz baja haber visto el brillo de su traje en la feria de Tenango y cómo cuando él se acercó a saludarla se le hizo perdediza.

—¡De seguro de miedo a que yo le dijera al general su paradero! Otros más creían en su muerte y oían por las noches la risa de Julia rodando por las calles como un fantasma.

—Anoche oímos su risa subiendo y bajando la calle del Correo hasta que se metió por la rendija del portón de los Meléndez, penó por el jardín y luego se encerró en el pabellón. Allí se pasó la noche con él riéndose de Rosas y de verlo tan desgraciado por ella.

Y mirábamos al general pensando que Hurtado tenía más poder que él. Francisco Rosas sentía que lo mirábamos y se alejaba como los tigres antes de saltar.

—¡Pobre hombre!

Ana Moncada dejó caer el bordado para espiar detrás de los visillos el paso de Francisco Rosas. Iba ahora con la camisola militar abierta y los ojos cerrados sobre sí mismo.

—¡Míralo, Isabel, ahí va! ¡Él solo se castigó! La joven se acercó al balcón y por encima del hombro de su madre vio la figura alta del general, inmóvil en su desdicha, andando calles para ir a la cantina a emborracharse.

—¡Pobrecito!

Isabel volvió a ocupar su silla y clavó ferozmente la vista en el rostro impasible de su madre: «Ya sé lo que piensas, que es justo que expíe su pecado...». Desde la noche en que desaparecieron Julia y Felipe Hurtado, Isabel daba vueltas por el corredor y las habitaciones de su casa pisando sombras resbaladizas que la obligaban a dejarse caer de silla en silla. No quería visitar a sus tíos: temía encontrarse con la invisible presencia del forastero flotando en el jardín. Tampoco quería ver el pabellón en donde el escenario envejecía con rapidez. Los restos de aquel mundo que apareció mágicamente la noche de la lluvia, y desapareció la noche en que Francisco Rosas se presentó a reclamar a su rival, la arrojaban a un rincón de polvo. Si estuvieran con ella sus hermanos, su vida sería soportable; no necesitaría hablar; bastaba el principio de una frase:

—Nico, estoy muy triste...

Y detrás de aquellas palabras Nicolás adivinaba el naufragio de los sueños que habían inventado juntos. Con sus padres había que explicarse, dar razones que nunca eran suficientes y sus consejos no la aliviaban. Se habían acostumbrado a la fealdad e inventaban un mundo irreal. Detrás de la apariencia de ese mundo estaba el mundo verdadero, el que ella, Juan y Nicolás buscaban desde niños.

Por las noches, sentada en el salón, no hablaba. Veía a Félix detener los relojes, y aquel gesto ilusorio para escapar al tiempo cotidiano la llenaba de piedad por su padre, preso en un sillón leyendo los periódicos. Su madre, colocada cerca de la luz de un quinqué, continuaba el bordado y alternaba la costura con sorbitos de café que Félix servía de tiempo en tiempo.

—Los políticos no tienen delicadeza.

—¿Delicadeza?

—Sí. ¿Cómo se atreven a creerse indispensables?

Isabel sonrió. Solo su madre era capaz de decir que Calles no tenía delicadeza, cuando estaba fusilando a todos los que parecían un obstáculo para su permanencia en el poder.

—Es algo más grave que una falta de delicadeza...

Y Martín Moncada continuó la lectura del diario. En aquellos días empezaba una nueva calamidad política; las relaciones entre el Gobierno y la Iglesia se habían vuelto tirantes. Había intereses encontrados y las dos facciones en el poder se disponían a lanzarse en una lucha que ofrecía la ventaja de distraer al pueblo del único punto que había que oscurecer: la repartición de las tierras.

Los periódicos hablaban de la «fe cristiana» y los «derechos revolucionarios». Entre los porfiristas católicos y los revolucionarios ateos preparaban la tumba del agrarismo. Hacía menos de diez años que las dos facciones habían acordado los asesinatos de Emiliano Zapata, de Francisco Villa y de Felipe Ángeles, y el recuerdo de los jefes revolucionarios estaba fresco en la memoria de los indios. La Iglesia y el Gobierno fabricaban una causa para «quemar» a los campesinos descontentos.

—¡La persecución religiosa!

Martín Moncada leyó la noticia en el periódico y se quedó cabizbajo. El pueblo hostigado por la miseria entraría en esa lucha.

Mientras los campesinos y los curas de pueblo se preparaban para tener muertes atroces, el arzobispo jugaba a las cartas con las mujeres de los gobernantes ateos.

—¡Esto es muy triste!

Y el padre de Isabel arrojó con violencia el periódico que hablaba del «progreso de México». Su tarea era sembrar la confusión y lo lograba.

—¿Qué te parece? —preguntó doña Ana, para ver si su hija podía decirle algo que la sacara de su estupor. Isabel no contestó; cansada y distraída, escuchaba las noticias del periódico. ¿Qué podía importarle a ella que siguieran lloviendo desdichas si ella era ya tan desdichada? Apática, dio las buenas noches.

—Papá, ¿cuándo vienen mis hermanos? —dijo desde la puerta.

—¡Déjalos allá! —respondió impaciente su madre. A Isabel no le interesaba nada; solo pensaba en ella misma.

—¡Estoy muy solita! —dijo con rencor.

Su padre la miró inquieto. Le preocupaba el descontento permanente de su hija.

Isabel, descorazonada, entró en su habitación, depositó la luz sobre su mesita de noche y se desvistió en silencio. Estaría siempre sola. El rostro que aparecía en sus sueños era un rostro que no la había mirado nunca. Melancólica, cuidó que el ropero y la cómoda quedaran bien cerrados; después contó las sílabas de la última frase dicha por su madre: «Déjalos allá». ¡Cinco sílabas!, y trató de llegar a su cama de cinco zancadas. El último tramo lo hizo de un salto y cayó en la cama enredándose en el velo del mosquitero. Así se evitó oscuras desdichas que la acechaban en el porvenir. En ese mismo cuarto había dormido muchos años con sus hermanos; cuando crecieron, su madre se los llevó a otra habitación. Ahora que Isabel estaba sola sentía mucho miedo, como cuando era niña y entraba debajo del mosquitero blanco que flotaba en la noche como un fantasma en un mar oscuro. El quinqué encendido era el único faro. Se vio de niña llamando a Nicolás.

167

—¡Nico...!

Su voz atravesaba el cuarto y vagaba en las tinieblas de los rincones intactas a la luz del petróleo.

—¿Tienes miedo, Isabel? La voz de su hermano le llegaba protectora desde la cama vecina.

—Son las velas... ¿Crees que mi cabito ya se está acabando?

Y Nicolás e Isabel bajaban de la mano hasta el cuento de Dorotea. Asustados, se encontraban debajo de la bóveda subterránea donde se guardan las vidas de los hombres. Ardían millones de velas de distintos tamaños; algunas eran ya pabilos chisporroteantes. La mujer negra que se paseaba entre ellas se acercaba y las apagaba de un soplo. Entonces los dueños de las velas morían sobre la tierra. Nicolás salía del cuento con la voz insegura.

—Tu vela está del mismo tamaño que la mía...

Doña Ana entraba en la habitación.

—¡No dejan dormir a su hermano!

Descorría el pabellón de Nicolás, se inclinaba y le daba un beso. Después iba hacia ella, que rehusaba la caricia; después hacia Juan.

—¡Sueñen con los ángeles!

Su voz era distinta. Daba unos pasos por el cuarto, se inclinaba sobre el quinqué y lo apagaba de un soplo. Los tres niños quedaban en sus navíos, solos, rumbo a la noche.

—Nicolás, ¡no quiero a mi mamá!

—Ya sé que nunca la quieres en la noche —respondía el niño. «¿Cuándo volverán mis hermanos...?». Y por la cabeza de Isabel Moncada cruzaron pensamientos sombríos que ennegrecieron la noche.

—¿Tú entiendes algo de lo que pasa en México...? ¿Qué quieren estas gentes del Gobierno?

—No sé, mamá —contestó Conchita, que pensaba en Nicolás Moncada y en sus días gastados uno a uno entre las paredes de su casa.

—¿Ves? Nadie entiende nada.

Doña Elvira arrojó los periódicos al suelo y se meció con impaciencia en su sillón. ¿Qué otra cosa podía hacer? Había voluntades extrañas a la suya destruyendo uno a uno los pequeños placeres cotidianos. «¡No se acaban nunca los Justinos!», pensó sin ningún remordimiento por bautizar así a los tiranos con el nombre de su marido.

Ella no pedía nada: oír cantar a sus canarios, guardar las fiestas, mirar al mundo adentro de su espejo y platicar con sus amigos. Y no lo lograba: enemigos lejanos convertían en crimen todos los actos inocentes. Nunca volverían los días tranquilos ni las fiestas. Rencorosa, miró los periódicos tirados por el suelo.

—¡Inés, recoge los periódicos! Este salón parece una garita.

Entró Inés sin hacer ruido, el traje violeta y las trenzas negras impasibles, se inclinó y luego tendió los diarios a la señora. Doña Elvira buscó curiosa las fotografías.

—¡Qué carita! ¡Qué carita! ¿Ven? Nunca sonríe. Está hecha para leer sentencias de muerte.

Inés y Conchita se inclinaron sobre su hombro para mirar la cara del Dictador repetida varias veces en los diarios.

—¿Qué puede esperarse de un turco como Calles...? ¿Y qué me dicen del manco? —agregó señalando la cara regordeta de Álvaro Obregón.

—No van a tener buen fin —dijo Inés convencida de sus palabras.

—Pero antes, nosotras tendremos días peores.

—Sí, pero de que acaban mal, ¡acaban! —insistió Inés sin inmutarse.

Tiempo después, la muerte de Álvaro Obregón, ocurrida de bruces sobre un plato de mole, en la mitad de un banquete grasiento, nos produjo una gran alegría a pesar de que estábamos ocupados en la más extrema violencia.

DOS

CAÍA LA TARDE. EL GRITO DE LOS VOCEADORES DE LOS DIARIOS QUE
anunciaba la suspensión de los cultos religiosos atravesó mis calles,
se introdujo en los comercios, penetró en las casas y puso en movimiento al pueblo. La gente salió a la calle, formó grupos y se dirigió
al atrio de la iglesia.

—¡A ver si nos dejan sin santos!

Bajo la luz violeta de la tarde, la muchedumbre fue creciendo.

—¡Vamos a ver quién desmadra a quién!

Encerrados en una ira en voz baja, los pies descalzos curtidos
por las piedras y las cabezas descubiertas, los pobres se agruparon
bajo las ramas de los almendros.

—¡Virgen de Guadalupe, ayúdanos a chingar a estos cabrones!

Los gritos se sucedían de cuando en cuando, luego volvía el silencio. Mientras esperaban, los hombres fumaban cigarrillos baratos y
las mujeres cuidaban a sus hijos. ¿Qué esperábamos? No lo sé, solo sé
que mi memoria es siempre una interminable espera. Llegaron las
señoras y los señores de Ixtepec y se mezclaron con los indios, como
si por primera vez el mismo mal los aquejara.

«¿Qué pasa?», era la pregunta que estaba en los labios de todos.

A las siete de la noche aparecieron los primeros soldados: llevaban el rifle al hombro con la bayoneta calada. Impasibles, tomaron

posiciones para cerrar la posible retirada de los invasores del atrio. Se extendió un gran murmullo; los soldados oyeron llegar hasta ellos la marejada del rencor y permanecieron inmóviles. Las sombras calientes de la noche bajaron de las copas de los almendros y cubrieron el atrio.

Don Roque, el sacristán, se abrió paso entre la muchedumbre. Venía lleno de polvo y con el pelo en desorden.

—¡Váyanse a sus casas!

La multitud permaneció sorda a la voz de don Roque y el atrio se llenó de fogatas, de cirios encendidos y de rezos. Al amanecer llegaron los habitantes de los pueblos vecinos y la muchedumbre aumentó, se levantó una gran polvareda que se confundió con las preguntas, el humo de las fogatas, los ¡arre burro!, y los olores de la comida preparada al aire libre. Grupos de borrachos dormían tirados en el polvo; las mujeres envueltas en sus rebozos reposaban inmóviles.

Los años han pasado y aquella inmensa noche en que velamos a la iglesia se aparece en mi memoria con la claridad de una luciérnaga; también como una luciérnaga se me escapa.

Apareció la raya naranja que anuncia la mañana; la luz subió por el cielo y nosotros seguíamos en el atrio; teníamos sueño y sed pero no queríamos abandonar a la iglesia en las manos de los militares. ¿Qué haríamos sin ella, sin sus fiestas, sin sus imágenes que escuchaban pacientes los lamentos? ¿A qué nos condenaban? ¿A penar entre las piedras y a trabajar la tierra seca? ¿A morir como perros callejeros, sin una queja, después de llevar su vida miserable?

—¡Vale más morir peleando! —gritó un hombre arrojando su sombrero al aire. Los demás contestaron a su grito con ayes prolongados que corearon después con «hijos de la chingada» todas las voces de Ixtepec.

Alrededor de la iglesia abundaban los vendedores de aguas frescas y de tacos olorosos a cilantro. Los soldados, siempre en su puesto, veían de perfil, con un solo ojo ávido las golosinas inalcanzables para la disciplina militar. Don Roque anunció que antes de la suspensión de los cultos el señor cura daría la bendición a los que la pidieran y bautizaría a los inocentes que no habían recibido el sacramento. Las palabras del sacristán sonaron graves y la gente guardó silencio. El padre Beltrán apareció en la puerta de la iglesia y se formaron colas pacientes que avanzaron de rodillas hasta el sacerdote. El día también avanzó despacio, llovía polvo y el sol pegaba ardiente sobre las cabezas. El padre oficiaba entre cenizas; parecía muy viejo metido en su sotana de cura de treinta años. ¡Ah, si Dios quisiera oírlo y quitar un poco de desdicha de las espaldas de aquellos desgraciados! Sintió que en esos momentos vivía los innumerables días que no había de vivir. Charito, con la banda azul de Hija de María cruzada al pecho, gritaba:

—¡Correrá la sangre de los mártires!

Sus gritos confundidos con los gritos de los vendedores de golosinas no distraían al padre de su súbita vocación. De pie, imbuido de unos poderes desconocidos, vio avanzar el día sin alejarse de la puerta de la iglesia. Cuando oscureció, de la Comandancia Militar llegó la orden de desalojar el templo a las doce de la noche. Nos quedaban cuatro horas para despedirnos de un lugar que nos había recibido desde niños. La gente se arremolinó: todos querían entrar a la iglesia por última vez. El padre abandonó la puerta y muy pálido se colocó al pie del altar mayor.

Bajo la nave central, en medio de la multitud, Dorotea se encontró con Isabel y su madre. Las tres llevaban las caras sudorosas y los velos negros ajados.

—Debemos salir antes de las doce —dijo la señora Moncada.

—Voy a ver al general —anunció Dorotea mientras una marejada de fieles la separaba de sus amigas.

—¡Voy con usted!

Doña Ana se abrió paso entre la gente para llegar hasta donde estaba Dorotea y juntas salieron a la calle. Isabel se quedó sola esperando la vuelta de su madre. La muchedumbre la traía y la llevaba como el agua mece a una planta acuática. Fascinada, se dejaba llevar de un lado a otro. Sintió que un poder ajeno a ella la apartaba de la gente y la llevaba a un lugar desconocido donde se encontraba sola.

—¡Hijo de siete madres no verá la luz del día!

La amenaza corrió de boca en boca, Isabel la oyó llegar y alejarse girando entre los pilares de la nave. Francisco Rosas atravesó mares de centellas y abajo, muy abajo, quedaron las palabras dichas en la iglesia. «No nos teme», se dijo la joven, y la imagen del general surgió sobre las cabezas de los fieles. Francisco Rosas vivía en un mundo diferente del nuestro: nadie lo quería y él no quería a nadie; su muerte no significaba nada, ni siquiera para él mismo: era un desdichado. Tal vez como ella y sus hermanos tampoco había encontrado el secreto que buscaba desde niño, la respuesta que no existía.

«...Isabel, ¿crees que los montes existen?».

La voz niña de Nicolás llegó a sus oídos y desde la iglesia en llanto se fue a la mañana en que ella y sus hermanos se escaparon de su casa y un arriero los devolvió a sus padres ya muy entrada la noche. Habían subido a un monte espinoso lleno de iguanas y cigarras. ¡Eso no era un monte! Desde sus tierras pedregosas veían los montes verdaderos: azules, hechos de agua, muy pegados al cielo y a la luz de los ángeles. Los vecinos comentaron delante de sus caras rojas por el sol y sus lenguas hinchadas por la sed: «¡Los Moncada son malos!».

Tal vez Francisco Rosas era malo porque había buscado aquel monte de agua sin hallarlo. Sintió compasión por el general. Miró a las gentes agrupadas a su alrededor y no se reconoció en ellas. ¿Qué hacía allí? Apenas creía en Dios y la suerte de la iglesia la dejaba indiferente. Vio a su madre que se abría paso entre la muchedumbre para acercarse a ella. «Ahí viene, muy afligida y siempre está hablando mal de los curas...».

—¡No nos recibió!

Las palabras de su madre no la afectaron y la figura afligida de Dorotea la dejó indiferente. Sabía que para la vieja la iglesia era su casa y los santos su única familia; hablaba de ellos como de sus conocidos. «Dorotea es prima de la Virgen y amiga íntima de San Francisco», decía riendo Nicolás. En ese momento el desconsuelo de su amiga le produjo un goce extraño. Si pudiera daría el salto para colocarse al lado de Francisco Rosas: quería estar en el mundo de los que están solos; no quería llantos compartidos ni familiares celestiales. Su madre la llamó varias veces; sintió que la tomaban del brazo y con firmeza la conducían entre la gente. Se encontró con el aire perfumado del atrio y con la cara de su madre que la miraba de muy cerca. Luego en silencio cruzaron mis calles apagadas y llegaron a su casa.

—Es un hombre muy extraño... Tan joven...

Isabel no respondió al comentario de su madre. Doña Ana se desprendió el velo negro y se miró indiferente en el espejo. Su hija sentada en el borde de la cama no dio importancia ni a sus palabras ni a sus gestos. Andaba muy lejos de su cuarto caminando un porvenir que empezaba a dibujarse en su memoria.

—Va a haber muertos —agregó la señora.

Cayó el silencio entre las dos. Se oía el tictac del reloj puntual como una hormiga que corriera sobre un mueble. Félix había olvidado detener el tiempo y la joven se dejaba llevar por sus pasos precisos a un futuro que recordaba con lucidez. Su madre abrió el ropero para guardar el chal y un olor a naftalina y a perfume se escapó de sus puertas. Su padre entró en la habitación. Él no había ido al templo; delante de él Isabel bajó los ojos, se sintió culpable. Lejanas llegaron las doce campanadas de la torre de la iglesia y los Moncada se miraron y esperaron. Unos minutos más tarde se oyeron los primeros disparos; parecían cohetes.

—Va a haber muertos... —insistió Ana.

La calle se llenó de carreras y quejidos. Dispersaban a la gente y esta huía despavorida ante las descargas cerradas de los máuseres. Don Martín encendió un cigarrillo y volvió el rostro a la pared. Le pareció que la cal del muro se salpicaba de sangre.

—¡Papá, papá! A mí no me entiende nadie... ¡Nadie! —gritó Isabel abrazándose a él.

—¡Cálmate! —dijo su padre alisándole los cabellos.

—¡Nadie! —insistió Isabel sacudida por los sollozos.

—Estás muy nerviosa...

Y doña Ana se fue a la cocina a preparar una bebida de tila para la niña Isabel.

A las cuatro de la mañana los últimos invasores del atrio abandonaron sus puestos. Bajo los almendros quedaron mujeres con las cabezas rotas a culatazos y hombres con las caras destrozadas a puntapiés. Sus familiares los arrastraron fuera de allí y los soldados victoriosos cerraron las puertas de la iglesia y echaron cadenas y candados a las rejas del atrio. Luego, excitados por la pelea, cazaron a balazos algunos perros callejeros que husmeaban la comida abandonada por los católicos. En la mañana el orden tan querido por los gobernantes se había restablecido: bajo el sol brillante, los cadáveres de los perros, los rebozos ensangrentados, los huaraches impares perdidos en la huida y las ollas de comida rotas eran despojos de la batalla de los pobres. Cordones de soldados vigilaban el destrozo.

Ese día Ixtepec no abrió ni sus balcones ni sus comercios. Nadie caminó mis calles y Francisco Rosas se encerró en el hotel. Por la tarde apareció Dorotea con sus guirnaldas de flores. Iba como siempre, de prisa y hablando sola. Al llegar al atrio, ignoró los montones de basura que estorbaban el paso y la presencia de las tropas; con mano segura intentó abrir las rejas cerradas con candado. Los soldados la detuvieron.

—¡Eh, señora!

—¡Hombres de Dios! —respondió la vieja.

Los soldados se echaron a reír, se acercaron a ella, le arrebataron las guirnaldas y las lanzaron lejos. El golpe de las flores sobre las piedras levantó miles de moscas que zumbaron enojadas alrededor de los cadáveres de los perros. Luego los hombres hicieron como si la fueran a ensartar con la punta de su bayoneta y sus risotadas estallaron feroces en el atrio vacío. Dorotea, vencida, se sentó a llorar en medio de la calle. Parecía una piedrita más tirada junto a los montones de basura.

—¡Váyase a su casa, abuelita! —le suplicaron los soldados cuando la vieron llorar. Sus ruegos sonaron huecos en el pueblo callado y Dorotea, sentada en medio de la calle, lloró hasta muy entrada la noche.

Siguieron unos días callados y luego volvieron los motines inútiles y sangrientos. Me invadió un rumor colérico. Yo ya no era el mismo con la iglesia cerrada y sus rejas vigiladas por soldados que jugaban en cuclillas a la baraja. Me preguntaba de dónde vendrían aquellas gentes capaces de actos semejantes. En mi larga vida nunca me había visto privado de bautizos, de bodas, de responsos, de rosarios. Mis esquinas y mis cielos quedaron sin campanas, se abolieron las fiestas y las horas y retrocedí a un tiempo desconocido. Me sentía extraño sin domingos y sin días de semana. Una ola de ira inundó mis calles y mis cielos vacíos. Esa ola que no se ve y que de pronto avanza, derriba puentes, muros, quita vidas y hace generales.

«¡No hay mal que dure cien años...!». «¡El que al cielo escupe a la cara le cae!», gritaban desde los árboles y los tejados. Francisco Rosas oía los gritos y disminuía el paso. «¡Mira, Francisco, te vale que soy mansito!». El general, sonriente, buscaba la cara del que profería la amenaza. Parecía que había olvidado a Julia y que ahora era a nosotros a quien buscaba. Si tuvo miedo no lo demostró pues a los pocos días convirtió al curato en Comandancia Militar y una tarde señalada mandó hacer una hoguera con las imágenes del templo.

Así fue como vi arder a la Virgen y vi también su manto convertido en una larga llamarada azul. Cuando esto sucedía los militares entraban al curato y volvían cargados de papeles que arrojaban a la hoguera sin ningún sobresalto. En la plaza quedó un montón de cenizas que se dispersó poco a poco. El padre Beltrán desapareció. Decían que había huido. ¿Por dónde? ¿Por el camino de Tetela, por el de Cocula? Yo no lo vi salir ni sabía que anduviera por mis montes. Se decía también que estaba detenido en Ixtepec y que los militares pensaban matarlo cualquier noche. Nosotros preferíamos creerlo andando por un camino seguro, lejos de Rosas, con su larga sotana flotando entre las milpas verdes.

«Fue a avisar lo que sucede y vendrán fuerzas a salvarnos». Y mientras esperábamos, aparecieron los primeros carteles pegados en las puertas de las casas y del curato. En los carteles estaba el Paño de la Verónica con el Rostro de Cristo y una misteriosa leyenda: «¡Viva Cristo Rey!». También empezaron los balazos nocturnos. Amanecían soldados muertos en el mercado; algunos llevaban en sus dedos engarruñados por la muerte la cuchara de plomo con la que cenaban pozole perfumado de orégano. Los hombres de Ixtepec desaparecían y en las mañanas encontrábamos los cuerpos de algunos, mutilados y tirados en los llanos que me rodean. Otros más se nos perdían para siempre o se iban a no sabíamos dónde. Se prohibió el uso de las linternas sordas para ayudarse a caminar en lo oscuro. «¡No aluce, cabrón!», y un balazo callaba la luz. Empecé a tener miedo del castigo y miedo de mi cólera. En las noches encerrados en las casas espiábamos.

—«¿Vendrán?».

No. Nadie venía. Nadie se acordaba de nosotros. Solo éramos la piedra sobre la cual caen los golpes repetidos como una imperturbable gota de agua.

Era viernes. La noche estaba inmóvil, se oía el respirar pesado de las montañas secas que me encierran, el cielo negro sin nubes había bajado hasta tocar tierra, un calor tenebroso volvía invisibles los perfiles de las casas. La calle del Correo callaba, ninguna raya de luz rompía sus tinieblas. Tal vez serían las dos de la madrugada cuando se escuchó una carrera que resonó en Ixtepec como el redoble de un tambor. Otras carreras la siguieron, los zapatos restallaron en el empedrado como latigazos rápidos. Alguien huía y muchos pasos frenéticos lo seguían de cerca. La primera carrera se detuvo en seco. Se oyó su respiración jadeante; los otros pasos también se detuvieron y entonces se oyeron voces sofocadas.

—¡Dale! ¡Dale!

Cayeron piedras que retumbaron sobre las piedras y se estrellaron en las maderas de las ventanas; otras rodaron frenéticas y sacaron chispas al empedrado de la calle. Adentro de las casas la gente se quedó quieta: estaban matando a alguien.

—¡Dale! ¡Dale más!

Las voces pedían más piedras. Un hombre pidió auxilio.

—¡Ábranme, padrecitos! ¡Socórreme, Jesús bendito!

Las voces asesinas cayeron roncas sobre la suya.

—¡Ahora te socorremos, cabrón!

Una lluvia de piedras cayó sobre su súplica. La voz prendida a los barrotes del balcón de doña Matilde gimió:

—Virgen purísima...

Una última piedra estalló sobre ella y la apagó.

—¡Vámonos! —dijeron las voces sanguinarias.

—Sí, luego venimos a recogerlo.

—¿Cómo que luego? Hay que llevárselo ahorita.

—Nos va a ensuciar de sangre —dijo una voz quejumbrosa.

—Es cierto. Mejor esperamos al rato, que ya no cuele.

Se oyó el ruido de un zaguán que crujía y de unas trancas cayendo.

Las voces guardaron silencio. Cruzaron la calle, se replegaron en el portón del Correo y desde allí espiaron. ¿Quién era el piadoso?

Doña Matilde en camisón salió a la calle llevando en la mano un quinqué encendido. Avanzó tentaleando entre las sombras que su luz no alcanzaba a romper.

—¿Dónde? ¿Dónde, hijo mío...?

Los asesinos echaron a correr y la señora al oír la carrera se detuvo. «Van a dar la vuelta a la manzana para caerme al llegar a la esquina», y no pudo avanzar. Los pasos se alejaron veloces y la noche volvió al silencio. Pegada al suelo por el miedo, la señora miraba sin mirar la oscuridad que la rodeaba y que su pequeña luz no deshacía. Sintió que los segundos caían sobre ella como enormes cenizas. Desde la acera de enfrente las Montúfar la miraban a través de los visillos. También ellas estaban mudas por el miedo y fascinadas veían a doña Matilde que levantaba y bajaba el quinqué como si estuviera conjurando las sombras. «Apenas tengo tiempo», y trató de avanzar, pero el suelo se hundió bajo sus pies. Nunca se había dado cuenta de lo alejado que quedaba su balcón de la entrada de su casa. Cuando llegó a su ventana encontró el silencio que se produce en el lugar donde se ha cometido un crimen; el cuerpo no estaba y la sangre huía rápida entre las piedras. «Se lo llevaron», y doña Matilde miró interrogante los barrotes y el muro ensangrentado. De la acera de enfrente los Montúfar le hacían señas que ella no veía. «Ojalá que Nico y Juan lleguen a su casa...». Un grupo de ojos ardientes la espiaban desde la contraesquina de las calles de Alarcón y del Correo. Los asesinos habían dado la vuelta a la manzana y la miraban ávidos desde lo oscuro. Doña Matilde giró sobre sí misma, buscando; luego rehizo su camino, entró a su casa y cerró el portón. La noche sin aquel círculo de luz volvió a las sombras. El racimo de ojos asesinos se desplazó cauteloso hasta el lugar del crimen.

—¡Ora sí! —dijo una voz muy baja.

—¿Qué pasa? —preguntó la voz quejumbrosa, casi en un suspiro.

—¡Quién sabe! —respondieron dos voces atemorizadas.

—Esto de meterse con Dios no es bueno... volvió a decir la voz apesadumbrada.

—Se nos fue el difunto...

—Vámonos de aquí...

Y las voces quedas se alejaron de la casa de doña Matilde. La noche volvió al silencio. Media hora después, del otro lado de Ixtepec, cerca de las Trancas de Tetela se oyeron los cascos de cuatro caballos.

—Algo pasó...

—Sí... no vinieron. Vamos a entrar —ordenó Nicolás en voz muy baja.

Su hermano y dos caballerangos que acompañaban a los jóvenes tomaron el camino de la casa de los Moncada. Un grupo de soldados les salió al paso y los detuvo.

—¿Quién vive?

—¡Gente de paz! —respondió Juan Moncada.

—Está prohibido caminar a estas horas.

—No lo sabíamos. Venimos llegando de Tetela —volvió a contestar Juan Moncada.

—Pues quedan detenidos.

—¿Detenidos? —gritó colérico Nicolás.

—Sí, no vaya a ser que sean de los que andan cazando soldados en la noche.

Unos de los hombres cortaron cartucho y se echaron el rifle al hombro, mientras otros arrebataron las riendas de las manos de los Moncada. Luego los encaminaron al curato convertido en Comandancia Militar. Al cruzar el patio sembrado de naranjos, un fuerte olor a alcohol se mezcló con el perfume de las ramas de los árboles. Los condujeron a una habitación que había sido del padre Beltrán. El orden antes implacable de aquel cuarto había sido trocado por un desorden de colillas, de papeles y de huellas groseras en el encalado de los muros. Los clavos que sostuvieron imágenes santas suspendían ahora el rostro torvo del Jefe Máximo de la Revolución, título que se había otorgado el Dictador, y la cara regordeta de Álvaro Obregón.

—¿Y el padre? —preguntó Juan Moncada.

—Anda huido... —contestó un soldado.

—Ahora es ley que los padres anden detenidos, por eso se huyó —agregó otro de los hombres.

—¿A qué horas nos van a soltar? —dijo Nicolás impaciente.

—Nomás que llegue el general. Él nunca se tarda cuando se trata de colgar pelados.

Los hermanos guardaron silencio y los hombres se pusieron a jugar a los naipes. El cuarto se llenó de humo de cigarrillos amargos y de gritos.

—¡Tercia de espadas!

—¡Caballo de oros!

—¡Rey de copas!

Los nombres de las cartas brillaban unos segundos en el cuarto sucio. Cada reina, cada caballo derribaba los muros manchados y dejaba entrar a los personajes luminosos de la noche.

—Un «Farito», joven... —ofreció humilde uno de los soldados.

Nicolás aceptó sonriente el tabaco.

—Para espantar el sueño —agregó el hombre a guisa de excusa.

Nicolás encendió los cigarrillos y los dos se miraron a los ojos.

—La vida no es como uno quisiera que fuera —dijo el soldado bajando los párpados, avergonzado.

Fumaron en silencio. Nicolás a horcajadas en la silla y con la mirada huraña; el otro buscándole los ojos.

—Hay que escoger entre el placer de uno y... el de los otros —dijo el hombre en voz muy baja.

Nicolás sonrió ante la delicadeza del hombre que cambiaba la palabra vida por la palabra placer. Y el soldado supo que no quedaba rencor entre los jóvenes y sus aprehensores. Del patio de naranjos llegaron voces y pasos. Los soldados se pusieron de pie, guardaron los naipes y se alisaron las mechas negras.

—¿En dónde están los conjurados?

—Por aquí, mi general.

La puerta se abrió de golpe y Francisco Rosas apareció frente a los hermanos. Se detuvo y los miró con fijeza. Observó sus botas sucias, sus pantalones arrugados por el viaje y sus caras tostadas por el sol. A un lado estaban sus morrales; sobre una mesa, sus pistolas.

—Buenas noches... ¿De dónde vienen a estas horas?

—De Tetela. Preferimos viajar de noche para evitar el calor —contestó Juan Moncada.

El general los miró unos segundos y luego se volvió a sus hombres.

—¿No ven que son los Moncada?

Los soldados se quedaron impasibles.

—Ya pueden irse —dijo Rosas, disgustado.

Juan y Nicolás recogieron sus morrales.

—Dejen aquí las armas —ordenó el general suavizando la voz para no suavizar su poder.

—Buenas noches.

Y los Moncada se dispusieron a partir.

—¡Oigan...! En sus andanzas ¿no se encontraron con Abacuc? —preguntó Francisco Rosas fingiendo indiferencia.

Abacuc era un antiguo zapatista. Cuando Venustiano Carranza asesinó a Zapata, Abacuc guardó silencio, dejó las armas y se dedicó al pequeño comercio. Viajaba de pueblo en pueblo, montado en una mula, vendía baratijas y se negaba a hablar del gobierno carrancista. Enigmático, vio cómo después Obregón asesinó a Carranza y tomó el poder para más tarde pasárselo a Calles. Él, Abacuc, siguió vendiendo sus collares de papelillo, sus arracadas de oro y sus pañuelos de seda, mientras el grupo en el Gobierno asesinaba a todos los antiguos revolucionarios. Al empezar la persecución religiosa, Abacuc y su mula cargada de fantasías desaparecieron de los mercados. Se decía que se había ido a la sierra y que desde allí organizaba la sublevación de los «costeros».

—No lo vimos, general —respondió muy serio Nicolás.

—Se le está juntando mucha gente —dijo Rosas con desgano.

—Parece.

Francisco Rosas levantó una mano en señal de despedida.

—Nos vemos, Moncada...

Y Rosas les dio la espalda. Los hermanos salieron del curato. Rayaba el día cuando cruzaron el portón de su casa.

TRES

POR LA MAÑANA DOS NOTICIAS RODARON DE BOCA EN BOCA: «ROSAS tiene miedo de Abacuc» y «¿No saben? Anoche mataron a don Roque, y ahora andan buscando su cuerpo que se perdió». En la Comandancia Militar la desaparición del cuerpo del sacristán provocaba la ira de Francisco Rosas.

—¡Me lo encuentra y me lo trae! —gritó furioso al coronel Justo Corona.

El coronel bajó los ojos y se mordió los labios. A las ocho de la mañana, seguido de un piquete de soldados, inició la búsqueda de aquel muerto caprichoso. Con cara adusta y un pañuelo retorcido al cuello, se dirigió a la calle del Correo. Al llegar al lugar donde había caído el sacristán, inspeccionó las huellas de sangre en el enjarrado de los muros y sopesó pensativo las piedras con que los soldados le habían roto la cabeza.

—Aquí mérito fue donde se nos perdió, mi coronel.

—¡Un muerto no se pierde!

La voz de Justo Corona llegó al interior de las casas. Las Montúfar, que veían la escena detrás de los visillos, se miraron con malicia. Doña Matilde, avisada de lo que sucedía frente a su ventana, corrió a la cocina y sin saber por qué se puso a batir unas claras de huevo. A Dorotea le gritaron la noticia por encima de las barbas pero ella, impávida, siguió regando sus geranios.

—¡Pues no se perderá, mi coronel, pero se perdió! —contestó el soldado con firmeza.

—Ya ve, mi coronel, que lo que no sucede nunca de repente sucede —dijo otro de los hombres.

—Quedaría vivo —contestó pensativo Corona.

—Bien muerto lo dejamos. Ningún cristiano aguanta semejante pedriza sobre la cabeza.

—Lo aluzamos, mi coronel, le aluzamos bien los ojos y ya no miraban.

Justo Corona golpeó con el pie las piedras sueltas de la calle.

—¿Qué portón se abrió?

—Estaba reteoscuro, mi coronel —dijo el de la voz quejumbrosa.

—Pero más o menos ¿de dónde vino el ruido? —insistió Corona ceñudo.

—De allí —dijo un soldado señalando el portón de los Meléndez.

—¡No, no, de allá! —dijo otro señalando hacia la esquina de Alarcón.

—En esos trances no oye uno bien —dijo el de la voz perezosa.

—¡Un difunto es un difunto!

Corona miró a sus hombres con desconfianza.

—¡Al rato va a apestar, mi coronel y por el puro hedor lo hallamos! —dijo el primer soldado para disipar las sospechas que había leído en los ojos de su coronel.

Justo Corona lo escuchó sin decir una palabra. Luego se dirigió hacia la esquina, desde allí calculó la distancia que había que recorrer para llegar al zaguán de Dorotea. La entrada de la casa de la vieja estaba más cerca del crimen que la entrada de la casa de los Meléndez. Buscó por el suelo las huellas de sangre. La calle de Alarcón, perpendicular a la calle del Correo, estaba barrida y regada; imposible encontrar ningún rastro. Corona miró de arriba abajo la puerta de Dorotea.

—¿La vieja vive sola?

—Bien sola, mi coronel.

—¿Cómo es? —insistió Corona.

—¡Uy! ¡Ya está reteabuelita! —se rieron los soldados.

—¡Bien dobladita! —agregó otro risueño.

—Ya le dijimos que no fue ella la que salió, sino la de a la vuelta.

¿Y qué ganó? ¡Nada! El muerto ya se había largado.

—La debería haber visto, mi coronel, busca y busca y busca. Justo Corona regresó a la calle del Correo y miró con avidez hacia la puerta de doña Matilde.

—Esa fue la que salió de mitotera, ¿verdad?

—Ya le dijimos que de salir ¡salió!, pero que no halló nada —dijeron impacientes los soldados.

Corona se llevó la mano a la barbilla y se quedó en la actitud del hombre que medita sobre un problema para el cual no encuentra solución. De la casa de enfrente lo espiaban. El coronel vio las sombras a través de los visillos claros y con ferocidad cruzó la calle y se dirigió a la puerta de las Montúfar. Con alegría examinó la mano de bronce cargada de anillos que servía para llamar y dio varios golpes.

—¡Punta de beatas, ya van a ver!

Salió una sirvienta; Corona vio que le temblaban los labios.

—¡Llama a la señora! —le dijo al mismo tiempo que le daba un empellón y se introducía en la casa.

—¡Pasen, muchachos!

Sus hombres lo obedecieron con rapidez. Un zaguán lleno de jaulas y cantos de canarios los recibió. La sirvienta echó a andar y el coronel la siguió con descaro por el corredor lleno de azaleas, de loros y de guacamayas que gritaban a su paso.

¡Lorito toca la diana
porque el coronel lo mandó...!

Justo Corona hizo un gesto de desagrado como si la canción del loro fuera una alusión. Sintió que se ponía rojo de ira. La sirvienta le señaló la puerta del comedor y Corona entró a la habitación con paso firme. La viuda y su hija habían corrido precipitadamente desde el balcón hasta el comedor. La mesa estaba servida para el desayuno, pero todo indicaba que ellas acababan de sentarse. No pudieron fingir asombro: estaban demasiado pálidas. El coronel pareció satisfecho de su sorpresa y se detuvo sonriente.

—¡Buenos días, señora! ¡Buenos días, señorita!

—Buenos días... —murmuró Conchita mientras su madre hacía un gesto desfallecido para indicar al coronel que tomara asiento. Conchita agachó la cabeza y trató de contener un temblor que le invadía las manos. No podía servir el café. Los ojos del coronel se fijaron en ella.

—Está usted muy nerviosa, señorita —dijo con malicia.

—¿Nerviosa?

Hubo un silencio que el coronel se encargó de prolongar. «¿Qué será bueno hacer...? ¿Le serviré un café?», se preguntaba doña Elvira con las manos quietas sobre el regazo. Desde el corredor llegaban los cantos despreocupados de los canarios y los gritos de los loros.

—¡Qué felices son los pajaritos! —dijo Conchita a pesar suyo.

Su madre la miró con aprobación. ¡Qué no daría ella por estar en su lugar cantando en una jaulita, lejos de la mirada cacariza de ese hombre! El hombre sonrió.

—Ni tanto, señorita, están presos sin haber cometido ningún delito. Nosotros solo nos encontramos en esta situación cuando cometemos un crimen... o lo encubrimos.

Y Justo Corona las miró con fijeza. Ellas se quedaron quietas.

—Por ejemplo, ustedes son sospechosas y arriesgan ir a cantar detrás de unas rejas...

La señora y su hija se miraron asustadas. La madre se llevó una mano al pecho para contener los latidos de su corazón que se oían correr por todo el cuarto.

—¿Cantar detrás de unas rejas? —preguntó Conchita indefensa.

—Sí, jovencita.

Conchita bajó la cabeza y doña Elvira trató de sonreír.

—Anoche se cometió un crimen en esta calle y los asesinos ocultaron el cadáver. El deber de las autoridades es encontrar a los culpables y a la víctima. ¡Figúrense a dónde iríamos a parar si pudiéramos asesinar y enterrar libremente a nuestros enemigos!

Las mujeres no contestaron. ¿De manera que ahora el crimen lo habían cometido ellas? ¿O era una trampa para que ellas, indignadas, acusaran a los soldados? ¡Eso es lo que hubieran hecho los Moncada, convertirse en testigos oculares de los hechos! Y eso era lo que ellas debían evitar. La señora miró con intensidad a su hija para trasmitirle sus pensamientos, pero Conchita estaba absorta repitiéndose las palabras que le habían dicho desde niña: «¡En boca cerrada no entran moscas!». Aquella frase repetida a cada instante marcó su infancia, se interpuso entre ella y el mundo, formó una barrera infranqueable entre ella y los dulces, las frutas, las lecturas, los amigos y las fiestas. La inmovilizó. Recordaba a su padre y a su abuelo hablando sobre lo insoportables que eran las mujeres por habladoras y repitiéndosela a cada instante y así los juegos terminaban antes de empezar. «¡Chist! ¡Cállate, recuerda que en boca cerrada no entra mosca!». Y Conchita se quedaba de este lado de la frase sola y atontada, mientras su abuelo y su padre volvían a hablar interminables horas sobre la inferioridad de la mujer. Nunca se atrevió a saltar por encima de esas seis palabras y a formularse lo que quería de la vida. Ahora la frase se erguía como un muro entre ella y el coronel Corona, que seguía mirándola interrogante.

—Los inocentes deben cooperar con las autoridades para esclarecer este horrendo crimen...

Corona sacó un cigarrillo y sin pedir permiso empezó a fumarlo con deleite mientras esperaba una palabra cualquiera de las dos mujeres. Conchita después del error de nombrar a los pajaritos estaba decida a guardar silencio. Consideraba la conversación muy peligrosa y dejaba la responsabilidad a su madre. Doña Elvira se enderezó en su silla, miró a Corona y trató de sonreír. Buscaba una frase que no la comprometiera.

—¿Qué pueden hacer dos mujeres solas, coronel?

—Decir qué vieron y qué oyeron anoche —explicó Corona sintiendo que iba por un camino más seguro.

—¡Estábamos dormidas! Piense usted si vamos a rondar por la casa a esas horas de la noche.

—¿A esas horas? ¡Ajá! ¿Saben la hora?

—Quiero decir que nosotros nos dormimos a las siete de la noche —contestó la señora poniéndose muy pálida.

—Las mujeres son de sueño ligerito y el hombre gritó mucho antes de morir.

—Si hubiéramos oído algo, se lo diríamos.

Justo Corona se mordió los labios y las miró con disgusto. Sabía que le mentían.

—¡El cadáver estaba en esta calle!

Ellas callaron y ocultaron sus ojos de la mirada severa del militar. La voz de Corona sonó trágica:

—¡Señora Montúfar, vamos a catear su casa! Siento mucho declararla cómplice de un crimen.

—Haga lo que guste —dijo la señora.

Justo Corona se volvió a la sirvienta que contemplaba atontada la escena.

—¡Anda!, ve y diles a mis muchachos que vengan acá y que dos se queden vigilando la entrada.

—La sirvienta desapareció.

—Tengo órdenes de encontrar el cuerpo y de detener a los encubridores —agregó solemnemente el coronel Justo Corona.

Conchita y su madre guardaron silencio. Volvió la criada acompañada de un grupo de soldados. En menos de una hora la casa de las Montúfar quedó desconocida. Corona vació los roperos, las cómodas, los cajones de las mesas, bajó los colchones al suelo, golpeó las almohadas. Luego revisó el jardín, buscó en las bodegas, interrogó a las criadas. Volvió al lado de la señora y de su hija que, lívidas de ira, escuchaban el destrozo sin moverse de sus sillas. El coronel las vio decididas al silencio y se despidió con una inclinación de cabeza. Al llegar a la puerta se volvió.

—Cualquier dato que tengan sobre la desaparición del cuerpo díganlo para evitarse un castigo severo.

En vano esperó unos segundos. Las Montúfar no despegaron los labios. Una vez en la calle el coronel se dejó llevar de la ira. Se sabía burlado e indefenso frente a la terquedad de esas mujeres. Sus soldados iban cabizbajos, tratando de disimular la derrota de su jefe.

—¡Lo peor del mundo es tratar con mujeres!

—¡Muy cierto, mi coronel! ¡Muy cierto!

—Abusan de la cortesía del hombre —agregó Corona.

—Son ladinas, mi coronel.

—Vamos a ver a esa —dijo con rabia Corona mirando hacia la casa de doña Matilde. Y cruzó la calle a grandes zancadas.

Hacía ya mucho rato que la señora Meléndez había cesado de batir las claras de huevo y que se paseaba nerviosamente por el corredor, aguardando la llegada del coronel. Cuando oyó los aldabonazos no esperó a sus criados y ella misma se precipitó a abrir la puerta. Corona se sorprendió al verla.

—¡Señora... Traigo la penosa misión de catear su casa!

Era mejor ir directamente al grano y no perder tiempo ni paciencia hablando con ella. La señora sonrió y le cedió el paso. Los soldados entraron al jardín y su jefe les ordenó que revisaran el pozo y los jardines. Luego pidió las llaves para abrir el pabellón en donde había vivido Hurtado. Él, seguido de tres de sus hombres, se dirigió a las habitaciones guiado por doña Matilde. Sus pasos sonaban marciales en el silencio sombrío de la casa. En el fondo del corredor, bajo los arcos que comunicaban con la cocina, los criados esperaban curiosos. El coronel encontró al dueño de la casa metido en la cama.

—¿Enfermo? —preguntó atentamente.

—Sí, coronel, las fiebres —dijo don Joaquín que había adelgazado mucho desde la noche en que los militares sacaron a Felipe Hurtado de su casa.

Con cortesía minuciosa, Corona revisó el cuarto. El señor no hizo ningún comentario. Doña Matilde, al lado de la cama, dejaba hacer a los militares sin inmutarse. Hasta ella llegaba el barullo que los soldados armaban en los cuartos vecinos. Corona se volvió.

—Usted salió anoche, señora...

La señora lo interrumpió.

—Oí que unos soldados estaban matando a un pobre hombre y salí a socorrerlo, pero no lo encontré.

—Señora, ¡cuidado! ¿Dijo usted unos soldados?

—Sí, señor.

—Señora, ¿no sabe usted que es un delito lanzar acusaciones infundadas?

—Sí, señor, lo sé, pero este no es el caso. Eran unos soldados.

—Primero hay que encontrar el cuerpo y luego acusar al criminal —dijo Corona, rencoroso.

—Aquí no encontrará ni lo uno ni lo otro —replicó doña Matilde.

Corona guardó silencio. «Esta vieja es peor que las de enfrente —se dijo—; ya sabré lo que ella sabe y entonces le bajaré los humos».

Para hacer algo buscó en el bolsillo de su guerrera el paquete de cigarrillos y encendió uno; distraído empezó a fumarlo cuando oyó la voz de doña Matilde.

—Perdone, a mi marido le molesta el humo. Si quiere usted fumar, haga el favor de salir del cuarto.

Corona apagó con rapidez el cigarrillo y sonrió.

—¡No faltaba más!

Los esposos no le devolvieron la sonrisa. Le miraron como al intruso que ocupa un lugar y un tiempo que no le pertenecen. Entró un soldado.

—¿Nada?

—Nada, mi coronel.

No quedaba más remedio que despedirse. La señora le acompañó hasta la puerta, Corona hizo un último intento.

—¿Y no oyó usted nada que pueda indicarme quién se llevó el cadáver?

—¡Nada! Los viejos oímos muy mal —y lo miró con malicia.

—¡Esta vieja alzada sí que es mala! —exclamó Justo Corona cuando se encontró otra vez en la calle.

La mañana estaba ya muy alta, el sol pegaba sobre los muros y los tejados. Corona miró su reloj: eran las diez y media.

—¡Más de dos horas viendo cartitas y chanclas! —comentó con enojo.

—Sí, mi coronel, cuánto recuerdito guardan las señoras —y los soldados iban a reírse pero la cara contraída de Corona les cuajó la risa en la garganta.

—Muy cierto, mi coronel, las de enfrente son más manuables, más gentes...

—¡Qué diferencia con esta! —dijo otro para seguir por el camino dibujado por el anterior y distraer a Corona de su cólera.

—¡Vamos a ver a la ancianita!

Y Corona dobló la esquina y llamó con energía a la puerta de Dorotea. Esta apareció con la regadera en la mano. Corona se quedó indeciso ante la actitud atónita y los ojos añosos de la vieja.

—¡Pasen! ¡Pasen! Entren a su humilde casa. ¡A nadie se le niega una sombrita!

Los hombres obedecieron y Dorotea les encaminó a un rincón del corredor en donde había algo de frescura.

—¡Este santo calor! ¡Este santo calor! —repetía Dorotea como si hablara con ella misma moviendo incrédula la cabeza.

Los soldados la siguieron sin decir una palabra.

La casa era muy distinta de las otras dos que habían visitado. Aquí el encalado de los muros estaba destinado al humo. Los ladrillos estaban rotos y habían perdido su color. Algunos pollos corrían libres dentro de la casa y picoteaban entre la tierra de las baldosas rotas. Sobre las ramas de una magnolia, unas blusas usadas se secaban al sol. Racimos de cirios y de velas de parafina colgaban de los muros al lado de los manojos de mazorcas y de ajos.

Las moscas estaban quietas. De las habitaciones sin puertas salía una oscuridad de cueva. Solo la tinaja de barro llena de agua parecía vivir alegre en medio de aquel polvo. Corona y sus hombres no sabían qué decir. Se encontraban en uno de esos lugares, especie de última estación, en donde los viejos solitarios esperan un tren desconocido con destino igualmente desconocido, y todo lo que los rodea ha dejado de existir.

—No tengo dónde recibirlos... Los revolucionarios me quemaron la casa...

Corona se rascó la cabeza y miró perplejo a sus hombres. Estos parecían decirle: «¿No se lo habíamos dicho ya?» «¿Verdad que está muy abuelita?» Dorotea acarreó unas sillas de tule y se las ofreció.

—No se moleste —Corona se precipitó a arrebatar las sillas de las manos de su huésped; después él mismo formó el estrado y ocupó una de las sillas.

—¿Quieren un vasito de agua? ¿O un ramito de flores? A nadie se le niega un trago de agua o una flor.

Y Dorotea, en medio de las protestas de Corona, se dirigió al jardín a cortar rosas, jazmines y tulipanes.

—¡Caray, mi coronel, semejante alambrito! ¿Cómo había de poder con el difunto que era garrido?

—Al rato se muere, ya se está desdibujando toda... —agregó otro soldado.

Volvió Dorotea. Corona, sentado en su sillita baja, se encontró con un ramo de rosas y jazmines en la mano. Dorotea repartió vasos de agua fresca que los soldados bebieron agradecidos. Se sintió ridículo persiguiendo a aquella ancianita.

—Señora... empezó.

—Señorita, nunca me casé —corrigió Dorotea.

—Señorita —volvió a empezar Corona— no se asuste... Anoche murió alguien en estas cercanías y su cadáver desapareció... La Comandancia giró la orden de catear las casas de la vecindad y como su casa está en el área afectada, tenemos que proceder.

—Está usted en su casa, general, disponga lo que quiera —repuso Dorotea subiéndolo de grado.

Corona hizo una seña a sus hombres y estos se adentraron en las habitaciones, el jardín y los corrales. El coronel permaneció al lado de la mujer dándole conversación. A los pocos minutos volvieron los primeros soldados.

—Todos los cuartos están ardidos, mi coronel; en el de ella no hay más que un catre y unos adornitos.

—El corral son puras piedras —dijeron otros, acercándose.

—Ni modo... —aceptó Corona golpeándose las piernas con las palmas de las manos. Se puso de pie e hizo una reverencia que Dorotea pagó con una sonrisa.

—¡Nos retiramos!

Una vez en la calle el coronel apretó el paso. No quería que los vecinos vieran su derrota. La puerta de Dorotea se abrió y esta salió a la calle precipitada.

—¡General...! ¡General...!

Corona se volvió al llamado.

—¡Sus flores, general! Y Dorotea sin alientos por la carrera le tendió el ramillete de rosas y jazmines que había olvidado sobre su silla de tule.

195

El militar enrojeció y cogió las flores.

—Muchas gracias, señorita.

Y se alejó sin atreverse a arrojar el ramo. Se sentía observado por la anciana que en la mitad de la calle, inmóvil, sonriente, lo veía alejarse. En Ixtepec se comentó con regocijo: «Dorotea floreó a Corona como a un Niño Dios».

—¡Ya aparecerá! —sentenció Rosas cuando Justo Corona le informó de su derrota. Se acercó a la ventana y fumó un cigarrillo mirando el humo que se deshacía en el aire de la plaza. Las copas de los tamarindos también se deshacían en la luz de la mañana. Nada tenía cuerpo en Ixtepec, ni siquiera el sacristán que había muerto sin dejar cuerpo. El pueblo entero era de humo y se le escapaba de entre las manos.

—¡Tiene que aparecer! —insistió Rosas aferrándose a sus palabras como a la única realidad en aquel pueblo irreal que había terminado por convertirlo a él también en un fantasma.

—¡Quién sabe...! ¡Quién sabe! —dudó Corona.

La duda de su asistente lo devolvió a la irrealidad de su vida en Ixtepec: también Corona se desintegraba en esa luz ajena. ¿Y él, Francisco Rosas? Lo perseguían gritos sin boca y él perseguía a enemigos invisibles. Se hundía en un espejo y avanzaba por planos sin fondo y solo alcanzaba el insulto de un árbol o la amenaza de un tejado. Lo cegaba el reflejo del silencio y de una cortesía que le cedía las aceras y la plaza. Así le habían arrebatado a Julia, engañándolo con gritos que nadie profería y enseñándole imágenes reflejadas en otros mundos. Ahora se la mostraban en los muertos equivocados de los árboles y él, Francisco Rosas, confundía las mañanas con las noches y los fantasmas con los vivos. Sabía que se paseaba en el reflejo de otro pueblo reflejado en el espacio. Desde que llegó a Ixtepec, Julia se le extravió en esos pasadizos sin tiempo. Allí la perdió y allí la seguiría buscando, aunque Ixtepec nunca le diera la palabra que correspondiera con el hecho. Él lo sabía: le escamoteaban los días, le cambiaban el orden a las fechas, las semanas pasaban sin que le enseñaran un domingo. Perdía su vida buscando las huellas de Julia y las calles se descomponían en minúsculos puntos luminosos que borraban el paso dejado por ella en las aceras. Un orden extraño se había apoderado de ese pueblo maldito.

Justo Corona se acercó a su jefe. También él tenía las manos vacías: Ixtepec se le escurría como una serpiente. Los dos miraron a la plaza tendida como un espejo de piedra. Las gentes iban y venían sin ocuparse de ellos ni de sus cavilaciones. Yo sabía que detrás de sus caras inocentes espiaban a los militares y a esas horas se reían de la agilidad del cuerpo de don Roque para escabullirse de las manos de sus asesinos: «¡Siempre fue ladino...!». «¡Uy!, siempre lo dije, a ese ni muerto lo agarran».

—Las beatas no van a permitir que no se entierre en sagrado. No tardarán en venir en comisión: a pedir el permiso de enterrarlo.

Francisco Rosas dijo estas palabras para no declararse vencido ante Corona. ¡Las beatas! ¿Qué le importaban a él las beatas ni los curas? Hablaba así por orden de sus superiores.

—¡Quién sabe...! ¡Quién sabe...! Estas viejas son difíciles.

Justo Corona creía en su lenguaje, y si estaba triste esta mañana era por no haber cumplido las órdenes recibidas desde México.

Pasaron los días y nadie se presentó en la Comandancia Militar a solicitar el permiso de inhumación para el cuerpo de don Roque. El general no se sorprendió. Estaba acostumbrado a los engaños de Ixtepec y dudaba de que el sacristán hubiera existido alguna vez. No sabía qué decir y cansado daba vueltas por su despacho.

—¡Estas gentes se traen algo! —repetía Justo Corona y miraba ansiosamente a través de la ventana en busca de un indicio que lo llevara a la pista del cuerpo de don Roque. Francisco Rosas lo escuchaba sin oírlo. Quería olvidar a esas gentes y al sacristán. Él andaba en busca de algo más intangible, perseguía la sonrisa de un pasado que amenazaba esfumarse como una voluta de humo. Y ese pasado era la única realidad que le quedaba.

—Sí, coronel, se traen algo...

No quiso contradecir a su segundo ni quiso confesarle que para él esas gentes no existían. Justo Corona se sintió traicionado por su jefe: lo abandonaba, lo dejaba solo en la lucha contra el pueblo.

—Otra vez se burlan de usted, mi general, eso es lo que a mí me duele —dijo haciendo una alusión pérfida a Julia.

Francisco Rosas detuvo su paseo circular y miró con fijeza a su ayudante. ¡Era verdad! Corona tenía razón. La burla de Ixtepec era el origen de su desdicha. Se acercó rencoroso a la ventana y miró las idas y venidas de mis gentes.

—¡Muy cierto, estos se traen algo!

Los militares nos espiaban y nosotros esperábamos la aparición de Abacuc el cristero. Andaba alzado en la sierra y su nombre corría de pueblo en pueblo. A medianoche los hombres cogían los caminos secretos y se escapaban de Ixtepec para unirse a los alzados. Abacuc dormía de día y en la noche aparecía dando un alarido en los pueblos vecinos. Mataba a los soldados, liberaba a los presos e incendiaba las cárceles y los archivos. Los hombres lo acogían juntando sus alaridos a los suyos y descalzos corrían detrás de su caballo que volvía a desaparecer en los vericuetos de la sierra. Alguna noche Ixtepec oiría su grito: «¡Viva Cristo Rey!», y eso sería la última noche de Francisco Rosas.

—¡Ya no tarda en venir! Y nos reíamos saboreando el nuevo incendio de Ixtepec.

—¡De que llega... llega!

Y ni siquiera mirábamos a las ventanas de la Comandancia Militar donde estaban los militares espiándonos; el general y sus ayudantes eran nuestros presos.

CUATRO

A LAS SEIS DE UNA TARDE MORADA LLEGÓ UN EJÉRCITO QUE NO ERA EL
de Abacuc. Sus soldados acamparon en la plaza, encendieron
fogatas, asaron cochinitos y cantaron viejas canciones de fusilados.

Andaba puerta por puerta
buscando pluma y papel
para escribir una carta
a la mentada Isabel...

Los miramos con rencor «¡Desgraciados, ni siquiera gozan del
placer de morirse por quien quieren!». Un nuevo general apareció. Venía a inspeccionar la zona. Por la mañana se paseó muy
derecho subido en un coche de motor que daba tumbos sobre el
empedrado de las calles. Al nuevo general le faltaba un ojo, tenía la
cara chata y la piel cetrina, no se inmutaba ante los perros que
ladraban a su paso ni ante las gallinas que huían espantadas en
medio de la polvareda que levantaba su automóvil. Él nos miraba impávido desde su único ojo, sudando en la estrechez de su
chaquetín de cuello alto y su kepí muy derecho sobre la cabeza
al rape.

Pasó la noche en el Hotel Jardín hablando con el general Francisco Rosas y muy de madrugada se fue seguido de sus soldados. Era el general Joaquín Amaro e iba a combatir a los «cristeros».

—¡Es yaqui! ¡Es un indio traidor! —dijimos asustados: un yaqui traidor encerraba todos los males. La mirada impar del general tuerto nos prometió castigos que encendieron los ánimos y por la noche lanzamos gritos estentóreos que corrieron de calle en calle, de barrio en barrio, de balcón en balcón.

—¡Viva Cristo Rey!

—¡Viva Cristo Rey! —contestaban desde una ventana.

—¡Viva Cristo Rey! —respondían desde la oscuridad de una esquina.

—¡Viva Cristo Rey!

El grito se prolongaba en los portales. Sonaron disparos persiguiendo aquel grito que dio la vuelta al pueblo. A oscuras lo correteaban los soldados y él surgía de todos los rincones de la noche. A veces corría delante de sus perseguidores, luego los perseguía por la espalda. Ellos lo buscaban a ciegas, avanzando, retrocediendo, cada vez más enojados. Después, durante noches y noches, se repitió el baile del grito y de los soldados que zigzagueaba por mis vericuetos y mis calles.

Por las mañanas Francisco Rosas fingía no ver los carteles pegados en las mismas puertas de la Comandancia Militar con el Paño de la Verónica, el Rostro de Jesucristo y las palabras «¡Viva Cristo Rey!». El general llamó a los soldados que mataron a don Roque.

—¿Están seguros de que murió?

—Sí, mi general, le abrimos la cabeza como un jarro.

—Le eché la luz en los ojos; los tenía bien abiertos y espantados; ya había entregado...

Francisco Rosas se quedó pensativo y se encerró en su despacho con Justo Corona.

—Alguien los organiza, por eso dudo de que haya muerto...

—Los muchachos lo aseguran —dijo Corona, molesto.

—Pues Ixtepec se burla de mí.

—Hay que imponer un castigo ejemplar.

—¿A quién?

—A los responsables de la desaparición del cuerpo del sacristán. Justo Corona dijo estas palabras pensando en doña Matilde. Rosas no supo qué contestar. ¿Quiénes eran los responsables? No lo sabía. Solo sabía que desde la desaparición de don Roque, Ixtepec había cambiado. Alguien dirigía desde las sombras aquellos gritos y crímenes nocturnos.

—Una de esas mujeres lo enterró en su jardín, o lo tiene vivo y es él quien dirige esta jarana. Haga otro cateo, coronel, y si encuentra la tierra removida o los ladrillos remendados ¡busque! Allí está el sacristán. Me lo trae como esté lo mismo que a la encubridora.

Por segunda vez Justo Corona seguido de un piquete de soldados se dirigió a la calle del Correo. La voz de que iba a catear la casa de doña Matilde le llegó a esta antes que la visita del coronel. La señora pasó la alarma a las Montúfar y a Dorotea. Cuando Justo Corona se presentó, encontró en las tres casas las mismas actitudes y ninguna novedad sobre el cuerpo de don Roque. En ninguna de las tres casas habían removido los ladrillos. La tierra de los jardines estaba pareja y las plantas intactas. En los corrales las piedras y las hierbas no se habían movido en muchos años. El coronel regresó desalentado a la Comandancia.

—¡Nada, mi general!

—La fuga del cura la entiendo, pero un muerto no se pierde.

—Ya lo sé, mi general. Pero en esas casas no hay nada.

Los militares se quedaron cabizbajos. Desde el balcón del despacho de Rosas vieron pasar a doña Carmen con su canastita de labor al brazo y el pelo húmedo todavía por el baño. La visita diaria de la esposa del doctor a doña Matilde les pareció sospechosa.

—¿Qué se traen esas gentes?

Y los militares encendieron un cigarrillo y se instalaron detrás de los vidrios del balcón para espiar a los paseantes. Siguieron después unas criadas de vuelta del mercado, luego unos chiquillos persiguiéndose y lanzándose, con hondas, cáscaras de naranjas que les dejaban marcas rojas en las piernas. Más tarde apareció el coche de caballos del doctor Arrieta. Detrás dos aguadores. Todos parecían entregados con inocencia a sus quehaceres.

—¿Las tres casas han estado vigiladas?

—De día y de noche, mi general.

Los militares se encontraron vencidos por el silencio de Ixtepec. ¿Qué podían hacer frente a aquellas caras inocentes? ¿Frente a aquel pueblo radiante en la mañana y en las noches oscuro y movedizo como un pantano de arena?

—¡Hay que encontrar al soplón! —gritó de pronto Corona asombrado de que no se le hubiera ocurrido antes una cosa tan simple.

—Hay que buscarlo del lado de las tres casas.

A los pocos días el sargento Illescas cortejaba a Inés, la sirvienta de la señora Montúfar.

El general llamó al capitán Flores a su despacho.

—Capitán, vaya a dar una vuelta por casa de *la Luchi*. A ver qué saben allí del sacristán.

El capitán Flores iba a decir algo, pero se encontró con la mirada resuelta de Francisco Rosas y los ojos rencorosos de Justo Corona. Avergonzado por la pequeñez de su misión, salió del despacho de su superior sin decir palabra. Por la noche se presentó en casa de las cuscas. Hacía ya días que no iba a visitarlas y las muchachas lo recibieron con frialdad. El capitán fingió alegría y echó a andar el gramófono al mismo tiempo que pedía bebidas para todos. *La Luchi* se sentó a su lado. En vano Flores trataba de sentirse como antes; estaba triste: nunca pensó que alguna vez tendría que espiar a esas mujeres. ¿Hasta dónde había caído?

—¿Qué te pasa? —le preguntó la patrona.

—No sé, este pueblo se ha vuelto muy triste... Tengo ganas de largarme lejos de aquí.

La Luchi bajó los ojos; Flores la miró de soslayo: le hubiera gustado decirle que estaba harto de fusilar campesinos, que no entendía el rencor de Corona ni la actitud obcecada de Rosas, pero no podía decir nada; él era su cómplice y estaba allí tratando de averiguar cosas que podían costarle la vida a la muchacha.

¿Y por qué *la Luchi*? ¿Qué podía saber una pobre mujer como ella, aislada del mundo, encerrada en una casa mala? ¡Nada! La certeza de que la mujer estaba al margen de la desaparición del cuerpo del sacristán lo tranquilizó. Cumpliría con la orden recibida y luego con el corazón aligerado la invitaría a bailar. No sabía qué decir ni cómo empezar, él era soldado, no era policía.

—¡Cuántas cosas se cuentan en este pueblo!

—Sí... —respondió ella lacónica.

—¿Has oído lo que cuentan del sacristán?

—No.

—Me pregunto qué sucedería con su cuerpo...

La cara de *la Luchi* cambió y miró al oficial con ojos severos; este sonrió para restar importancia a la pregunta que había molestado a la muchacha.

—Ustedes lo mataron y ahora quieren asustarnos.

—¿Estás segura de que lo matamos? —replicó Flores, risueño.

La Luchi se levantó, se dirigió al rincón que ocupaba Juan Cariño y le dijo algo al oído. El loco la escuchó con atención, se puso de pie y vino hacia Flores.

—Jovencito, le suplico que no venga a turbar el orden de esta casa haciendo preguntas capciosas.

—¡Señor presidente!

Juan Cariño le puso las manos sobre los hombros y lo sentó de golpe en el sillón; luego se acomodó en el lugar que ocupaba *la Luchi*

203

y lo miró con fijeza. Flores se sintió incómodo bajo la mirada imperturbable del loco.

—Mire a la señorita *Luchi*. Está muy disgustada.

—¿Por qué...? —preguntó Flores.

—¿Por qué...? ¡Ah! Jovencito, ustedes tienen la fuerza pero no tienen la razón. Por eso quieren culparnos de sus crímenes. Quieren tener un motivo para perseguirnos. *La Taconcitos* observaba la escena con disimulo. *La Luchi* se le acercó.

—¡Lárgate a dormir ahorita mismo! —ordenó colérica.

La muchacha obedeció sin replicar y taconeando abandonó el salón: al pasar frente a la puerta del cuarto de Juan Cariño, cerrada con candado, murmuró con rencor «¡Viejo loco!». Abrió de una patada la puerta de su habitación y se echó boca abajo sobre la cama. Hasta allí le llegaron las notas alegres de un chárleston. Su vida se había vuelto imposible desde la noche en que Juan Cariño se fue de parranda y volvió casi al amanecer.

—Oye, tú, ya son las dos de la mañana y el señor presidente no ha vuelto —le había dicho esa noche a su patrona. *La Luchi* no le contestó.

—Pero ya son las dos corridas... insistió.

—¿Y a ti qué te importa?

La Taconcitos era curiosa; muy tarde, cuando ya los clientes se habían ido y ella se atardaba en el salón apagando los quinqués, oyó que alguien arañaba las maderas de la puerta de la entrada. «¡Hum, qué delicado!». Y de un soplo apagó la última luz y se tiró detrás de un sillón. Se quedó sin aliento al oír que seguían arañando las maderas. Tal vez *la Luchi* había encontrado a un hombre y lo escondía, celosa de sus pupilas. Se apoderó de ella el goce extraño que se apodera de los curiosos cuando se aproximan a un secreto; el corazón le latió con fuerza y sintió un dolor agudo en el pecho. Trató de mirar a través de la oscuridad del cuarto: *la Luchi* cruzó el salón, salió al vestíbulo y llegó a la puerta de entrada. «¡Qué bien guardado lo tenía!».

—Por aquí, señor presidente —susurró *la Luchi* entrando al salón acompañada de Juan Cariño y los vio internarse por la casa oscura.

Desilusionada, se disponía a abandonar su escondite cuando apareció *la Luchi* por segunda vez; llevaba un gran bulto bajo el brazo y de puntillas cruzó el salón, atravesó el vestíbulo y se fue a la calle. «¡Ora! ¿Qué se trae esta?». Oyó que *la Luchi* dejó la puerta entornada y decidió seguir esperando. Pasó una hora y empujaron con dulzura la puerta; en el umbral del salón apareció por segunda vez Juan Cariño llegando de la calle; tranquilo, se internó por segunda vez en la casa oscura. *La Taconcitos* se quedó boquiabierta. Se disponía a irse a la cama cuando oyó nuevamente el rechinido de la puerta de entrada y luego el clic del cerrojo. Esperó trémula y vio reaparecer a *la Luchi* con el mismo bulto bajo el brazo.

—¿Otra vez eres tú? —dijo *la Taconcitos* a pesar suyo.

—¡Me andas espiando! —contestó *la Luchi* sofocada de ira.

—El señor presidente se trae algo... Entró dos veces... y no ha salido.

—¡Si lo vuelves a decir te rajo la cara! —amenazó *la Luchi*.

Desde esa noche su vida se volvió insoportable; al día siguiente, cuando todo Ixtepec hablaba de la desaparición del cuerpo de don Roque, ella no pudo tomar parte en la conversación. *La Luchi* no la dejaba salir a la calle ni le permitía trabajar; cuando tenía un cliente la patrona intervenía y la echaba del salón. Y *la Taconcitos,* encerrada en su cuarto, cavilaba.

—¡Hum! ¡Chingao! ¡Nos van a dar hasta debajo de la lengua...! —y escondía la cabeza en la almohada. Estaba segura de que lo que sucedía en la casa era mejor que nunca hubiera sucedido. Sin esfuerzo imaginó lo que pasaba en el salón: el loco observaba a Flores con ojos enojados y le impedía que se acercara a las muchachas. «¡Perra vida, sin trabajo pronto nos va a secar el hambre!».

CINCO

DESDE SU BALCÓN FRANCISCO ROSAS LAS VIO VENIR. VENÍAN LAS TRES con los cabellos cortos muy cepillados, las caras empolvadas y lucían sus trajes de visita.

—¡Corona! ¡Corona! ¡Ahí vienen ya! —gritó asombrado el general. ¿Sería posible que Ixtepec le diera alguna vez la cara? Justo Corona se precipitó al balcón. Doña Carmen Arrieta, doña Ana Moncada y doña Elvira Montúfar cruzaban en ese momento la plaza en dirección a la Comandancia Militar.

—¡Mírelas, vienen a pedir agüita, mi general! ¡Mano dura con ellas!

—Vienen a devolver el cuerpo del sacristán... —Y Francisco Rosas sonrió ante el milagro.

Los militares se llevaron la mano al cuello de la camisola para cerciorarse de que sus corbatas de gabardina clara estaban en su lugar, sacaron su peine y se alisaron los cabellos y luego se echaron a reír con júbilo. ¡Habían ganado la partida!

Las señoras atravesaron tímidamente el patio de naranjos; conducidas por un soldado, llegaron a la puerta del despacho de Rosas.

Este las hizo pasar sin perder un instante. Entraron ellas sin atreverse a mirarlo a los ojos. El general, galante, les ofreció asiento y cruzó una mirada de complicidad con su segundo que observaba de pie, impaciente, a las mujeres.

—¿En qué puedo servirlas, señoras?

Las tres señoras se echaron a reír. Parecían nerviosas. Justo Corona sacó un cigarrillo y preguntó amablemente si podía fumar.

—¡No faltaba más! —exclamaron las tres a coro.

El general, a su vez, encendió un cigarrillo y de buen humor tomó asiento frente a ellas. Las señoras volvieron a reír y se miraron turbadas. «Es asombroso lo joven que es», se dijo doña Elvira.

—¿En qué puedo servirlas? —insistió Rosas con amabilidad.

—¡General, vinimos a ofrecerle un ramito de oliva! —lanzó doña Elvira con aire pomposo y contenta al descubrir la juventud y el buen parecer de su adversario.

Los ojos amarillos del general la miraron sin entender el significado de su frase.

—Hay que aligerar el aire... No podemos vivir en esta violencia. Queremos ofrecerle nuestra amistad para acabar con esta guerra civil tan perjudicial para todos nosotros...

La esposa del doctor se calló; la mirada atónita de su interlocutor le hizo olvidar el resto de su discurso. Doña Elvira Montúfar salió en su socorro.

—¡Cuando uno ve la cara de su enemigo es menos enemigo!

—Hemos sido tan egoístas con ustedes... —suspiró doña Elvira, y en ese momento era sincera: encontraba muy guapo al general Francisco Rosas y olvidaba los males que nos había hecho.

Asombrado, Justo Corona no perdía una palabra: fumaba y observaba a las mujeres sin entender lo que se proponían. Francisco Rosas sonrió, entrecerró los párpados y esperó el final del discurso de la esposa del doctor. Alerta, espiaba cada una de las palabras dichas por las amigas y trataba de descubrir lo que escondían sus frases en apariencia inocentes. Él no diría nada. El silencio no lo incomodaba; al contrario, en él se movía como pez en el agua. En cambio, ellas eran charlatanas y pronto dejarían escapar la palabra que ocultaba la verdad de aquellas caras viejas y mentirosas. Doña

Carmen se vio pisando terrenos pantanosos y no se hizo esperar; valiente, se lanzó al ataque por sorpresa.

—Pensamos hacer una fiesta en su honor, general.

—¿Una fiesta? —exclamó Francisco Rosas, sorprendido.

—Sí, general, una fiesta —repitió ella con calma. Y con inocencia explicó que una fiesta era la mejor manera de proclamar que las hostilidades entre el pueblo y los militares habían terminado.

—La risa borra las lágrimas —concluyó sonriente.

Francisco Rosas aceptó la invitación. ¿Qué podía hacer? Las señoras fijaron la fecha de la fiesta y sonrientes y amigas abandonaron su despacho. El general se volvió hacia Corona.

—¿Qué le parece, coronel? —preguntó sin salir de su asombro.

—No sé, no me fío de las mujeres y menos de las mujeres de Ixtepec. A ver si la fiestecita les sirve para envenenarnos a todos.

—Sí, podría ser una encerrona.

Y Francisco Rosas se volvió a perder en los vericuetos resbaladizos de Ixtepec.

SEIS

TAMBIÉN YO ME SORPRENDÍ DEL ENTUSIASMO CON QUE MI GENTE
aceptó la idea de la fiesta para el general Francisco Rosas. ¡El
hombre es voluble! Se diría que en un instante todos olvidaron
la iglesia cerrada y a la Virgen convertida en llamas. Los carteles
con el Paño de la Verónica y el rostro de Jesucristo dejaron de
amanecer en las puertas y los gritos nocturnos con las palabras «¡Viva Cristo Rey!» cesaron. Mis noches volvieron a la
calma. El miedo mágicamente disipado con la palabra fiesta se
convirtió en un frenesí que solo encuentra paralelo en mi memoria con la locura que me poseyó durante las fiestas del Cen-
tenario. Recuerdo aquellos días vertiginosos y en mi memoria
se confunden con los días anteriores a la fiesta de doña Carmen B. de Arrieta. Aquella otra vez, la gente pudiente se fue a
México y los que nos quedamos esperábamos con avidez melancólica las noticias luminosas que nos llegaban de la capital.
¡Éramos los desterrados de la dicha! Y aunque también cele-
bramos el primer siglo de la Independencia, mis fuegos de
artificio y mis trajes de gala se hundieron en el polvo levanta-
do por las carretelas desbordantes de embajadores extranjeros,
las cabalgatas brillantes y los cohetes de Pekín que incendia-
ron la capital.

Ahora la fiesta al general Francisco Rosas corría por la estela luminosa dejada por las fiestas anteriores. Todos querían olvidar a los colgados de las Trancas de Cocula. Nadie nombraba a los muertos aparecidos en los caminos reales. Mis gentes preferían el camino brevísimo de las luces de Bengala y de sus lenguas surgía la palabra fiesta como un hermoso cohete. Juan Cariño era el más exaltado. Levantaba sin cesar su sombrero de copa para saludar a los vecinos y sonreía satisfecho: estaba de vacaciones. Las palabras que en esos días andaban por el aire eran sus palabras predilectas y podía por una vez ser correcto y descubrirse sin temor. Su sombrero estaba vacío de palabras malignas. En su casa hablaba en términos brillantes del arte de la fiesta.

—¡Es una de las Bellas Artes! —explicaba con arrogancia a las muchachas que escuchaban tristemente los preparativos de la fiesta a la que ellas no irían.

—¡Ya llegaron las luces de Bengala! —anunció una tarde depositando su sombrero inútil encima de una mesita sucia de la sala. Las muchachas sonrieron melancólicas.

—¡Las luces de Bengala! —repitió Juan Cariño, tratando de iluminar con sus palabras la pobreza de la casa en que vivían las cuscas.

—Vaya, ¡qué bueno...! —dijo una para no dejarlo solo en sus esfuerzos de producir un milagro para ellas.

—¿Saben ustedes lo que es Bengala?

Las mujeres se miraron asombradas, nunca se les había ocurrido preguntarse cosa semejante.

—No, señor presidente...

—Esperen un momento: el diccionario, conjunción de los cerebros del hombre, nos lo va a decir.

Juan Cariño se fue a su cuarto y al cabo de unos minutos volvió radiante.

—¡Bengala! ¡Bengala! País extraordinario, azul, tendido en una tierra remota, habitado por tigres amarillos. ¡Eso es Bengala y ya llegaron sus luces a iluminar el armisticio! ¡La tregua...!

La fecha esperada por todos se abrió paso entre los días y llegó redonda y perfecta como una naranja. Como ese hermoso fruto de oro permanece en mi memoria iluminando las tinieblas que vinieron después. Las horas cayeron translúcidas en la superficie de ese día, abrieron un círculo y se precipitaron en la casa de Carmen B. de Arrieta. Rodeado de ondas luminosas, los ojos ávidos y el cuerpo alerta, Ixtepec esperaba el instante de la fiesta. La casa hechizada esperaba con nosotros. Brillaban las palmas decoradas con rosas. Las losetas relucían como un encerado. De los muros pendían guías de tulipanes y jazmines. Los macetones de helechos envueltos en papel naranja eran soles lanzando rayos verdes. En el fondo del corredor una mesa provista de botellas y copas tintineaba bajo las manos de los criados. El jardín se abría como un hermoso abanico de reflejos. La fuente, con el agua renovada, repetía las ramas de las acacias adornadas con faroles japoneses que abrían caminos luminosos en el agua y en los prados. Don Pepe Ocampo distribuyó las mesas bajo los árboles y las cubrió con tarlatanas naranjas para evitar el paso de los insectos. El maestro Batalla sentó a sus músicos bajo los naranjos y sus violines llenaron el follaje de augurios. Un resplandor solar salía por los balcones y el zaguán hasta la calle oscura.

Llegaron los invitados y el pueblo aglomerado frente a la casa se abría paso y los nombraba.

—¡Ahí van los Olvera!

—¡Ya llegan los Cuevas!

Ellos, riéndose y hablando en voz muy alta, cruzaban el portón con un gesto de arrojo como si se lanzaran a una hoguera. Los pobres, «montoncitos de basura», como los llamaba Dorotea, se contentaban con la generosidad de los balcones abiertos y ansiosos recogían los pedazos de la fiesta. «¡Isabel está de rojo!». «¡Doña Carmen tiene un abanico de plumas blancas!», anunciaba otro desde un balcón vecino. A las nueve de la noche salió de la casa la comisión de señoritas encargadas de ir hasta la puerta del Hotel Jardín a recoger al general y a sus asistentes. Las vimos irse.

—¡Ya vienen con ellos!

Y nos precipitamos cerca del zaguán para ver la llegada de las jóvenes acompañadas de los militares.

—¡Ya vienen! ¡Ya vienen!

Nos abrimos para dar paso al invitado de honor.

El general Francisco Rosas, alto, silencioso, con el sombrero tejano echado para atrás, las botas muy brillantes, el pantalón y la camisola militar de gabardina clara, apareció entre nosotros rodeado de las tres jóvenes y entró en el zaguán de los Arrieta. Lo vimos como si fuera la primera vez que lo viéramos. Venía seguido de su Estado Mayor: reconocimos a Justo Corona, al capitán Flores y al capitán Pardiñas, nativo de Cocula, con los ojos muy negros que miraban hacia todas partes como abanicos. El teniente coronel Cruz no estaba en el grupo.

Con ellos entró a la fiesta un aire de frescura, un olor a crema de afeitar, a loción y a tabaco dulce. De pie, inmóviles, esperaron en el umbral la aparición de la dueña de la casa que salió trémula a recibirlos. El general se descubrió despacio, esbozó una sonrisa que parecía de burla y se inclinó respetuoso ante su huésped. Sus asistentes lo imitaron y el grupo avanzó por el corredor iluminado saludando a los invitados con breves inclinaciones de cabeza. Los huéspedes de doña Carmen recibían el saludo como una gracia.

Don Pepe Ocampo corrió a hablar con el maestro Batalla que desde el fondo del jardín contemplaba asombrado el paso de la comitiva. Y entonces estalló la diana.

La memoria es traidora y a veces nos invierte el orden de los hechos o nos lleva a una bahía oscura en donde no sucede nada. No recuerdo lo que ocurrió después de la entrada de los militares. Solo veo al general de pie, apoyado sobre una pierna; lo oigo dando las gracias en voz baja, luego lo veo bailar tres veces: una con cada una de las señoritas que habían ido a buscarle. Veo la mirada de Isabel muy cerca de su pecho y cómo se quedó absorta cuando Rosas la llevó a su lugar y antes de alejarse le hizo una reverencia. Veo a Conchita sin alcanzar el compás de la música y pidiendo excusas que le aceptaban con benevolencia. Luego a Micaela, hablando frente a la sonrisa indulgente de su pareja. Y a él solo otra vez, fumando con sus hombres en aquel ángulo del corredor. A su lado la fiesta giraba haciendo y deshaciendo parejas.

Las bandejas rociadas de hielo circulaban translúcidas, los invitados se apoderaban de sus copas frías y guardaban un instante la cordura al sentir en su mano la disciplina de lo helado. Desde los balcones los pobres coreaban la música. Sus gritos entraban a la fiesta en ráfagas de júbilo.

Isabel, solitaria, se refugió cerca de un pilar y ocupó una silla bajo las guías de la buganvilia. Distraída, arrancaba racimos de flores y las rompía con los dientes. Tomás Segovia se inclinó ante ella. La joven lo miró sin verlo; le molestaba la pretendida belleza de aquel hombre pequeño, de cabellos rizados y facciones delicadas como las de una mujer.

—¿Bailas, Isabelita?

—No.

Tomás Segovia no se inmutó ante la negativa; acercó una silla y complacido se sentó al lado de su amiga. Después de unos instantes buscó un papel en uno de sus bolsillos y lo tendió a Isabel que lo cogió interrogante.

—Mi último poema... Está dedicado a ti...

El joven boticario seguía entregado a fabricar versos; su amor a la poesía era invariable. Isabel leyó el poema con desgano.

—¿Esa soy yo?

—Sí, criatura divina —afirmó Segovia parpadeando para dar mayor énfasis a sus palabras. «¿Qué más da que sea ella o cualquier otra? Amo a un ser insensible a la poesía: Sí, a la Poesía... con mayúscula...», se dijo Segovia con tristeza.

—«¡Cual pluma en los confines del olvido!» —leyó Isabel interrumpiéndolo en sus pensamientos. Y la joven lanzó una carcajada que atravesó la fiesta e hizo que su padre la mirara sobresaltado. Tomás no se ofendió por el comentario alegre de su amiga. Su risa le sirvió para elaborar una teoría complicada sobre «el arte maléfico de la coquetería». Isabel lo dejó hablar. Descorazonado por el silencio de su amada, Segovia se alejó de ella para refugiarse junto a un pilar vecino desde donde podía observar a la joven. Le gustaban los amores «imposibles»; le dejaban «el gusto exquisito del fracaso».

Isabel se quedó otra vez sola entregada a sus pensamientos poco halagüeños. Su padre se le acercó.

—¿Por qué no bailas con Tomás?

—No me gustan los poetas, no piensan sino en ellos mismos. ¿Quién va a querer oírlo hoy...?

—Por eso debiste bailar con él, porque no dice sino tonterías; así dejarías de pensar en lo que piensas...

Don Martín se volvió y vio si alguien lo escuchaba; luego se inclinó galante ante su hija y la invitó a bailar. Los dos pasaron girando junto al general que, rodeado de sus íntimos, seguía en su actitud de reserva. ¿No quería o no podía mezclarse con nosotros?

Parecía distinto de todos. Al verlo tan quieto, con esa pena en los ojos, ¿quién hubiera dicho que era él el organizador de la persecución que sufríamos? Debía de ser muy joven; tal vez no llegaba a los treinta años. Una sonrisa flotaba en sus labios; parecía sonreírse de sí mismo. La madre de Isabel se acercó:

—Soy de los Cuétara... ¿Los recuerda? —Su apellido decía que también ella era del Norte.

—Sí, señora, los recuerdo...

—Eran mis hermanos —aclaró la señora.

El general la miró como si entendiera aquella pérdida.

—Se murieron... Bueno, se murieron antes... —dijo a modo de pésame.

—¿Antes? —indagó la señora.

—Antes de los que estamos aquí presentes —agregó el general dando por terminado el diálogo.

A las diez de la noche los invitados ocuparon las mesas distribuidas en el jardín. Tomás Segovia, encargado de ofrecer la fiesta, pronunció un discurso en el que abundaron las citas latinas. El orador dirigió elogios y miradas elocuentes al general.

¡Al fin podía hablar en un lenguaje «patricio»! Rosas escuchó las alabanzas con la misma indiferencia con la que recibió siempre todo lo que viniera de nosotros. Isabel, sentada a su izquierda, miraba las manos del general abandonadas sobre el mantel y seguía quieta, ofendida por su lejanía. Los demás militares distribuidos en distintas mesas reían y bromeaban con los comensales.

Solo Justo Corona seguía atentamente desde lejos los menores gestos de su superior; parecía impaciente y miraba con frecuencia la hora en su reloj pulsera. La charla animada por las bebidas caracoleaba entre los árboles, las risas corrían por el jardín y Corona impasible continuaba acechando a su general.

Después de la cena el baile se reanudó y el general, taciturno, volvió a su puesto, cerca del ángulo que formaba el corredor. Justo Corona se reunió con él y ambos sostuvieron un diálogo en voz baja. Isabel no los perdía de vista: vio cuando Corona hizo una seña a Pardiñas que bailaba alegremente y cómo este detuvo el baile y se dirigió a los demás oficiales. Los militares se agruparon en torno al general que miraba a cada instante la hora en su reloj pulsera. Isabel, muy pálida, fue en busca de la dueña de la casa.

—Quién sabe qué pasa... —susurró la joven al oído de doña Carmen.

La señora se sobresaltó y miró acongojada hacia el grupo de los militares. Estos, que parecían dispuestos a abandonar la fiesta, recogían sus sombreros y la buscaban con los ojos.

—¿Qué hacemos, niña? —preguntó asustada la señora.

—¡Deténgalos! —suplicó Isabel.

Doña Carmen se precipitó hacia los militares para impedirles el paso.

—¿Por qué tan temprano, general?

—El deber, señora.

—¡No, no! Si no han bebido nada. Vengan, nada más que una copita...

El general Francisco Rosas la miró con frialdad. Los invitados dejaron de bailar y contemplaron asombrados al grupo que forcejeaba por irse y a la anfitriona que insistía en que se quedaran todavía un rato. «¿Ya se van?», se preguntaban desencantados. «¿Por qué?». Ana Moncada, extrañamente pálida, se acercó a su marido.

—¡Calma! No ha pasado nada —le dijo este aparentando serenidad.

—¡No sé...! No sé... —contestó ella temblorosa.

Isabel miró a su madre y luego a los militares; entonces se abrió paso entre los invitados y se acercó valientemente al general.

—¡Una fiesta no se rompe! —dijo, y le ofreció el brazo invitándolo a bailar.

Francisco Rosas la miró sorprendido, entregó su sombrero a Corona y tomó a la joven por el talle. Los dos giraron al compás de la música. Ella, arrebolada y con los ojos fijos en el general, parecía vagar en un mundo sangriento. Francisco Rosas la miraba de soslayo, sin atreverse a dirigirle la palabra. Se puso más serio aún cuando vio que sus asistentes lo imitaban y cedían ante doña Carmen que les llevaba parejas.

—¡Encadene las piezas, maestro! —suplicó don Joaquín acercándose veloz hasta los músicos. Batalla lo miró asombrado y sin saber por qué obedeció la orden. Sintió que de él dependía algo muy importante y agradeció que don Joaquín lo pusiera en el secreto.

Con entusiasmo tocó una pieza tras otra y las parejas bailaban sin interrupción. La gente del pueblo subrayaba desde los balcones el baile de Isabel y el general con alaridos gozosos. La dueña de la casa les envió botellas de licor que fueron festejadas con una lluvia de cohetes. 219

En el esplendor de la alegría, el sargento Illescas se abrió paso entre la muchedumbre y se presentó en el zaguán de los Arrieta. Con cara seria entró en la casa seguido de un piquete de soldados. Doña Carmen le salió al encuentro. La cara indígena y solemne de Illescas no se inmutó. Sin hacer caso de la señora avanzó hasta el general que continuaba bailando con Isabel, se cuadró y pidió un aparte. Francisco Rosas detuvo el baile, hizo una reverencia a su pareja y seguido de Illescas se dirigió a la dueña de casa. La fiesta se paralizó. En vano el maestro Batalla siguió encadenando una pieza tras otra. Doña Carmen acompañó a Rosas hasta la puerta de una habitación y el general e Illescas desaparecieron cerrando la puerta tras de sí. Los militares, mudos, se miraron con aire culpable. Los invitados inquietos miraban la puerta por la que había desaparecido Francisco Rosas.

El señor Moncada se sirvió un gran vaso de *cognac* y lo bebió de un trago. «¿Habría ocurrido?». Isabel buscó una silla y se dejó caer con los brazos colgantes y la mirada vacía. La música huyó.

—¿Qué pasa? —preguntó el maestro Batalla desde el fondo del jardín. Don Pepe Ocampo corrió a su encuentro.

—¡Un jarabito, maestro ¡Un jarabito!

Y el «jarabe» llenó las copas de los árboles, avanzó alegre por el corredor y subió por los aires hasta el cielo.

En la cocina las criadas preparaban ollas grandes de café. Sudorosas, corrían de un lado para otro removiendo las brasas; estaban contentas de tomar parte en la fiesta más lucida de Ixtepec. Apareció Charito junto al fogón; venía pálida y sin aliento.

—¡Jesús...! ¡Qué susto nos dio señorita Chayo!

La beata envuelta en su rebozo negro avanzó hasta ellas.

—¡Lloverán brasas sobre los malditos! ¡Ángeles apartarán las llamas para proteger a los justos! ¡La tierra se abrirá para dar paso a los monstruos infernales, los demonios bailarán de gusto viendo cómo la tierra se traga a sus elegidos y Satanás refulgente de llamas de azufre con su tenedor al rojo vivo verá esta danza infernal y cómo el mundo desaparece en una gran llamarada pestilente...

—¿Qué pasa, señorita Chayo? —preguntaron las criadas asustadas por las palabras y la actitud de la mujer.

—¿Dónde está Carmelita...? ¡Llamen a Carmelita!

—¡Siéntese, señorita Chayo...! Le vamos a dar un café —dijeron las criadas contrariadas por la súbita aparición de la mujer que interrumpía la alegría de la fiesta que habíamos preparado con tanto regocijo. Chayito rechazó el café y se negó a sentarse, una de las sirvientas salió a buscar a la señora. Doña Carmen entró en la cocina; venía preocupada, al ver a la mujer se asustó.

—¡Cállese, Charito, usted va a empeorarlo todo! —gritó la señora cuando la beata empezó otra vez el discurso.

—¡Los agarraron...! —respondió la vieja dejando caer los brazos en actitud de desamparo.

—¡Cállese...! Está equivocada... No tengo tiempo ahora. —Y doña Carmen, sin querer oír, salió corriendo de la cocina.

El general seguido del sargento Illescas abandonó la habitación en el momento en que la anfitriona reaparecía en el corredor.

Doña Carmen se precipitó a su encuentro. Algunas señoras la siguieron. Isabel con los brazos desmayados y los ojos opacos se acercó al grupo. Los hombres se quedaron quietos.

—¿Pasa algo, general? —preguntó la señora con voz firme.

—Nada, señora...

Doña Carmen sonrió.

—Por desgracia tengo que ausentarme —agregó Rosas, sonriendo a su vez.

—¿Ausentarse...? ¿Otra vez nos amenaza con dejarnos...? ¿Y la fiesta...? ¡Era para usted general!

Francisco Rosas la miró hasta el fondo de los ojos, mitad con admiración, mitad con curiosidad.

221

—Tengo que ausentarme —repitió.

—Pero... ¿va usted a volver? —suplicó la señora como pidiendo una última gracia.

El general se rió. Era la primera vez que lo veíamos reír; su cara se volvió infantil y sus ojos se llenaron de malicia.

Miró a la señora y luego, como si hubiera tenido una idea repentina, dijo:

—¡La fiesta no se acaba, señora! ¡Yo regreso a cerrarla...! ¡Que sigan bailando hasta mi vuelta!

Y al decir esto buscó con los ojos a sus íntimos; uno de ellos le tendió el sombrero; Francisco Rosas lo tomó decidido; se mordió los labios y echó a andar hacia el zaguán seguido de sus hombres que se despedían de nosotros con rápidas inclinaciones de cabeza. A medio camino se detuvo, dio media vuelta y nos miró. Sus ojos se detuvieron en Isabel que lo veía partir sin poder creerlo.

El general apartó la vista de ella.

—¡Flores, quédese aquí aguardando mi vuelta! Cuide que toque la música y que la gente baile. ¡Y que nadie salga hasta nueva orden!

Bruscamente se volvió otra vez hacia el lugar que ocupaba Isabel y la miró con fijeza.

—Solo la señorita puede volver a su casa... si lo desea —dijo en voz muy alta. Después, subiendo más la voz y haciendo un gesto como si llamara a alguien, gritó:

—¡Música, maestro!

La orquesta, subyugada por la extrañeza del momento, se lanzó con un vals. A su aire melancólico se unieron los pasos del general, largos, repitiéndose en las baldosas del corredor y seguidos por los pasos acompasados de los demás militares. Vimos cómo salieron de la fiesta y luego desencantados nos vimos los unos a los otros. El capitán Flores cerró el zaguán y pareció avergonzado frente a los invitados que lo miraban con temor. Con él quedó la escolta traída por el sargento Illescas.

—Siga tocando, maestro, el general no quiere interrumpir la fiesta —ordenó Flores con voz insegura.

Los invitados se quedaron quietos oyendo con asombro un chárleston.

—¡Bailen por favor! —ordenó Flores.

Nadie se movió de su lugar y las palabras de Flores cayeron inútiles sobre los grupos inmóviles en sus trajes de fiesta. Don Joaquín cruzó despacio el corredor y se acercó a la señora Montúfar.

—De seguro están cateando mi casa —susurró en el oído de su amiga.

—¡Cállese, por Dios! —gritó la señora echándose aire con su abanico.

—De seguro los agarraron —insistió don Joaquín.

—¡Por Dios, Joaquín, no me ponga usted nerviosa! —gritó con más fuerza doña Elvira.

—No se asusten, están en lugar seguro —dijo doña Carmen acercándose a la pareja.

—No hay lugar seguro —respondió don Joaquín.

Las dos mujeres se miraron inquietas; el señor tenía razón.

—Es cierto... pero hay que actuar como si lo hubiera —repuso doña Carmen.

—Les dije muchas veces que esto era una locura, que buscáramos otra solución —reprochó el señor.

—¿Otra solución...? ¿Otra solución? —la señora Montúfar pareció muy ofendida.

La dueña de casa agachó la cabeza sin hacer caso de las protestas de su amiga. La música desarticulaba las palabras y los gestos de doña Elvira.

—¡Qué desastre! ¡Qué desastre...! Hay que bailar...

—Y doña Carmen abandonó a sus amigos para ir en busca de su marido. Algunas parejas los imitaron en el baile.

—¿Te acuerdas del tiempo en que no teníamos miedo?

—¿Miedo...? Yo siempre he tenido miedo. Quizá hoy es el día que he tenido menos porque tengo algo real que temer. Lo peor es tener miedo del enemigo escondido detrás de los días —contestó el doctor sin dejar de bailar y apoyándose en las palabras para olvidar al miedo que se apoderaba poco a poco de su fiesta. Pasaron cerca de Isabel y el doctor Arrieta prefirió no mirarla; en cambio, su mujer le hizo un guiño que la joven no devolvió. Su padre, muy pálido, estaba junto a ella.

—¡Fracasó todo! —dijo Isabel en voz alta.

—No te precipites. Todavía no sabemos nada —respondió él tratando de creer en sus palabras.

—¿Qué más quieres saber? ¡Estamos presos!

—Nosotros no... Si todo hubiera fracasado, a los que menos dejaría salir de aquí sería a nosotros. Isabel lo miró sin esperanzas; su padre no creía en sus palabras.

—Vamos a bailar —dijo él para ahuyentar un mal pensamiento.

—Yo ya no bailo, quiero irme de aquí —pidió Isabel.

Martín Moncada trató de imaginar cómo sería el mundo sin ese día oscuro que proyectaba sombras en su memoria y lo dejaba en un lugar absurdo en donde ni siquiera reconocía la voz de Isabel.

223

¿A dónde quería irse? Había entrado al mundo subterráneo de las hormigas, complicado de túneles minúsculos donde no cabía ni siquiera un pensamiento y donde la memoria era capas de tierra y raíces de árboles. Tal vez eso era la memoria de los muertos, un hormiguero sin hormigas; solo pasadizos estrechos abiertos en la tierra, sin salida a las hierbas.

—Siempre supe lo que está pasando... También lo supo Nicolás... Desde niños estamos bailando en este día...

Las palabras de Isabel provocaron derrumbes; capas de tierra silenciosa borraron el mundo subterráneo donde Martín Moncada perseguía su memoria.

—No hables así, hijita...

Recordó dónde estaba y recordó a Juan y a Nicolás. Una lluvia de siglos se desplomó sobre la fiesta de Ixtepec. ¿Acaso él no había desatado la caída de los siglos sobre los cuerpos de sus hijos? Él fue uno de los entusiastas en aquella locura. Ahora no encontraba la memoria que lo había empujado hasta ese minuto de música rota. Había caminado días ciegos. «Hubiera sido mejor no haber nacido». Agachó la cabeza; no quería ver a Isabel. «Hubiera sido mejor que no naciera». Sus hijos, empujados por él, volvían trágicos al azar desconocido de donde él los tomó en tres noches distintas que ahora se confundían en una sola. En ese instante retrocedían a un lugar sin lugar, sin espacio, sin luz. Solo le quedaba el recuerdo del peso de las catedrales sobre sus cuerpos sin cuerpo. Perdió su otra memoria y perdió también el privilegio de la luz asombrosa.

—Ya lo sabía... Ya lo sabía... —repitió Isabel metida en su traje rojo que pesaba y ardía como una piedra puesta al sol. Sus ojos cayeron sobre Tomás Segovia, sentado al lado de Conchita, que dibujaba figuras en el aire para ilustrar sus frases. «Las gentes como él no se queman; viven en la zona fría», y desde la pesadez ardiente de su traje rojo trató de imaginar a Juan y a Nicolás.

—¡Vámonos! —urgió.

Era incapaz de moverse e incapaz de seguir en ese corredor iluminado. Martín Moncada fue en busca de su mujer y los tres hicieron la ronda de las despedidas. Sin saber por qué les dijimos adiós como si se fueran para siempre. Un destino extraño se los llevaba de la fiesta; eran los únicos que podían abandonar la casa y sin embargo ninguno de nosotros envidiaba su suerte. Los hombres bajaron la cabeza como en los duelos y las mujeres los miraron con la misma ansiedad con la que contemplan la cara conocida que pronto va a desaparecer bajo la tierra.

—Tú lo quisiste, hijita —murmuró su tío Joaquín dándole un beso. Isabel no contestó a la caricia.

El capitán Flores abrió el zaguán y los Moncada muy pálidos salieron a la noche. La calle estaba vacía. La gente que una hora antes coreaba el baile desde los balcones había desaparecido.

—¡Bailen, por favor! —suplicó Flores.

Nadie lo escuchó. Los invitados atónitos miraban al zaguán que acababa de cerrarse sobre los Moncada. El capitán Flores dejó caer los brazos sin saber qué decir ni a quién dirigirse; también él vivía un momento de asombro. Doña Carmen se le acercó cordial y le tomó la mano para conducirlo hasta un grupo de jóvenes.

—¿Quién de ustedes baila con el capitán?

Las jóvenes se ruborizaron. La señora repartió sonrisas y llamó a los criados con las bandejas de las bebidas, pero estas quedaron intactas; los esfuerzos de la señora Arrieta eran inútiles, la fiesta se había paralizado. El miedo flotaba entre la música dejando quietas las ramas de los árboles y a los invitados. Los balcones silenciosos nos anunciaban la catástrofe sucedida en Ixtepec.

—¡Tengo mucho calor! —suspiró Conchita, que se había acercado tristemente a su madre.

—¡Qué cosas dices! ¡Qué calor ni qué niño muerto! Yo tengo mucho frío... —y la señora Montúfar arrojó con violencia su abanico que cayó sin ruido en el jardín.

Conchita se ruborizó y se tapó la cara con las manos como si fuera a echarse a llorar.

—¡Mamá, no hagas eso...! Luego dicen que tienes gestos de viuda.

—¿Tener frío es un gesto de viuda? ¡Qué pueblo lenguaraz! —y doña Elvira pareció aproximarse a una de sus crisis de ira tan conocidas en Ixtepec.

—También yo tengo frío y tengo calor —intervino don Joaquín con voz monótona.

—¡Vete a bailar, niña! ¡Vete a bailar que aquí vamos a morir todos esta misma noche! —ordenó la señora exasperada.

—No quiero bailar... Ya son las tres de la mañana —respondió Conchita dispuesta a provocar con su desobediencia la cólera de su madre. Tenía sueño y estaba triste. No se atrevía a llorar pues si lloraba le pedirían explicaciones y Nicolás Moncada era su secreto.

—¿Las tres de la mañana...? ¡Dios mío, las tres de la mañana y ese hombre no regresa!

Doña Elvira después de estas palabras se quedó quieta y con los ojos muy abiertos. A su alrededor algunas parejas urgidas por Flores bailaban sonámbulas, mientras los otros invitados guardaban actitudes inmóviles y extravagantes. El sosiego había caído sobre la fiesta.

Grupos de soldados se instalaron junto a los balcones de la casa del doctor y husmeaban curiosos los restos de aquella fiesta interrumpida.

—¡Ya llegaron los soldados...! —susurró don Joaquín a su vecina.

—Nos van a fusilar —comentó doña Elvira enrojeciendo de ira.

Cuando las primeras luces del amanecer iluminaron el cielo del jardín, la orquesta dio *Las Mañanitas* y doña Carmen ordenó que se sirviera caldo y café caliente para reanimar a los invitados que desfallecían en sus sillas. Las mujeres tenían sueño y con la luz verdosa de la mañana sus trajes envejecían con rapidez.

Los hombres hablaban en voz baja y sostenían la taza de café con manos inseguras. El desvelo y las primeras luces del día los hacía tiritar de frío. Solo el capitán Flores seguía intacto vigilando su zaguán.

En la cocina Charito ya no hablaba ni se movía. La ausencia prolongada de la dueña de casa la hizo guardar silencio. Era inútil hablar, era inútil todo, estaban perdidos. Sentada en una silla de tule con los ojos amoratados por la falta de sueño, la solterona tenía un aire estúpido.

—Tómese un café, señorita Chayo.

La mujer aceptó el café y lo bebió con torpeza, perdida en sus pensamientos que el sol de la mañana había vuelto obtusos.

—Lo que va de anoche a esta mañana —suspiró una de las criadas. Las demás, sentadas alrededor del fogón y absortas en su fatiga, no contestaron. El cometa radiante que fuera la casa se había carbonizado y la carrera del sol la colocó en una órbita de calor. Los restos del incendio nocturno se convirtieron en una luz de espejo que hacía llorar los ojos de los invitados.

A doña Elvira la transportaron a una habitación; acostada, con los ojos abiertos y asustados, esperaba la vuelta del general.

—¿No ha llegado ese hombre?

—No, mamá, no ha llegado —le contestaba su hija aburrida de oír una y otra vez la misma pregunta. Si su madre la hubiera escuchado no estarían en esa situación, pero la señora no la dejaba hablar y Conchita no pudo explicarle nunca las hendiduras peligrosas que presentaba el plan hecho por doña Elvira para engañar a los militares. Ante su asombro, los mayores aceptaron con entusiasmo el disparate de su madre y Conchita optó por callar. Ahora doña Elvira, enferma de miedo, preguntaba sin cesar si ya había vuelto su enemigo. «¿Para qué quiere que vuelva? ¿Para saber toda la magnitud de su locura...?». Y la joven miró impávida a su madre.

—¿No ha llegado ese hombre?

—No, mamá, no ha llegado.

La pregunta insistente la sacaba de la dulzura de poder pensar a solas escondida en la sombra fresca de la habitación. Cuando menos había escapado al sol inclemente de las dos de la tarde y a las náuseas en que se había convertido la fiesta. Ya no veía las mesas llenas de desperdicios de comida sobre los cuales volaban las moscas con libertad. Asombrada había contemplado cómo aparecían en los prados y en el corredor corchos, pedazos de pan, botellas vacías, papeles y basuras brotadas de un surtidor secreto de inmundicias. Conchita se había sentido enferma ante esta invasión de mugre. Las guirnaldas de flores estaban marchitas y los trajes de las mujeres sudados y tristes. Algunas parejas todavía bailaban bajo la mirada de Flores que se había vuelto feroz. Escondida en esa habitación blanca se sentía segura. Hasta ella llegaban los pasos de los soldados patrullando la casa del doctor.

228

Don Joaquín entró a la habitación a informarse del estado de su amiga, se acercó a la ventana y miró con precaución: el día avanzaba y la calle continuaba vacía.

—Parece que se han muerto todos —dijo con voz hueca.

Doña Elvira se quedó quieta. Su hija se llevó la mano a los cabellos, desprendió las flores marchitas que la noche anterior habían adornado su cabeza morena, depositó con tristeza las flores sobre la mesita de luz y siguió melancólica cerca de su madre.

—Este es un día muy largo...

—No tendrá fin. Aquí nos quedaremos para siempre... —y la señora se volvió a su hija en busca de aprobación.

—Pues va corriendo, ya son las dos —repuso Conchita con enojo.

—Desde la noche en que se fue Hurtado supe que algo horrible nos iba a suceder —agregó el viejo sin cambiar el tono de voz.

—¡Ojalá que todos estuviéramos tendidos! —exclamó la señora incorporándose trágica en la cama.

—Así no veríamos lo que todavía vamos a ver —asintió don Joaquín.

—¡Son más listos que nosotros...! ¡Nos cegamos...! —gimió doña Elvira.

—Dios ciega al que quiere perder.

Afuera los criados repartían la comida recalentada de la víspera. Los invitados tenían más ganas de llorar que de comer y miraban afligidos al interior de sus platos. El maestro Batalla arrojó el suyo contra un árbol y se dirigió decididamente al capitán Flores.

—¡Señor capitán, esto es un atropello! Debo irme a mi casa. Mire qué cara tienen mis muchachos. Algunos invitados se unieron a la protesta. Durante unos minutos pareció que todos se amotinaban.

—¡Son órdenes! ¡Son órdenes! —repetía Flores.

El miedo les hizo enmudecer y la orquesta intentó una marcha que fue interrumpida por el desmayo de un violinista. El incidente provocó gran alboroto, los hombres se precipitaron al jardín y las mujeres lanzaron gritos de horror. El barullo llegó hasta el cuarto donde estaba doña Elvira.

—¡Ya murió el primero de nosotros! —gritó la señora.

El jardín se incendiaba en el resplandor seco de las cuatro de la tarde. Los prados cenizos, las ramas inmóviles y las piedras humeantes se consumían en una hoguera fija. Un coro monótono de grillos cantaba su destrucción. El sol giraba enviándonos sus rayos inflexibles. Ningún rastro de humedad, ningún recuerdo del agua venía a salvarnos del juego de reflejos sedientos. El tiempo no avanzaba y las montañas que guardan al sol desaparecieron del horizonte. Derrumbados en las sillas, calcinados y sin esperanzas, aguardábamos. Los criados descalzos y con los labios resecos ofrecían refrescos de colores. Nosotros los dejábamos pasar.

Tomás Segovia vomitó con violencia y nadie se acercó a socorrerlo. Él siguió sentado en la misma silla, como si estuviera en su lecho de muerte, ya lejos de todo pudor y conveniencia. Separado con brutalidad de su mundo de rimas y de sílabas, se desentendió de lo que había hecho y con la cabeza inclinada sobre un hombro dormitó largo rato sin inquietarse por su lugar y sus ropas manchadas. De pie junto a un pilar, el capitán Flores lo observaba como quien observa a un muñeco roto. El doctor Arrieta se acercó al militar.

—¿Cuándo va a terminar esta burla? —dijo rojo de ira.

El capitán Flores pareció mortificarse y escondió los ojos.

—No sé, no sé nada... Yo solo recibo órdenes.

—¿Órdenes? ¿Órdenes?

—¿Qué quiere usted que haga? —gimió Flores.

El médico pareció reflexionar. Luego miró al oficial con curiosidad y le ofreció un cigarrillo.

—¡Nada!

Y los dos hombres charlaron de política junto al pilar de cal brillante, olvidados de la presencia de los demás.

Las primeras sombras nos encontraron en grupos inertes y sucios. A nadie le importaba ya la suerte de nadie. El pueblo seguía muerto. Vagamente habíamos escuchado el ruido de las guardias de soldados que se relevaban de tiempo en tiempo. Doña Carmen se asomó al balcón para ver el final de aquel día muerto dentro de aquel pueblo muerto.

—¡Nada...! ¡Nadie...!

Y la señora entró a su casa a ordenar que se encendieran las lámparas y los quinqués. Los criados aparecieron con las primeras luces y pasaron entre los invitados iluminando sus caras pálidas.

—¡Maestro, algo alegre! —ordenó Flores consternado.

El maestro Batalla no se movió ni respondió a la orden del militar. Don Pepe Ocampo apoyó al capitán.

—Maestro, haga el favor... Por el bien de todos...

El maestro lo miró con rencor y don Pepe se sintió extranjero entre los civiles. Se alejó de la orquesta y trató de poner orden en su camisa de seda sucia y su corbata arrugada. Solitario se dejó caer en una silla y en voz alta empezó un rosario que nadie contestó. Solo le quedaba invocar a Dios en aquel momento hostil. La noche avanzaba despacio, el agua de la fuente estaba negra y sin reflejos, las ramas de los árboles crecieron y ocultaron los cielos, las cucarachas volaban alrededor de los candelabros encendidos y los ojos de los invitados ensimismados en la fatiga no parecían notar su presencia. De cuando en cuando se oía la voz de la señora Montúfar que preguntaba en tonos cada vez más altos.

—¿No ha llegado ese hombre?

Su pregunta venía de un mundo en el que todavía contaban las acciones y existía la esperanza. Molestos, los invitados escuchaban su grito que rompía la armonía del silencio. Ellos se habían entregado al abandono. El hombre acepta la violencia con la misma presteza que acepta la quietud, y la fiesta de Carmen B. de Arrieta había aceptado morir. Unos golpes de aldabón no los resucitaron de las sillas en que yacían. Tal vez Elvira Montúfar tenía razón y todavía sucedían cosas en el mundo, pero ¿en qué mundo? ¿Y a quién le interesaban ya esas cosas? Solo al capitán Flores que se precipitó a abrir el zaguán. Francisco Rosas seguido por sus hombres entró por segunda vez en la casa del doctor Arrieta.

Nadie salió a recibirlo y los ojos macilentos lo vieron pasar como si no lo vieran. Ya no importaba su llegada. Las mujeres se dejaron mirar sin llevarse siquiera una mano a sus cabellos desgreñados. Los hombres, convencidos de la inutilidad de cualquier gesto, se quedaron quietos. Asombrado, Francisco Rosas contempló el espectáculo. Él y sus hombres lucían frescos y limpios. El mismo olor a loción y a tabaco suave los envolvía y solo los ojos hinchados acusaban su desvelo. El general apenas si contestó al saludo de Flores. Parecía indeciso frente a aquellas gentes rotas. Doña Carmen salió a recibirlo.

—¡Cómo se tardó, general...! Pero, ya ve, aquí nos tiene a todos esperándolo, tal como usted lo deseaba... —y dibujó una sonrisa. El general la miró con ironía.

—Lo siento, señora, no pude volver antes, usted lo sabe.

El doctor se acercó a su mujer y saludó al militar con una inclinación de cabeza.

—Doctor, tendré el gusto de que usted me acompañe.

El doctor Arrieta no contestó. Su cara pálida se puso aún más pálida.

—También la señora —agregó Rosas sin mirar a doña Carmen.

—¿Debo llevar algo? —preguntó ella con inocencia.

—Lo que usted guste, señora.

Un grave silencio acogió sus palabras. Algunos de los invitados se pusieron de pie y se acercaron con cautela al grupo formado por el matrimonio y el general Francisco Rosas.

—Mis hombres van a registrar la casa.

Nadie contestó. Rosas hizo una seña al coronel Corona y este, acompañado de cuatro soldados, se internó en las habitaciones. Se oyó revolver armarios, mover muebles, vaciar cajones. La voz de Corona llegaba áspera dando órdenes. El doctor y su mujer oían cómo los militares penetraban en su intimidad y un sudor fino iba marcando sus frentes.

El general llamó a don Joaquín y este acudió con aire inocente.

—Dígame, señor, ¿piensa usted incorporarse al ejército?

—¡Mi general, qué cosas dice! Usted me conoce de sobra y a mi edad, si fuera más joven...

—¡Agárrenlo! —cortó Rosas.

El capitán Pardiñas cogió al viejo por los hombros y lo colocó entre los soldados. Don Joaquín nos miró a todos con ojos náufragos e hizo algo inesperado: sacó su pañuelo y se puso a llorar. Doña Matilde trató de acercarse a su marido, pero Pardiñas la detuvo.

—Cuidado, señora, mi coronel se lo advirtió a tiempo. ¡Y usted sea más hombre para perder!

Don Joaquín movió la cabeza y trató de decir algo, pero los sollozos no lo dejaban hablar. Nosotros esperábamos su frase.

—Lloro de vergüenza... De vergüenza por ustedes... —les dijo a los militares en la mitad de su sollozo.

Francisco Rosas se mordió los labios y le dio la espalda.

—Que me traigan a la beata que entró anoche unos minutos antes que el sargento Illescas.

Doña Carmen miró al general con odio: lo sabía todo, se había burlado de ellos y los había cogido en su propia trampa.

En el fondo del corredor oscuro apareció Charito. Envuelta en su rebozo negro, avanzó en línea recta sin preocuparse de las sillas en desorden ni de las miradas de los invitados. Rosas la observó venir, ladeó la cabeza y sin quitar los ojos de la mujer le dijo a su ayudante:

—Cuidado, Pardiñas, que viene armada.

La beata, como si lo hubiera oído, dejó caer los brazos y se acercó al general.

—Aquí está la beata —dijo con suavidad.

Los soldados la sujetaron por los hombros y la colocaron junto a don Joaquín.

—¡Usted estuvo en el alboroto de anoche! —le dijo sonriente Francisco Rosas.

El coronel salió de las habitaciones. Traía muchos papeles, los mismos que aparecían pegados en las puertas y ventanas con la divisa: «¡Viva Cristo Rey!». Los soldados traían además rifles y pistolas. Doña Carmen y el doctor los miraron asombrados como si ignoraran que en su casa se guardaban esos carteles y esas armas.

—Encontramos esto en el cuarto de la señora, mi general.

—Lleven las pruebas a la Comandancia —contestó Rosas con simpleza. Luego agregó, cambiando el tono de voz:

—¡En el nombre del Gobierno de México quedan detenidos los señores Arístides Arrieta, Carmen B. de Arrieta, Joaquín Meléndez y Rosario Cuéllar! Los aquí citados están acusados de rebelión. ¡Coronel Corona, conduzca usted a los detenidos a la prisión militar!

El doctor, su mujer, Charito y don Joaquín, con las manos atadas a la espalda, fueron colocados en medio de un piquete de soldados. Después el general pidió la lista completa de los invitados y levantó un acta que firmaron todos.

—Pueden ustedes retirarse a sus casas y permanecer en ellas hasta nueva orden.

Nadie se movió. Estábamos hipnotizados. El general quiso alegrarse y gritó a Batalla con voz despreocupada.

—¡Eche música, maestro!

El maestro Batalla no dio señales de vida.

—¡Échenos un Ave María! Batalla se acercó refunfuñando.

—Pero mi general, ¿cómo quiere usted...?

—¿Usted también me salió cristero?

Batalla huyó al fondo del jardín oscuro.

—Muchachos, el Ave María.

—¡Adiós corazones! —gritó el general Francisco Rosas.

Y en medio de los acordes del Ave María dio media vuelta y salió de la casa del doctor Arrieta. La escolta conduciendo a los prisioneros lo siguió. Los invitados con los ojos bajos no quisieron mirarlos.

Por el zaguán abierto de par en par los invitados se deslizaron sin ruido y sin palabras en la noche. Los recibió el silencio y la oscuridad de mis calles. A su paso solo encontraban centinelas patrullando Ixtepec.

—¿Quién vive?

—Nosotros...

—¡Déjalos, son los invitados!

Doña Matilde salió sola. Al entrar a la noche se recordó a sí misma buscando al sacristán y sintió que por segunda vez entraba en el mundo irreal del crimen. Quería ir de prisa, llegar a su habitación y escapar del peligro que la esperaba entre las sombras.

Tropezando con las piedras caminó a tientas por mis calles, pasó frente a los muros de la cárcel y se preguntó si sería cierto que su marido estaba allí apartado para siempre de ella. «Joaquín me está esperando en la casa —se dijo para creer que había entrado en un mal sueño—; cuando despierte estaré en mi cama almidonada». ¿Y si morir fuera un querer despertar y un no despertar nunca? Angustiada llegó frente al portón de su casa y golpeó sin cesar la argolla de bronce, segura de que nadie oiría sus llamados ni abriría la puerta que a cada golpe se volvía más y más sorda y más impenetrable. Al cabo de un rato, Tefa entreabrió el portón.

—¡Señora! —y la criada soltó el llanto.

Doña Matilde avanzó por los caminos seguros de su casa. Estaba adentro de sus muros conocidos, fuera de la pesadilla que amenazaba no acabar nunca, y no reparó en las lágrimas de Estefanía ni en el desorden de los cuartos revueltos; parecía que un huracán hubiera visitado la casa.

—Anoche vinieron, revolvieron todo y se llevaron los rifles del señor... Nos prohibieron salir a la calle...

—Vamos a hacer mi cama —la interrumpió doña Matilde mirando los colchones tirados en el suelo.

—¿Y el señor?

—Se lo llevaron.

—¡Se lo llevaron!

Las dos mujeres se miraron. Había alguien que se llevaba a la gente, que la sacaba de su casa para esconderla en un lugar oscuro. «Se lo llevaron» era peor que morir. Optaron por callar. No existía la palabra que pudiera restituir a don Joaquín al orden de su casa. La señora se dejó caer en una mecedora y Estefanía empezó a arreglar la cama evitando mirar a su ama.

—No sabemos qué pasó con Dorotea... Anoche oímos balazos. Ella no ha dicho nada y nosotros no nos hemos movido. Después que se fueron de aquí los soldados, oímos la balacera en la casa de Dorotea...

—Llámenla por la barda —ordenó con fatiga la señora.

Tefa y Cástulo se acercaron con cuidado a la tapia que dividía la casa de doña Matilde de la de Dorotea; apoyados en el muro, trataron de oír algún ruido que viniera del jardín vecino: un silencio hueco lo habitaba; arriba, un cielo oscuro y unas estrellas naranjas miraban lo que sucedía en el caserón ardido de Dorotea.

Sobrecogidos por el silencio, Estefanía y Cástulo fueron a buscar una escalera, la recargaron contra el muro y empezaron a escalarla para ver lo que sucedía del otro lado. Apenas Cástulo había asomado la cabeza, una voz alarmada gritó:

—¿Quién vive?

—¡Hombre de buena ley! —contestó Cástulo agachándose con rapidez.

—¿Qué quiere? —preguntó la voz.

—Saber qué pasó con Dorotea.

—¡Qué ha de pasar! ¡Ahí está tirada en el zaguán con hartas moscas en la cara! —le respondieron.

—¡Caray!, déjenme ir a amortajarla...

—No hay órdenes. La única orden que tenemos es la de apresar a todos los que entren a esta casa.

—A ningún cristiano se le deja espantado viendo las cosas que ya no le tocan —respondió Cástulo asomando la cabeza por la barda.

—No se enoje, ahora vamos a cerrarle los ojos. Luego, desde más lejos, la voz agrandada por la bóveda del zaguán gritó:

—¡Ya no se puede! ¡Está bien tiesa!

Tefa se persignó y fue a buscar una sábana para que sirviera de sudario a Dorotea. Cástulo lanzó la prenda del otro lado del jardín.

—¡Ahí va el sudario...! ¡Récenle!

—Era una vieja ladina... ¿Para qué escondió al sacristán?

—Solo Dios puede juzgarla.

—Muy cierto. ¿Por qué no se van a pedir el permiso para enterrarla? Vean al general, pues para mí ya está apestando. Está aquí tirada desde las dos de la mañana... —respondieron del otro lado de la barda.

El mozo de doña Matilde agradeció el consejo.

—Buenas noches les dé Dios.

—Buenas noches, señor —le contestaron con cortesía.

Cástulo, antes de avisar a la señora, se fue a la cocina seguido de Estefanía.

—Busquen en mi cuarto los rollos de papel de china para hacer las guirnaldas y las banderitas. Ya vuelvo... si Dios quiere.

El coro de sirvientes permaneció atontado como si no hubiera escuchado sus palabras.

—En estos días Dios no quiere nada... y las desgracias cansan —murmuró Ignacio, el jefe de la paila grande, al mismo tiempo que se ponía de pie para ir a cumplir con el encargo.

Cástulo salió de la cocina y se dirigió al cuarto de la señora para darle la noticia; entró de puntillas, temeroso de asustarla. Doña Matilde no se movió de su sillón de bejuco. En voz baja el hombre anunció la muerte de Dorotea y la señora, sin mostrar sorpresa, le ordenó que fuera a la Comandancia Militar a pedir el permiso para levantar el cuerpo de su amiga.

—Si al amanecer no has vuelto veremos qué hacemos por ti.

—A estas horas vale más la vida de un alacrán que la de un cristiano —respondió el hombre.

—Así es —asintió Tefa y se acurrucó a los pies de su ama.

Cástulo tenía miedo de salir a la oscuridad de la calle y encontrarse en esas soledades. Sabía que la casa estaba patrullada y que los soldados no tendrían ninguna consideración con él. Cualquier palabra, el menor movimiento sospechoso le costaría la vida. Cegado por las sombras dio los primeros pasos en la noche.

Una mano lo agarró por un hombro.

—¿A dónde va?

—A la Comandancia, señor.

—¡Eche a andar!

Seguido por dos hombres llegó hasta el curato. Encontró gran actividad: el patio estaba iluminado por una multitud de mecheros de petróleo, grupos de oficiales entraban y salían, hablaban y reían con alborozo. Lo llevaron a una oficina y lo pusieron delante de dos oficiales que escribían a máquina. Cástulo bajó los ojos sin atreverse a formular su demanda. El soldado que lo acompañaba explicó su caso.

—¡Espere! —le dijeron con sequedad.

—Yo quisiera saber... —empezó el mozo de doña Matilde.

—Espere, el coronel está interrogando a Juan Cariño. —Al oír el nombre del loco quiso preguntar algo, pero reflexionó y guardó silencio.

—¡Le digo que espere! —volvió a gritarle el oficial.

—Eso estoy haciendo, señor...

—Pues quíteseme de enfrente.

Turbado, buscó un lugar menos visible; como el cuarto era pequeño para poder pasar inadvertido, se pegó a una pared, en el rincón que le pareció más alejado de los militares y de pie, con su sombrero de petate en las manos y los ojos bajos, esperó. Los oficiales actuaban delante de él con la impudicia de los poderosos frente a los inferiores: hacían bromas soeces, fumaban con desparpajo y comentaban sobre la gente conocida de Ixtepec. Cástulo, avergonzado, se miraba los pies. No podía irse sin tener una respuesta y no podía evitar oír las palabras que lo mortificaban. Le parecía estar sorprendiendo secretos que no le pertenecían y con delicadeza trataba de no escuchar la conversación. Pasó una hora y nadie lo llamó. El criado se hundió en una tristeza polvorienta que lo dejó solo en la habitación llena de voces y de humo. Era menos que un extraño, no existía, no era nadie, y en su calidad de nadie se miraba los pies dentro de sus huaraches usados con la única esperanza de desaparecer. Oyó pasos femeninos y sorprendido levantó los ojos: dos de las muchachas de la casa de *la Luchi* se acercaron a los oficiales que escribían a máquina.

—Queremos hablar con el general —pidieron en voz baja.

—¡Eso faltaba, que estuviera aquí esperándolas!

Un coro de risas acogió la respuesta del teniente.

—Bueno, pues con quien sea...

—¡Esperen!

Las mujeres buscaron un rincón donde esperar y cabizbajas se refugiaron junto al criado de doña Matilde.

SIETE

LA NOCHE DE LA FIESTA DE DOÑA CARMEN NADIE LLAMÓ A LA PUERTA 241
de la casa de *la Luchi* y los balcones del saloncito rojo permanecieron
cerrados. Las muchachas reunidas en la cocina tenían el aire inútil
que tienen los despojos tirados en los basureros. En noches así la
certeza de su fealdad las volvía rencorosas. No querían verse las unas
a las otras, se parecían demasiado, los mismos cabellos revueltos y
los mismos labios obtusos. Agobiadas por el desaliño comían sus
tacos con desgano y hacían alusiones obscenas.

—¡Van a ver! ¡Van a ver!

Sentada en el suelo con la bata abierta, *la Taconcitos* comía par-
simoniosa su tortilla y decía una y otra vez la misma frase.

—¡Cállate ya! —le contestaron las otras impacientes.

—Ya se está amontonando la desdicha... Ya van a ver —repitió.

—No vamos a ver nada —le contestó Úrsula dándole un
empellón.

—Les digo que le van a ver la cara a la desdicha —repitió *la Taconcitos* y se arrinconó sombría junto al fogón, mirando las brasas
como si leyera en ellas las desgracias que anunciaba.

—¡Estás borracha! —dijo Úrsula.

Las demás la miraron con desprecio y continuaron comiendo
aburridas. A las diez de la noche entró *la Luchi* a la cocina. *La*

Taconcitos no se movió, ni siquiera se dignó a mirarla: sabía lo que iba a oír.

—¡Arréglense, miren qué caras tienen! —ordenó la patrona mirándolas con disgusto.

Las mujeres se alisaron los cabellos; algunas, limpiándose la boca con el dorso de la mano, siguieron inertes. ¿Para quién o para qué iban a arreglarse?

—¿No quieren recibir la bendición? —preguntó *la Luchi.*

Las muchachas se agitaron; algunas se pusieron de pie, otras se echaron a reír.

—Les dije, se los dije que se estaba amontonando la desgracia —repitió *la Taconcitos* sin cambiar de postura.

—¡Ave de mal agüero!

La mujer lanzó un salivazo a las brasas y este saltó convertido en múltiples chispitas.

—Vengan —dijo *la Luchi* sin más explicación.

Las cuscas la siguieron hasta el cuarto de Juan Cariño. *La Luchi* entró cerrando la puerta tras de sí. Al cabo de unos minutos volvió a salir.

—Pueden pasar. Asustadas por su tono de voz las mujeres entraron de puntillas y se encontraron con el padre Beltrán sentado en el borde de la cama, vestido con la levita y el pantalón rayado de Juan Cariño, mientras el señor presidente, de pie junto al sacerdote, vestía su sotana y parecía muy afligido en su nuevo atuendo. Las mujeres se quedaron aturdidas por la sorpresa. Algunas muy devotas se pusieron de rodillas, otras se taparon la boca para evitar la risa que les produjo la vista de los dos personajes disfrazados. *La Taconcitos,* desde la puerta, miró por encima de las cabezas de sus compañeras y exclamó:

—¡Ya lo sabía! ¿No se los dije...? Yo lo vi entrar...

—¿Qué estás murmurando? —le dijo *la Luchi,* enfadada.

—Yo lo vi entrar... Juan Cariño entró dos veces, pero la primera vez era el padre vestido con la ropa del señor presidente. Entonces saliste tú con el bulto de ropa y se lo llevaste a casa de Dorotea en donde te esperaba el señor presidente, que se vistió y se vino y tú te trajiste la sotana del padre. ¿Te acuerdas? Fue la misma noche que le dieron la pedriza a don Roque. ¡Quién sabe desde cuándo estaría el padre escondido en la casa de Dorotea...!

—Así fue. No había lugar para don Roque y para mí. Él estaba muy malherido y yo tenía que irme, y si no hubiera sido por mis amigos hace ya mucho que estaría fusilado —aceptó el padre.

Juan Cariño bajó los ojos con modestia y el padre Beltrán se echó a reír alegremente. Las muchachas lo imitaron y el cuarto del señor presidente se animó con comentarios y con risas.

—¡Ellos buscándolo, padre, y usted aquí bien guardadito!

—No me dejaban dormir con sus gritos.

—Son muy escandalosos.

La Luchi cerca de la puerta miraba con tristeza al sacerdote. «¿Qué vale la vida de una puta?», se dijo con amargura, y de puntillas salió de la habitación y cruzó la casa a oscuras. Las voces se apagaron y se encontró sola atravesando habitaciones vacías. «Siempre supe que me iban a asesinar», y sintió que la lengua se le enfriaba. «¿Y si la muerte fuera saber que nos van a asesinar a oscuras? ¡Luz Alfaro, tu vida no vale nada!». Pronunció su nombre en voz alta para ahuyentar un pensamiento que iba tomando cuerpo muy adentro de ella misma. Si moría esa noche, solo ella sabría el horror de su muerte y el horror de su vida frente al asesino que la acechaba desde el rincón más remoto de su memoria. Se detuvo en el zaguán oscuro y lloró unos minutos. Luego abrió la puerta y espió la calle; tenía que esperar la señal para la partida del padre Beltrán. La calle estaba quieta, inmóviles las sombras de los nopales de las cercas de enfrente. *La Luchi* estaba cansada de esperar. ¿Qué esperaba sino ese momento atroz que no llegaba nunca? «¡Dios mío, quítame el miedo y dame ya el reposo!». En ese momento se perfiló cerca de las sombras de los nopales la silueta alta y corpulenta de don Roque, que hizo una señal y se quedó quieta. *La Luchi* contestó a la señal, entornó la puerta y volvió a la habitación. Al verla, las muchachas dejaron de reír.

—Padre, ya espera don Roque. Los Moncada están en Las Cruces.

Sus palabras sonaron graves. El padre Beltrán dejó de reír y se puso muy pálido.

—Vamos... —dijo Juan Cariño y tomó al sacerdote por el brazo. El padre y el loco salieron del cuarto seguidos por *la Luchi* y las mujeres. Al llegar al vestíbulo, el sacerdote se volvió a las muchachas.

—Recen por mí y por las almas que esta noche arriesgan su vida por la mía.

La Luchi y Juan Cariño se arrodillaron y el padre los bendijo.

—Padre, don Roque irá adelante para abrir camino.

Váyase pegadito a las paredes y al menor ruido se regresa.

Todos escucharon las palabras de *la Luchi* con respeto y ella decidida abrió la puerta.

—Yo voy dos minutos después de usted para cuidarle la espalda, pero no hay peligro...

Sin una palabra más el padre Beltrán se escurrió a la calle. De afuera no llegaba ruido alguno. Las mujeres asustadas no respiraban: les parecía que acababan de entregar al sacerdote a la muerte. *La Luchi* esperó unos minutos, se persignó y sin volverse salió de su casa. Juan Cariño cerró la puerta y se sentó en el suelo con el oído pegado a la rendija para oír los pasos rápidos de la mujer que se alejaban sobre las piedras.

—¡Apaguen ese quinqué! —ordenó en voz muy baja.

Las mujeres lo apagaron de un soplo y se acurrucaron alrededor del loco. La noche estaba quieta, el zaguán a oscuras, una tristeza infinita descendía sobre el grupo agazapado en el vestíbulo.

Fue Juan Cariño el que rompió el silencio en voz muy baja:

—Don Roque va abriendo el camino de las sombras, *la Luchi* le guarda las espaldas... en medio el padre, luminoso como un cirio. Dentro de media hora su luz bendita estará con los Moncada y al amanecer, en la sierra, iluminará el valle en las manos de Abacuc, ¡el gran guerrero...!

Juan Cariño cortó su relato. Fascinadas por su voz, las mujeres se olvidaron del miedo. Después de unos minutos el loco bajando aún más la voz continuó.

—El general Francisco Rosas, adornado de luces de Bengala y de músicas, baila y nadie escuchará a *la Luchi* cuando baje la calle sola, desprovista para siempre de su alta misión de ángel de la guarda... Aquí estaremos esperándola, mientras Francisco Rosas baila y baila y baila...

A las dos de la mañana Juan Cariño y las muchachas seguían esperando acurrucados en el zaguán de la casa de *la Luchi*. El sueño había vencido a varias de ellas; otras, escondidas en la oscuridad, cultivaban el miedo. Solo el loco permanecía alerta escrutando los ruidos nocturnos. «No es posible, no es posible», pero cada vez el horror iba siendo más y más posible. El señor presidente escondió la cabeza entre las manos. Tenía la boca seca y el cuerpo empapado de sudor.

—¡Niñas...! ¡Niñas! —llamó en voz baja. Algunas mujeres levantaron la cabeza.

—Sí, señor presidente...

—Escuchen esto: «Vinieron los sarracenos y nos molieron a palos, que Dios ayuda a los buenos cuando son más que los malos...».

Las muchachas no contestaron.

—Vieja sabiduría hispánica. También los españoles, a pesar de ser españoles, en algún tiempo supieron algo —concluyó el loco para excusarse de citar algo español, ¡él, tan partidario del cura Hidalgo!

—¿Qué horas son, señor presidente? —preguntó una de las mujeres que había entendido la desesperación de Juan Cariño:

—¿Cómo quieres que te diga la hora si desde aquí no veo las estrellas? —contestó malhumorado. Sabía que la niña quería decirle que la hora que esperaba hacía ya mucho que había sonado. Lejanos y agresivos se oyeron muchos pasos. Venían bajando la calle en dirección a la casa de *la Luchi.*

—¡No es ella...! ¡No es ella! —dijeron las mujeres poniéndose de pie.

—¡Escóndase, señor presidente!

—¡Chist! —respondió Juan Cariño y abandonó con dignidad el zaguán.

Los pasos se detuvieron frente a la casa y muchos puños llamaron a la puerta con violencia. Las mujeres guardaron silencio y los golpes aumentaron como si estuvieran dispuestos a derribar la puerta.

—¡Abran en nombre de la Ley!

—¡Hijos de la chingada! —contestaron las mujeres.

Los cerrojos cedieron ante la carga de las culatas de los máuseres y Justo Corona entró triunfante en la casa de *la Luchi.* Con un brazo empujó a las mujeres y guiado por su linterna sorda se dirigió al saloncito. El círculo de luz cayó sobre la figura de Juan Cariño sentado con la dignidad de un personaje oficial. El coronel se quedó atónito; luego empezó a reír a carcajadas, sin quitar la luz de la figura del señor presidente enfundada en la sotana del padre Beltrán. Los soldados miraron divertidos al loco.

—¡Enciendan unos quinqués! —ordenó Corona sin dejar de reír.

Las cuscas obedecieron y trajeron luces que colocaron sobre las mesas del salón.

—¡Tres de ustedes cateen la casa! —ordenó Corona a sus soldados sin dejar de mirar a Juan Cariño que seguía pálido e inmóvil.

—¿Quién trajo aquí al cura? —preguntó después de unos minutos.

Las mujeres y Juan Cariño guardaron silencio.

—¿De dónde venía Beltrán? —repitió Corona alzando la voz.

—Coronel, haga el favor de no gritar en mi presencia —dijo el loco irguiéndose ridículamente dentro de la sotana.

—¡Basta ya de broma! ¡Llévenselo a la Comandancia! —ordenó Justo Corona.

Los soldados, sin ningún miramiento, maniataron al señor presidente y luego a empellones lo sacaron de su casa.

—¡Ya cantarán a coro! —dijo Corona antes de salir.

Las mujeres bajaron la cabeza. La casa quedó revuelta y ellas no hicieron nada por poner un poco de orden en los cuartos desbaratados. Asustadas, se volvieron a la cocina.

—¿Tú crees que suelten al señor presidente?

—Yo creo que lo van a fusilar —contestó *la Taconcitos* acurrucada junto al fogón apagado.

—¿A qué hora volverá *la Luchi?* —suspiró una muy joven.

—Yo creo que no va a volver nunca —dijo *la Taconcitos.*

En vano esperaron las niñas el regreso de la patrona. A las once de la mañana una de ellas se asomó a la puerta y se encontró con las caras aburridas de los soldados que vigilaban la casa.

—¿No sabes qué fue de *la Luchi?* —preguntó tímidamente.

—Está tirada en Las Cruces —le respondieron con sequedad.

Pasó el día y nadie vino a la casa a dar una esperanza. Sucias y atemorizadas ellas se quedaron llorando en la cocina. Cayó la noche y ya muy tarde decidieron ir a la Comandancia Militar a pedir el cuerpo de *la Luchi.* Dos de ellas se ofrecieron a cumplir la delicada misión. Un soldado las llevó desde su casa hasta la presencia de los oficiales. En la oficina se encontraron a Cástulo.

—¿Qué horas serán, señor? —preguntó la más valiente.

—Yo digo que ya serán las dos bien corridas —respondió el criado de doña Matilde. Y las mujeres y el hombre siguieron esperando.

247

OCHO

—¡LES JURO QUE YO NO VOY A LA FIESTA! —DIJO SONRIENTE EL TENIENTE
coronel Cruz. Rafaela y Rosa, echadas en la cama, lo miraron rencorosas. Hasta ellas llegaban los cohetes de la fiesta de doña Carmen.

—¿No me lo creen? ¡Mírenme a los ojos!

Y Cruz se inclinó sobre ellas y las miró con fijeza. Las gemelas le respondieron con un mohín y él acarició el talle y los muslos de sus queridas como un conocedor acaricia las ancas de dos yeguas.

—¿Qué puedo encontrar en la fiesta que no tenga con ustedes? —dijo mientras su mano iba de una hermana a la otra.

—¡Ofensas! —dijo Rosa.

—¿Ofensas? —exclamó el hombre.

—Sí, ofensas para nosotras —dijo Rafaela quitándose la mano del hombre con disgusto.

—¿Quién puede ofender mi placer?

—¡Esas...! Las decentes que no nos invitan...

—¿Las decentes...? ¡No sabes lo que son las decentes...! —dijo Cruz con desprecio mientras su mano recorría los cuerpos de las hermanas para ahuyentar de ellos la ira. Las jóvenes se apaciguaron, cerraron los ojos y aspiraron con delicia el olor a frutas que invadía la habitación. Una voz que venía del corredor llamó al teniente coronel. Este se desprendió de las hermanas que se habían quedado quietas y de puntillas salió del cuarto. Apenas hubo desaparecido, Rafaela se sentó en la cama y miró incrédula hacia la puerta por la que acababa de salir su amante. Enojada, oyó las voces alegres de los hombres que se reunían para ir a la fiesta de doña Carmen.

—¿Listo, coronel? Ya llegaron las señoritas —llamó la voz del general Francisco Rosas.

Unos segundos después los pasos calzados con botas brillantes recorrieron el corredor, llegaron al zaguán y se perdieron en la calle.

—¡Me las va a pagar!

—¡Este cree que todo se arregla en la cama! —respondió Rosa.

Y las hermanas, temblorosas de ira, miraron en derredor buscando venganza. Luisa y Antonia entraron sin llamar.

—¿Qué les pasa? —preguntó Luisa al ver las caras descompuestas de las gemelas.

—¡Nos vamos al Norte!

—¿Se van...? ¿Cuándo?

—Ahora mismo —respondieron las hermanas.

—¡No me dejen sola! —suplicó Antonia.

También Luisa pareció preocuparse. Las hermanas se levantaron de un salto. Su decisión las llenó de energía.

—¡Coman! —dijo Rafaela tendiendo un canasto rebosante de fruta. Luego se dejó caer en una silla y dijo con seriedad.

—¡A ver si Cruz aprende a ser más hombre!

—¡No se ofende al placer! —agregó Rosa.

—Lo deberían haber visto antes de irse a la fiesta. Ahí estaba —y Rafaela señaló la cama.

—Lo dejamos alborotarse para que no sospechara nada. Hay que subirlos muy alto y luego dejarlos caer...

—¿De verdad se van? —preguntó Antonia, incrédula.

—¡Claro que nos vamos!

Y las hermanas descolgaron sus trajes y los amontonaron sobre la cama. Luisa pensativa fumó un cigarrillo mientras las miraba preocupada. Después se puso de pie y anunció con voz ronca:

—Yo también me voy.

—¡Vámonos las cuatro y cuando lleguen de su fiesta ya volamos! Y las hermanas se echaron a reír imaginando la sorpresa de los militares al volver y encontrar los cuartos vacíos.

—Tenemos tiempo. Agarramos los caballos mientras ellos bailan y mañana que nos busquen.

—Ya es hora de cambiar de pueblo y de cambiar de hombre.

—¡Muy cierto que quiero oír otras palabras! —gritó Rosa.

—Vayan a arreglar sus cosas —urgió Rafaela empujando a Luisa y a Antonia fuera de su cuarto. Cuando las hermanas se encontraron solas, se echaron en la cama y se pusieron a llorar: les daba miedo correr mundo, dejar el hotel y buscar otro pueblo y otro hombre.

Antonia entró a su habitación, no encontró el quinqué y trató de imaginar a oscuras lo que sucedería si se escapaba esa noche con las gemelas. Iría a caballo galopando rumbo a su casa. Tenía que atravesar pueblos dormidos, dar las buenas noches a los arrieros que caminan las sombras de los llanos con el machete en la mano, cruzar la sierra llena de serpientes y al amanecer llegar a Tierra Colorada; después pasar el río en una chalana mirada por los remeros y del otro lado seguir su carrera hacia el mar... Pero el mar seguía lejos, y a ella la habían traído muy tierra adentro. Se tapó la cara con las manos y lloró: no era capaz de hacer el viaje sola. De noche la sierra es estrecha y no deja pasar a los fugitivos, lanza rocas a los caminos y las almas en pena se pasean aullando por sus crestas negras. Le pareció oír los cascos de su caballo y ella fría como una muerta perdida en las montañas. «Me iré a donde vayan ellas y de allí le mandaré avisar a mi papá para que él venga a recogerme...!». Y esperó a que la llamaran. «¡Ah, no estar nunca más en el olor de este cuarto!».

251

Luisa abrió su ropero y miró sus vestidos. Vio venir su vida en forma de calles que se cruzaban y se abalanzaban sobre ella. Vio balcones y puertas cerradas. ¿A dónde iría? Recorrió las casas de sus hermanas con sus filas de niños, de nanas y maridos vestidos de oscuro. Entró a las casas de sus tías con balaustradas a la francesa, espejos y caracolas de mar. «Si eres buena, Luisita, antes de irte oirás al mar en el caracol», le decían en el salón de su tía Mercedes y ella sentada en una silla dorada comía galletas quebradizas y miraba sus pies que colgaban sin alcanzar el suelo. Su tía Mercedes calzaba zapatos de raso negro, se dejaba servir por una criada vieja, acariciaba un gato gris y de cuando en cuando miraba un relojito de oro que colgaba de una cadena de perlas que dividía los crespones negros de su traje. Su tía Mercedes la quería... Hacía ya tiempo que había leído su muerte en los periódicos. Trató de imaginar su casa de cortinas de brocado. Era la hermana de su abuela y había vivido siempre sola, rodeada de porcelanas y de criados. «¿Qué pensaría si me viera metida en este pueblo?». Le pareció que desde el pliegue de un cortinaje invisible le llegaba la voz de su tía: «¡Vete, niña, vete!». Eligió dos vestidos y con ellos hizo un bulto pequeño. No quería llevarse nada de su pasado de... dudó antes de decirse la palabra puta. Silenciosa y guiada por sus maneras de niña, salió con respeto de su cuarto y llamó a la habitación de Antonia. No había pensado en su marido ni en sus hijos ¡tan remotos! Su amiga apareció con las manos vacías.

—¿Qué tú no vienes?

—Sí, sí voy...

—¿Sin nada?

—Sin nada. Todo lo de este cuarto huele... —dijo Antonia haciendo una mueca de asco.

Encontraron la habitación de las hermanas en desorden, los zapatos, los frascos y la ropa estaban esparcidos por el suelo.

—¡Un momentito, un momentito! —dijo Rafaela a horcajadas sobre un bulto al que amarraba con energía.

—¿Y cómo van a cargar con eso? —preguntó Luisa señalando los bultos y las maletas que yacían en el suelo.

—No le vamos a dejar las porquerías que nos dio. ¿Qué, él nos va a devolver los placeres que le dimos?

—En dos o tres viajes... —respondió Rafaela.

—No se puede. Una vez que hayamos salido de aquí, no hay regreso —dijo Luisa con seriedad.

—¡Pues dejamos todo! —decidió valientemente Rafaela.

—¡No, yo me llevo mi vestido verde! ¿Con qué me voy a pasear por Culiacán? —gritó Rosa y se lanzó a deshacer los bultos buscando su traje verde.

—¡Por un capricho nos vamos a perder! —dijo Luisa, enojada.

—¿Sabes lo que es un capricho? No, no lo sabes... —gimió Rosa.

—Un capricho es una rosa que crece en los muladares, la más preciosa, la más inesperada —explicó Rafaela revolviendo los trajes y las faldas. Su mano atrapó el vestido verde de su hermana y lo agitó con júbilo frente a sus amigas.

—¡Vámonos!

Apagaron el quinqué y espiaron el corredor. Era curioso el silencio que reinaba en el hotel sin el ruido de los hombres. Leonardo y Marcial, dos soldados viejos, hacían la ronda por los jardines llevando en la mano sus lámparas encendidas. Las jóvenes espiaron los pasos de los veladores y cuando sus luces se fueron hacia los depósitos del agua, ellas, descalzas, con los zapatos en la mano, corrieron veloces hasta el zaguán. Allí, sofocando la risa, esperaron unos segundos y luego levantaron las trancas y los cerrojos, entreabrieron la puerta y se colaron a la calle. Desde afuera entornaron el portón. Lejanos les llegaron los cohetes y los violines de la fiesta de doña Carmen. Caminaron cautelosas a la caballeriza. Fausto, el caballerango de Francisco Rosas, estaba borracho y las recibió con alegría.

—¿Una paseada...? ¡Cómo no, señoritas, ahorita mismo les ensillo los caballos!

253

El hombre no pareció darse cuenta de la hora ni de lo extravagante de sus deseos. Las jóvenes empezaron a reír con júbilo y Fausto se volvió serio.

—Cada cabeza es un mundo.

Rafaela tuvo la certeza de que no lo engañaban: el hombre sabía que pensaban huir. Le llegaron sus pensamientos reposados: «Sus razones tendrán».

—Fausto, ¿no quiere estrenar un sombrero nuevo? Y la joven le tendió varias monedas de oro.

—¿Para qué, niña Rafaela, si se van las hermosuras?

Las jóvenes dejaron de reír. Las palabras del hombre las pusieron tristes.

—Mucho agradecemos los de Ixtepec que nos hayan mirado tanto tiempo —dijo Fausto acariciando las ancas del caballo gris de Rafaela. Esta guardó el dinero: no quería ofenderlo.

—Estuvimos muy contentas en Ixtepec —respondió Rosa para devolver la dádiva del cumplido.

—La niña Antonia es la primera vez que me visita... Tampoco la niña Luisa sabe montar... —dijo Fausto mirando las mechas rubias y la cara pálida de Antonia y luego los ojos azules de Luisa.

—Sí, Faustito, pero ya ve, todo llega. ¡Ensíllele el Abajeño!

—El placer se acaba... —concluyó Fausto internándose en lo más profundo de la caballeriza para ir por Abajeño, el caballo del coronel Justo Corona. Sus pasos se apagaron en el estiércol y su voz sonó grave bajo la bóveda de piedra.

Luisa encendió un cigarrillo. Estaba preocupada. Iría en el caballo de Rafaela y luego en el de Rosa, y no podía evitar el sentir miedo al pensarse entregada a las hermanas. Trató de olvidar el frío que le subía por la boca del estómago. «El placer se acaba...». ¿A dónde irían ahora...? Serían las queridas de alguien. Rafaela quiso adivinar la cara que ocultaba la palabra alguien. La esperaban otros pueblos y otros uniformes sin cuerpo y sin prestigio. Los militares se habían vuelto absurdos desde que se dedicaban a ahorcar campesinos y a lustrarse las botas. «¿Y para eso les pagan...? ¡Igual que a los carteros!». Se sintió burlada. Era mejor irse. «¡Mi próximo amante no recibirá sueldo!», se dijo disgustada. Ella había visto la nómina de Cruz, solo que la suma no alcanzaba para cubrir los gastos que tenía. «Es un ladrón...». Y se quedó boquiabierta. Era asombroso lo que iba sabiendo mientras Fausto ensillaba los caballos. Pero ¿cómo robaba Cruz? ¿A qué hora? Oyó su risa de caníbal y vio sus manos ávidas jugando con los centenarios de oro. Se sintió triste, Cruz la había engañado. Se había hecho pasar por quien no era.

—Oye, se está tardando mucho Fausto... —dijo su hermana sacándola de sus cavilaciones. En efecto, Fausto no hacía ningún ruido y los caballos estaban quietos.

—¡Fausto...! ¡Faustito...! —llamó Rafaela con miedo.

—¿Qué pasa? —preguntó Luisa alerta.

—Quién sabe, no contesta...

Las jóvenes se internaron por la caballeriza. No era posible que las hubiera traicionado. Parecía tan contento de verlas, tan amable...

—¡Fausto...! ¡Faustito...! —volvió a llamar Rafaela.

Nadie respondió a su llamado. El caballerango de Francisco Rosas se había ido sin ruido, deslizándose como una serpiente.

—¡Desgraciado!

—¡Vámonos! —urgió Antonia.

—¿Quieres que nos agarren a la salida del pueblo?

—¡Acuérdate de Julia! —contestó Rosa, sombría.

Cuando salieron a la calle encontraron grupos de mujeres y de niños que corrían pegados a las paredes. ¿Qué sucedía? Pasaron frente a la casa de doña Lola Goríbar y vieron sus ventanas iluminadas y detrás de los vidrios las caras curiosas de la señora y de su hijo Rodolfito. Era la única casa que parecía tranquila en medio de aquel espectáculo extraño que huía junto con ellas en la noche sombría. Quizá porque era la única casa donde quedaba una capilla y se rezaban los rosarios con regularidad. La riqueza y el poder oculto de los Goríbar aumentaba a medida que Ixtepec empobrecía. Asustadas, llegaron al portón entornado del hotel y lo empujaron con suavidad, entraron y echaron los cerrojos.

Las esperaban dos sombras agazapadas junto al muro.

—Se dará parte de su salida —dijo una de las sombras avanzando hacia ellas.

Rafaela se separó de los veladores y se dirigió a su habitación. Las otras la imitaron dignamente, llevando sus zapatos en la mano.

—Tenemos que dar parte —repitió Leonardo dando a entender que él tenía autoridad sobre ellas. Después los dos soldados profirieron palabrotas, aseguraron los cerrojos y continuaron su marcha silenciosa por el jardín del hotel.

Las jóvenes pusieron orden en el cuarto de las hermanas. Estaban asustadas y no querían dejar huellas de su intento de huida.

—¿Vieron cómo corría la gente?

—Sí, sucedió algo terrible...

Y miraron los muros del cuarto que las tenía prisioneras. No podían escapar de sus amantes. La nostalgia por la libertad que unos momentos antes las había dejado perplejas, se volvió intolerable y el Hotel Jardín las llenó de terror. En la calle las carreras terminaron y el pueblo volvió al silencio. Ixtepec estaba preso y aterrado como ellas. En el jardín las linternas de Marcial y Leonardo continuaban girando; en las calles, las linternas de los soldados también giraban buscando culpables.

Alguien llamó a la entrada. Rafaela apagó el quinqué y las cuatro se precipitaron a espiar el corredor. Volvieron a llamar con violencia. Las jóvenes vieron la luz de Leonardo llegar al zaguán. A los pocos instantes la silueta alta de Francisco Rosas apareció en el corredor.

—¡Viene con una mujer! —susurró Rafaela.

El general avanzó por el corredor del Hotel Jardín acompañado de una mujer vestida de rojo. La luz de Leonardo dejaba ver el brillo de su traje y el casco de sus rizos negros. La pareja llegó frente a la puerta del cuarto de Rosas. Este cogió la luz de las manos de Leonardo y entró acompañado de la desconocida en la habitación que había sido de Julia.

—¿Vieron?

—Sí —suspiró Luisa.

—Era Isabel Moncada.

—Ella era —contestó Luisa, y a tientas se dejó caer en una silla.

Rafaela salió al corredor a atrapar a Leonardo.

—¿Era Isabel Moncada? El hombre asintió con la cabeza y se perdió en el corredor oscuro.

—¡Sucedió algo terrible!

Las jóvenes se acurrucaron en una cama y hablaron en voz baja. No se atrevían a separarse ni a dormir. Asustadas, velaban a la noche. La luz del amanecer las sorprendió en la misma actitud. En la mañana vieron pasar a Leonardo con la bandeja del desayuno. Un rato después Francisco Rosas afeitado y oliendo a agua de colonia se fue a la calle. Rafaela fue a llamar a la puerta de la habitación de Julia. Nadie contestó.

—No contesta —les dijo a sus amigas.

—¡Sucedió algo terrible! —repitió Luisa. Ninguno de los militares había vuelto al Hotel Jardín.

NUEVE

—¡MARTÍN, QUIERO SABER QUÉ FUE DE MIS HIJOS!

Ana Moncada se escuchó repitiendo esas palabras. Su madre había dicho la misma frase en una casa de techos altos y puertas de caoba. Un olor a leña ardiendo y un viento helado colándose por las rendijas de la ventana se confundió en su memoria con la habitación en la que parpadeaba una veladora. La Revolución acabó con su casa del Norte... Y ahora ¿quién acababa con su casa del Sur? «Quiero saber qué fue de mis hijos», decían las cartas de su madre. Las muertes de sus hermanos le llegaron a Ana en fechas escritas por la mano de Sabina, su hermana más joven.

—¡Martín, quiero saber qué fue de mis hijos! —repitió mientras miraba a su marido y a su cuarto con extrañeza. No podía explicarse el olor a nieve y a leña que flotaba a su alrededor.

¿Y si estuviera viviendo las horas de un futuro inventado? Se levantó de su cama y se dirigió al balcón. Abrió las maderas. Quería recibir el aire helado de la Sierra de Chihuahua y se encontró con la noche caliente y empedrada de Ixtepec. El horror del paisaje la lanzó sollozando sobre su cama. Su marido la dejó llorar. El ir y venir del sillón en el que se mecía Martín repetía una y otra vez el nombre de Isabel.

—¡Es mala...! ¡Es mala...! —gritó Ana Moncada sintiéndose culpable de la maldad de su hija. Miró su cama con miedo y se oyó diciendo: «¿Vienes?». Con esa misma palabra había llamado Rosas a Isabel y su hija se fue con él en la oscuridad de los portales.

Ella, después del nacimiento de Nicolás, había llamado a su marido cada noche: «¿Vienes?». Recordó aquellas noches; endulzaba la voz como Francisco Rosas y llamaba a Martín: «¿Vienes?». Y su marido sonámbulo avanzaba hasta su cama, hechizado por aquella Ana desconocida, y juntos veían aparecer el alba.

«¡Qué viva! ¡Qué bonita! ¡Se ve que la hicieron con gusto!», oyó decir a la comadrona que bañaba a Isabel recién nacida. «Las niñas hechas así, así salen», agregó la mujer.

Ana enrojeció desde su cama. Martín le lanzó una mirada de codicia. Todos sabrían su lujuria gracias a la viveza de su hija. Se mordió la boca con ira. Isabel había venido al mundo a denunciarla. Se juró corregirse y lo cumplió, pero Isabel siguió pareciéndose a aquellas noches. Nadie podía quitarle los estigmas. Su marido se consoló de su cambio de conducta refugiándose en su hija. La veía como si estuviera hecha de lo mejor y de lo peor de ellos mismos, como si la niña fuera la depositaria de todos sus secretos. Por eso a veces le temía y se quedaba triste. «Esta niña nos conoce mejor que nosotros mismos», y no sabía cómo tratarla ni qué decirle. Avergonzado, bajaba los ojos frente a ella.

El ramillete pálido de siemprevivas, las fotografías enmarcadas en terciopelo rojo, los candelabros de porcelana y el costurero cerrado, oían indiferentes el ir y venir del sillón en el que se mecía Martín Moncada. La luz de la veladora daba reflejos fugaces al traje blanco de Ana Moncada, que sollozaba sobre la cama. Su marido permanecía inconmovible ante el llanto de su mujer. Enfundados en sus trajes de fiesta, parecían actores envejeciendo sin papel mientras en escena se desarrollaba una tragedia. Esperaban la llamada, y en la espera sus trajes y sus rostros se cubrían de arrugas y de polvo.

El tictac del reloj, sostenido por dos ángeles desnudos, había marcado el final de una noche, la carrera de un día y la vuelta de una segunda noche y la espera y el mal que los aquejaba seguían invariables e intactos.

Un nuevo ritmo presidía la casa: el aire estaba hueco, los pasos inaudibles de las arañas se mezclaban al impasible tictac que corría sobre la cómoda. Una presencia inmóvil dejaba quietos los muebles y muerto el gesto de los personajes en los cuadros.

En el salón las consolas quedaron en suspenso y los espejos impávidos se vaciaron de sus imágenes. Nunca más la casa de los Moncada escaparía a ese hechizo. El tiempo sin pianos y sin voces empezaba. En la cocina los criados velaban al silencio con silencio.

A las tres y media de la mañana llamaron a la puerta de entrada. Los golpes cayeron en el patio y en las habitaciones. Pasaron unos minutos y Félix se presentó en el cuarto de sus amos acompañado de Cástulo.

—Señor, aquí está Cástulo —murmuró Félix sin atreverse a cruzar la puerta de la habitación de los esposos.

Martín Moncada no se movió del sillón mecedor ni su mujer levantó la cara de la almohada.

—Señor, aquí está Cástulo. Viene de la Comandancia...

La señora se incorporó en la cama mientras su marido seguía meciéndose en el sillón.

—Vengo a avisar... —empezó Cástulo con torpeza y no sabiendo qué hacer con su sombrero—. Vengo a avisar... que a las cuatro entregan los cuerpos...

Martín Moncada no hizo ningún gesto. La señora lo miró con los ojos muy abiertos.

—¿Qué cuerpos? —preguntó con inocencia.

—Los de Dorotea, *la Luchi* y... el niño Juan... —aclaró Cástulo bajando los ojos.

—¿El cuerpo del niño Juan? —repitió la madre.

—Sí, señora, allí está... Lo acabo de ver... —y Cástulo se enjugó una lágrima.

—¿Y el del niño Nicolás no lo van a dar? —preguntó Ana Moncada.

—Él salió vivo... Está detenido... —contestó Cástulo contento de dar una buena noticia.

—Vamos —dijo el padre poniéndose de pie.

Y seguido de los criados salió de su casa y se dirigió a la Comandancia Militar.

Al amanecer los criados de doña Matilde levantaron el cuerpo de Dorotea. Sobre los ladrillos polvorientos del zaguán quedó una mancha oscura. Los militares dieron permiso para recogerlo pero no para velarlo en su propia casa, y Cástulo, ayudado por Tefa, envolvió al cadáver en una sábana y salió con él en brazos a buscar asilo en la casa de las hermanas de Charito. Allí lo amortajaron y le pusieron un manojo de banderitas mexicanas en las manos. Cuando el sol empezó a calentar, las moscas vinieron a pararse en el rostro de la difunta y Cástulo, con una bandera más grande, ahuyentaba a los insectos al mismo tiempo que contestaba los rezos dichos con precipitación. Tenían órdenes de llevarla al camposanto antes de las nueve de la mañana.

En casa de la muerta seguían viviendo cuatro soldados y seguía levantada la trampa abierta en una de las habitaciones quemadas, tal como la había dejado Corona. Allí había vivido don Roque desde el momento en que el padre Beltrán lo recogió malherido, cuando fracasó su primer intento de fuga y los Moncada los esperaron en vano en las Trancas de Tetela. El padre lo había esperado esa noche acechando detrás del zaguán de Dorotea y había oído sus gritos; mientras los soldados dieron la vuelta a la manzana, él aprovechó la salida de doña Matilde y fue a recogerlo.

En la trampa estaban todavía las vendas y las medicinas con las que el doctor Arrieta había curado sus heridas. Por el monte los soldados buscaban ahora al sacristán que se había vuelto a escapar.

«No tardará en caer. El monte está seco y no encontrará sino iguanas y víboras».

El pequeño cortejo que acompañó a Dorotea al cementerio se cruzó con el entierro de *la Luchi*. Las muchachas iban serias y de prisa; querían que todo terminara pronto; con la luz del sol la muerte de la joven se volvía más terrible de lo que ellas habían imaginado en las dos noches que esperaron su vuelta. El cielo azul, las ramas verdes y el vapor que empezaba a levantarse de la tierra chocaban con la sed del cuerpo de *la Luchi* aprisionado en el féretro de sedas baratas y brillantes. Las muchachas querían deshacerse de la presencia nauseabunda de su patrona y en el fondo agradecían a los militares la orden de enterrarla antes de las nueve de la mañana.

Al regresar del camposanto dos de ellas tomaron el camino de Las Cruces. Querían rezar un poco en el lugar en que había muerto su amiga. Una vez desembarazadas de su presencia, se sintieron llenas de piedad por la muerta. Subieron la cuesta llena de piedras y de espinas. El sol estaba ya muy alto cuando encontraron a dos soldados vigilando un paraje desamparado.

—¿Aquí fue? —preguntó una de ellas con la boca seca por el calor y el polvo.

Los hombres se rieron con cinismo. Uno de ellos cortó una hierba seca y antes de contestar la mordió repetidas veces.

—Aquí mero —dijo mirándolas de soslayo.

—Aquí los agarramos a todos como a pajaritos —dijo su compañero.

—Alguien se chiveó —contestó una de las cuscas con rencor.

—Yo diría que sí. —Y el hombre siguió mascando la hierba y enseñando desdeñoso sus dientes blancos.

—Desde las cinco de la tarde estábamos escondidos en la nopalera. A eso de las diez de la noche, vimos cómo llegaban los Moncada. Venían desde Tetela y traían los caballos para el padre y para don Roque. Luego vimos llegar a la señorita Chayo con las canastas de

comida. Después al sacristán, seguido por el padre y por *la Luchi*.
Cuando estaban montando sus caballos, el teniente coronel Cruz
nos dio la orden de detenerlos... En la balacera cayeron dos y se
escapó el sacristán... El soldado interrumpió su relato. Las cuscas
se sentaron sobre unas piedras y miraron con ojos secos el lugar
en que habían muerto *la Luchi* y Juan Moncada. El cielo alto y redondo estaba inmóvil. Se oían los cantos de las cigarras y nada
indicaba que allí hubiera ocurrido una tragedia.

—¡Aquí merito cayó *la Luchi*! —dijo un soldado golpeando con
la bota un lugar espinoso.

—¡Y acá cayó Juan Moncada! —dijo el otro señalando con el pie
un lugar más alejado.

—Nosotros no sabemos quién sopló. Solo sabemos que soplaron
—dijo el que mascaba la hierba y miraba con codicia a las mujeres.

Su compañero les ofreció cigarrillos y ellas aceptaron desganadas.

Los hombres se miraron y se acercaron a las mujeres con ojos
equívocos.

—¡Ora! —dijo una de ellas quitándose con violencia la mano del
hombre que había caído insolente sobre su escote.

—¿Te vas a hacer la delicada? —exclamó el soldado mirándola
con una rabia súbita.

—¡Fíjate que sí! —y la mujer se levantó con desgano y se alejó
del hombre moviendo las caderas. Su amiga la imitó y las dos enca-
ramadas en sus tacones altos bajaron la cuesta con precaución.

Arriba quedaron ellos despechados, mirándolas irse entre las
piedras. Lejanas les llegaron las risas burlonas de las dos mujeres.

—¡Par de putas! —exclamó el soldado escupiendo con ira la
hierba que mascaba.

Hostigado por el calor, pálido y con la camisa sucia, Martín Moncada caminaba de prisa por mis calles. Lo seguían sus criados y algu-

nos sirvientes de su hermana Matilde. «Vengo de enterrar a Juan... Vengo de enterrar a Juanito...», se repetía el señor a cada paso, como si tratara de convencerse de que era real la diligencia que acababa de cumplir. Mis casas rosas y blancas se fundían en la luz radiante de la mañana y Martín las miraba sin verlas, como si ya solo fueran un montón de polvo brillante que se esfuma en el aire caliente de la mañana. Él mismo era un montón de ruinas y sus pies caminaban desprendidos del resto de su cuerpo. «Vengo de enterrar a Juan... Vengo de enterrar a Juanito...». La cara sorprendida de su hijo se le aparecía hundiéndose poco a poco en una tierra negra como se hunde una hoja en el agua. La certeza de la mala calidad de la tierra del cementerio y el recuerdo del féretro negro le vaciaba el cuerpo de toda sensación.

No era él, no era Martín Moncada el que caminaba las calles de Ixtepec. Había perdido la memoria de sí mismo, y era un personaje desconocido que perdía los miembros de su cuerpo en las esquinas derruidas de un pueblo en ruinas. Pasó de largo frente al portón de su casa.

—Aquí es, señor...

Félix tomó a su amo por el brazo y con suavidad lo introdujo en su casa. Tras él, se cerraba solemnemente la puerta, se cerraba para siempre. Nunca más volvimos a verlo por mis calles.

A la misma hora en que se cerró la puerta de los Moncada, el general Francisco Rosas empezó el interrogatorio de los presos.

El sol entraba alegre en su despacho iluminando los cálices y los misales encontrados en casa de Dorotea. En la habitación contigua estaban las armas y los carteles cristeros hallados en las casas de los invitados. Francisco Rosas, enfundado en su uniforme de gabardina clara, fumaba distraído mientras Corona ordenaba los papeles de su escritorio y el taquígrafo afilaba las puntas de los lápices. Estaba preocupado. El triunfo no le había producido la alegría que esperaba. La presencia de Isabel en su cuarto había arruinado el éxito. Francisco Rosas se acercó al balcón, miró la plaza y buscó con los ojos el hotel, situado enfrente de la Comandancia Militar. «Allí está», se dijo con rencor. ¿Por qué se había ido con él? Cuando la llamó en los portales y se la llevó a su cuarto a sabiendas de que Juan estaba muerto y Nicolás en la cárcel de la guarnición, pensó en el triunfo total sobre Ixtepec. Ni siquiera sabía cómo era la joven que caminaba junto a él a medianoche. Al entrar a su cuarto y mirarla de cerca, le molestaron sus ojos obstinados y su traje rojo. A él le gustaban las mujeres suaves, envueltas en colores claros. La silueta rosada de Julia se interpuso entre él y la joven que lo miraba rencorosa, adivinando sus pensamientos. Aturdido, su primer movimiento había sido decirle: «Vete, vete a tu casa», pero se contuvo. Quería saber y hacer saber a Ixtepec que en Ixtepec solo contaba la voluntad del general Francisco Rosas. ¿Acaso no se reían de él desde hacía meses? Todos habían sido cómplices de Felipe Hurtado. Cogió una botella de *cognac* y bebió con generosidad; luego se volvió a Isabel que esperaba muda y de pie en el medio del cuarto. «Ahora van a saber que lleno mi cama con la que más les duele», se dijo.

—¡Desvístete! —ordenó sin mirarla.

Isabel obedeció sin replicar y Rosas, intimidado, apagó el quinqué de un soplo; en la cama se encontró con un cuerpo extraño que le obedecía sin decir una palabra. La luz de la mañana lo encontró desamparado. A su lado, Isabel dormía o fingía dormir. Rosas se escabulló de la cama y se afeitó tratando de no hacer ruido. Quería salir de la habitación que se le había vuelto asfixiante. Cuando Leonardo se presentó con el café caliente, el general se llevó un dedo a los labios en señal de silencio, bebió el café de prisa y salió de su cuarto. Lo reconfortó el aire de la mañana perfumado de magnolias. No volvió al hotel en todo el día. Por la noche su asistente fue a buscarle ropa limpia, se la trajo a su despacho y allí se cambió. Estaba de mal humor. Había tenido que bañarse junto al pozo, pues en el curato no había baño. «¡Estos curas retrógrados!», se había dicho mientras el agua helada del pozo resbalaba sobre sus espaldas. Después, más risueño, se fue con sus ayudantes a cerrar la fiesta de doña Carmen. Volvió al hotel muy tarde y se encontró con los ojos obstinados de Isabel. Había tratado de imaginar que no era ella la que lo esperaba sino la otra, y desconsolado apagó la luz y se metió en la cama. La joven lo imitó y el cuarto se llenó de lianas y de hojas carnosas. No quedaba lugar para él, ni para su pasado, se ahogaba... «Ocupa todo el cuarto», se dijo, y en ese momento se dio cuenta de que había cometido un error irreparable.

El coronel Corona y el taquígrafo esperaban sus órdenes. Rosas siguió mirando hacia el hotel. «¡Allí está!», se repitió con violencia. «Al volver le diré que se vaya, y si se opone yo mismo la sacaré a la calle... ¡Repudiada!». La palabra lo hizo sonreír. Imaginó las caras alarmadas de los vecinos ante su nuevo escándalo, y los ojos obstinados de Isabel le volvieron a la memoria. No era ella la que podía sustituir a Julia. El nombre de su amante lo llevó a un pasado de vainilla. La dulzura de la piel de Julia se presentó aguda en las yemas de sus dedos y oyó su voz llamándolo. Asustado por el recuerdo, se volvió hacia Corona.

—¡Que pase el primero de esos pendejos! —dijo al mismo tiempo que se prometía lleno de ira: «Llegando al hotel, la saco...». Los detenidos pasaron uno por uno ante su presencia. Cuando llegó el turno del padre Beltrán, el general sonrió. La vista del sacerdote luciendo la levita y el pantalón rayado del loco le produjo alegría.

—Sí, señor, se le dará ropa interior limpia, pero seguirá usted vestido como está. Es una prueba...

El sacerdote no contestó. Rojo de ira, firmó sus declaraciones y salió del despacho de Rosas sin despedirse.

Entró Juan Cariño. Francisco Rosas, tratándolo con deferencia, se puso de pie y lo escuchó como si realmente fuera el presidente de la república. El loco pareció satisfecho, pero al oír que tendría que asistir al juicio vestido con la sotana del sacerdote, estalló en cólera:

—¿El general ignora que desde 1857 existe la separación entre la Iglesia y el Estado?

—No, señor, no lo ignoro —contestó humildemente el general.

—Entonces, ¿cómo se atreve a volver permanente este fortuito cambio de investiduras? ¡Quiero hacer constar mi protesta por este nuevo atropello! —Y Juan Cariño ordenó al taquígrafo que hiciera valer su protesta y la mala fe de su adversario el usurpador Francisco Rosas. Cuando el loco abandonó el despacho del militar, este dejó de reír al saber que era Nicolás Moncada el que entraba a prestar su declaración. En presencia del joven, el general quedó pensativo: Nicolás se parecía demasiado a su hermana.

—¡Me voy...! Corona, continúe usted el interrogatorio —dijo poniéndose de pie y salió a la calle sin saber a dónde dirigir sus pasos. Dio varias vueltas a la plaza y se volvió a la Comandancia Militar. Uno de sus asistentes fue al hotel a buscarle la comida y Francisco Rosas comió en su cuarto alejado del ir y venir de los militares. Corona entró a tomar el café con su jefe.

—¿Qué dijo? —preguntó Rosas preocupado y evitando nombrar al hermano de Isabel.

—¡Todo! —respondió Corona satisfecho.

—¿Sabe la suerte de sus hermanos?

—Me parece que sí, pero es muy hombrecito.

—¡Todas las mujeres son unas putas! —sentenció Rosas con ira. Corona aceptó la afirmación de su jefe.

—¡Todas...! —y dio una larga chupada a su cigarro.

DIEZ

POR LA TARDE SE ABRIERON LOS COMERCIOS Y LOS VECINOS SALIERON A reconocer el pueblo, alegres de estar otra vez al sol y de encontrar otra vez a los amigos. Por la noche Ixtepec hervía de rumores; los decires llegaron a los pueblos vecinos acuñados en una frase: «Hay sublevación en Ixtepec», y los arrieros no bajaron el sábado. Pasamos un domingo vacío. Las gentes rondaban el hotel para ver a través de las ventanas a Isabel, la hija ingrata, pero la joven se ocultó detrás de sus persianas cerradas; los presos seguían incomunicados en la Comandancia Militar y en vano pasamos muchas veces frente a su puerta: los soldados se negaron a darnos ninguna noticia sobre ellos. El lunes se pegaron bandos en los cuales se acusaba a los detenidos de sedición, traición a la patria y asesinato; los firmaban los nombres conocidos del general, el presidente municipal y un personaje de nombre riguroso: Sufragio Efectivo, No Reelección.

Así volvimos a los días oscuros. El juego de la muerte se jugaba con minuciosidad: vecinos y militares no hacían sino urdir muertes e intrigas. Yo miraba sus idas y venidas con tristeza. Hubiera querido llevarlos a pasear por mi memoria para que vieran a las generaciones ya muertas: nada quedaba de sus lágrimas y duelos. Extraviados en sí mismos, ignoraban que una vida no basta para descubrir los infinitos sabores de la menta, las luces de una noche o la multitud de colores de que están hechos los colores. Una generación sucede a la otra, y cada una repite los actos de la anterior. Solo un instante antes de morir descubren que era posible soñar y dibujar el mundo a su manera, para luego despertar y empezar un dibujo diferente. Y descubren también que hubo un tiempo en que pudieron poseer el viaje inmóvil de los árboles y la navegación de las estrellas, y recuerdan el lenguaje cifrado de los animales y las ciudades abiertas en el aire por los pájaros. Durante unos segundos vuelven a las horas que guardan su infancia y el olor de las hierbas, pero ya es tarde y tienen que decir adiós y descubren que en un rincón

está su vida esperándoles y sus ojos se abren al paisaje sombrío de sus disputas y sus crímenes y se van asombradas del dibujo que hicieron con sus años. Y vienen otras generaciones a repetir sus mismos gestos y su mismo asombro final. Y así las seguiré viendo a través de los siglos, hasta el día en que no sea ni siquiera un montón de polvo y los hombres que pasen por aquí no tengan ni memoria de que fui Ixtepec.

La fiesta de doña Carmen rompió para siempre el hechizo del Hotel Jardín y sus habitantes dejaron de enamorarnos. Isabel había entrado al corazón del enigma. Estaba allí para vencer a los extranjeros, tan vulnerables como cualquiera de nosotros, o bien para decidir nuestra derrota. Su nombre borró al recuerdo de Julia y su figura escondida detrás de las persianas se convirtió en el único enigma de Ixtepec. El grupo de los militares y sus queridas antes intacto se deshizo. Los soldados aburridos hablaban con desprecio de sus jefes y de sus mujeres.

—¿Qué tanto les cuidan a estas güilas?

Y miraban con despego las idas y venidas de las jóvenes. Las amantes ya no eran envidiables. La invisible presencia de Isabel empequeñecía a las demás y las convertía en comparsas de un drama en el que no querían participar; sabían que «ella» estaba allí y eso les quitaba las ganas de peinarse, andaban descuidadas, con las bocas sin pintar y los ojos opacos.

—¡Cuánto pecado, cuánto pecado! —repetían.

¿Por qué Isabel estaba con el general sabiendo la suerte de sus hermanos? La joven les producía miedo. Asustadas, esquivaban un encuentro con ella. Isabel no hablaba con nadie. Recluida en su habitación, solo al oscurecer cruzaba el corredor y se encerraba en el cuarto de baño. Los criados oían correr el agua de la ducha y las queridas espiaban su salida para verla de lejos. La joven se sentía observada y evitaba con frialdad cualquier contacto con los habitantes del hotel. Comía sola y esperaba sombría la entrada de Francisco Rosas. El general volvía al amanecer y la encontraba despierta, sentada en una silla como si estuviera de visita, cada vez más pálida en su traje rojo. Le molestaba la joven y el color de su vestido, pero nunca se le ocurrió hacerle regalos como a Julia y el traje de fiesta con el que Isabel llegó al hotel era el único que se le conocía. Fue Gregoria la primera que se acercó a la joven; su soledad le daba pena.

Gregoria le habló en el idioma dulce de las criadas viejas, tan conocido de Isabel, y así se estableció una amistad entre la anciana sirvienta y la nueva querida de Francisco Rosas. Isabel le pedía pequeños servicios, como comprarle algunas prendas interiores de vestir que necesitaba con urgencia. Al oscurecer Gregoria entraba a su cuarto con los modestos paquetes y las noticias de Ixtepec, la acompañaba al baño, le secaba la espalda, le cepillaba los cabellos y le regalaba palabras de afecto. Isabel se dejaba hacer y la escuchaba sumisa.

—¿Qué dice? —preguntaba Rafaela a la sirvienta.

—Nada, no tiene remordimientos.

—¿Sabe la muerte de su hermano Juan?

—Sí, yo se la dije y se quedó muy calladita.

—Lo peor es que el general no la quiere.

—A la única que quiere es a la difunta Julia —sentenció Gregoria. Y era verdad. La presencia de Isabel volvía intolerable la ausencia de Julia. Su sombra ligera se esfumaba, expulsada por la voz y el cuerpo de su nueva querida. Por las noches, antes de entrar a su cuarto, se prometía: «Ahora le digo que se vaya». Luego, frente a ella, una especie de piedad avergonzada le impedía echarla a la calle y enfurecido con lo que él llamaba «su debilidad» apagaba la luz de mal talante y se metía en la cama sin dirigirle la palabra. La juzgaba mal. ¿Cómo era posible que una joven decente estuviera en su cama después de lo que había ocurrido en su familia? Francisco Rosas trataba de adivinar lo que pasaba adentro de Isabel, pero no entendía ni la frente cargada ni los ojos sombríos de su nueva querida. Tampoco entendía las conversaciones indecisas sostenidas con ella. «Jamás me arrepentiré bastante de haberla llamado en los portales».

—¡Duérmete! ¡Duérmete! —repetía en las noches al encontrarla sentada mirando el baile de las sombras proyectadas en el muro por la luz del quinqué. Isabel, sin decir una palabra, se desnudaba y se metía en la cama para mirar con fijeza al techo de la habitación.

—¿Qué cavilas? —preguntó Rosas una noche, asustado por los ojos de Isabel. Es malo pensar... Muy malo —agregó.

Él no quería pensar. ¿Para qué? Todos los pensamientos lo llevaban al esfuerzo que debía hacer en las noches para compartir un lecho rodeado de sombras.

—No pienso, oigo un chorrito de arena que cae adentro de mi cabeza y que me está cubriendo toda...

—Eres peor que Antonia... Me das miedo —contestó el hombre impaciente y se preparó a quitarse las botas mientras miraba de reojo a la joven que parecía, en efecto, estar cubierta de polvo.

—Dime algo... —pidió Isabel volviendo los ojos hacia él.

—No puedo... —respondió Rosas, y recordó la entrevista que había tenido ese día con Nicolás; los dos hermanos lo habían mirado con los mismos ojos. «Ya no quiero estar bajo estos ojos». No era justo tener el mismo par de ojos mirándolo de día y de noche. Sopló a la luz. No quería dejarse ver desnudo por esos ojos que lo observaban desde un rincón desconocido. Se metió en la cama y se sintió extraño entre las sábanas. Procuró quedarse lejos del cuerpo de Isabel.

—Hay un muro que tapa mi casa y a mis hermanos...

—Duérmete —suplicó Rosas, espantado por la palabra hermanos.

Por el enrejado de la puerta se veía alta y clarísima la noche.

Las estrellas brillaban solitarias; Francisco Rosas las miró con nostalgia y recordó el tiempo en que bajaban a su cama y corrían por el cuerpo de Julia luminoso y frío como un arroyo. Isabel las miró también. En otros tiempos la habían llevado al sueño de su casa. Trató de imaginar cómo era su otra casa, su otra vida, su otro sueño, y se encontró con su memoria olvidada.

—Francisco, tenemos dos memorias... Yo antes vivía en las dos y ahora solo vivo en la que me recuerda lo que va a suceder. También Nicolás está dentro de la memoria del futuro...

Francisco Rosas se incorporó violentamente en la cama: no quería oír ni el nombre de Nicolás ni las palabras insensatas de su hermana.

Él era hombre de una sola memoria, la de Julia, y los Moncada querían alejarlo de ella y hundirlo en las tinieblas anteriores a su amante. Había caído en una trampa, y tuvo lástima al sentirse tan perseguido por la suerte.

—Duérmete —volvió a ordenar en voz muy baja.

El amanecer los sorprendió despiertos. Leonardo, cuando les trajo el desayuno, los vio pálidos y ajenos, girando en órbitas distintas. El criado depositó la bandeja sobre la mesita y luego, como era ya costumbre, pasó a ver a Rafaela.

—No durmieron.

—¿Estuvieron cavilando?

—Sí, andan huyendo —afirmó Leonardo.

Rafaela entró pensativa en su cuarto y miró con frialdad al teniente coronel Cruz. Su hermana Rosa todavía dormía.

—¿Ven, mis amores? ¿Ven cómo no las engañé? No fui a la fiesta. Me fui a agarrar al curita y a los Moncada que se nos andaban escapando —había anunciado Cruz a sus queridas cuando al día siguiente de la fiesta de doña Carmen regresó a su cuarto del hotel.

—¿No me felicitan? —preguntó al ver que las hermanas guardaban silencio.

—No, más te valiera haber ido a la fiesta —contestó Rosa.

—¿Qué dices? —gritó Cruz.

—Que más te valiera bailar que perseguir a un pobre padre.

Cruz se echó a reír. No entendía a las mujeres pero sabía que la risa era la mejor manera de vencer las cóleras y los caprichos de sus amantes. Las jóvenes siempre cedían a la alegría, pero esta vez lo miraron con ojos que le mataron la risa en la garganta.

—Vengan, mis amores... —Y alargó la mano para acariciarlas.

—No nos toques, siembradesgracias. —Y las hermanas se retiraron a un rincón dejando a Cruz con la caricia en el aire.

—No se pongan rejegas... Estoy muy cansado —gimió el militar.

Las jóvenes no contestaron. Al ver sus ojos enojados agregó sumiso:

—Voy a bañarme —y salió de la habitación. No había dormido y se sentía atontado por la falta de sueño y las emociones sufridas en la cacería del padre Beltrán y de los hermanos Moncada. «Más tarde las contento», se dijo al sentir el beneficio del agua fría, y sonrió malicioso al pensar cómo las contentaría. No podía quejarse de nada; su vida estaba hecha de delicias: los días rodaban muelles y las noches eran amables. Se secó con ligereza: quería estar otra vez cerca de sus niñas. Pero las niñas continuaron ariscas y los días pasaron sin que el teniente coronel las hiciera sonreír. Entonces su vida se volvió melancólica y sus noches solitarias y tristes.

Las gemelas, sin consultarlo, se instalaron en una de las camas y lo obligaron a dormir solo en la otra; apesadumbrado, las veía arrodillarse y rezar largo rato antes de apagar la luz. «Qué bonitas están», y con los ojos acariciaba sus cuerpos apenas cubiertos con las camisas de dormir.

—Esas son las cosas que hacen los curas. Volver desgraciadas a dos mujeres que nacieron para el goce —les dijo una noche en que su cama vacía se le volvía particularmente insoportable.

—Blasfemo...

El teniente coronel se levantó y se acercó humildemente a las jóvenes: era demasiado cruel verlas medio desnudas y no poderlas tocar.

—Déjenme que les haga un cariñito —suplicó.

—No, nunca más la vida será como antes.

—Díganme qué quieren; yo siempre les cumplí los caprichos —volvió a suplicar el hombre.

Las hermanas interrumpieron los rezos, se sentaron en la cama y lo miraron con seriedad. Cruz se sintió aliviado al ver que se disponían a hablar con él. Las escucharía atentamente y luego dormiría con ellas. Entonces les miró la piel acanelada y sintió que toda su tristeza se esfumaría en cuanto sus dedos corrieran libres sobre sus cuerpos.

—¿Qué queremos...? Que dejes libre al padre Beltrán.

—¿Que lo deje libre? —gritó Cruz, asustado.

—Sí, que le protejas la fuga. Entonces todo será como antes.

—No me pidan eso, mis niñas —suplicó Cruz.

—Pues entonces, vete a tu cama —ordenó Rafaela.

—No puedo dormir, déjenme que les haga un cariñito —dijo angustiado.

Rosa se estiró como un gato y se deslizó debajo de la sábana; su hermana la imitó, y las dos se abrazaron dispuestas a dormir. Él quedó fuera de aquel paraíso de cuerpos enlazados y se volvió cabizbajo a su cama desde donde oía respirar a las hermanas. Melancólico, hundió la cabeza en la almohada. Estaba en un mundo hostil, un mundo que existía fuera de él, con una voluntad y unos deseos distintos de los suyos. Cerró los ojos y trató de imaginar cómo sería alguien que no fuera él, cómo serían Rosa y Rafaela. «Ni siquiera sé si ellas gozan del mismo placer que yo», se dijo apesadumbrado y cuando ya la luz de la mañana atravesaba las rendijas de la puerta. Después, tal como Rafaela se lo había prometido, nunca más su vida volvió a ser la de antes.

Acompañada de su hijo Rodolfito, doña Lola Goríbar llegó a la puerta de los Moncada a dar el pésame por la muerte de Juan.

La sorprendió la luz singular, la soledad y el silencio que rodeaba la casa más bulliciosa de Ixtepec. Se sintió oprimida e indecisa, llamó con la argolla de bronce y mientras esperaba revisó los pliegues de su manto de luto y el traje negro de Rodolfo. Nunca se felicitaría lo bastante por haber rehusado la invitación de Carmen B. de Arrieta. Su instinto le dijo que había algo peligroso en la fiesta para el general. «No te fíes, no te fíes», le había dicho a su hijo, y juntos espiaron detrás de los visillos el desastre que siguió a la música y a los cohetes.

—¿No te decía yo? —dijo, mientras esperaba en la acera frente a la puerta silenciosa que atestiguaba la magnitud de la catástrofe ocurrida.

—Están locos... —contestó su hijo sobrecogido por el secreto que parecía esconderse detrás de los muros y el portón de los Moncada.

Desde la acera de enfrente algunos curiosos los miraban asombrados. De la casa no llegaba ningún ruido. «¿Para qué habremos venido?», se preguntaron los Goríbar. La casa parecía peligrosa con sus ventanas cerradas y sus muros inmóviles. Hacía apenas unas horas que habían enterrado a Juan y todavía no se podía prever el alcance de la aventura que habían emprendido los Moncada y sus amigos. La señora se volvió a su hijo.

—Vámonos... No abren...

Era más prudente alejarse de esos contornos; Rodolfito asintió. El gesto de la calle y la altura de la casa lo intranquilizó. Tomó a su madre por el brazo, dispuesto a alejarse de allí, cuando el portón se entreabrió sigiloso, como si temiera dejar escapar su secreto, y apareció la cabeza solemne de Félix.

—Los señores no reciben a nadie.

Rodolfito y su madre miraron desconcertados sus ropas de luto. ¿Y para eso habían deliberado tantas horas sobre la conveniencia de ir a presentar sus condolencias?

—Con permiso... —dijo Félix, ignorando la pompa fúnebre de los Goríbar, y volvió a cerrar el portón apenas entreabierto. El gesto del criado les pareció una afrenta.

—Tienen vergüenza de Isabel —comentó la señora. Los vecinos la vieron alejarse apoyada en el brazo de su hijo sin haber presenciado por dentro la derrota de la familia Moncada, que para ella, según lo proclamó muchas veces, era la vergüenza de Ixtepec.

Los días pasaron del lunes al domingo y la casa siguió inmóvil y cerrada. Los criados iban al mercado, encontraban las frutas y los puestos renovados y continuaban en su silencio imperturbable. Los vecinos se acercaban a decirles buenos días y ellos se alejaban desdeñosos, sin querer compartir su invariable secreto. Era inútil que los amigos llamaran a la argolla de bronce; la respuesta que llegaba a través del portón apenas entreabierto era siempre la misma: «Los señores no reciben a nadie». Doña Matilde, que no iba nunca a visitarlos, se comunicaba con su hermano a través de los criados.

Encerrada en su casa, esperaba que el orden se restableciera para que Joaquín y los niños volvieran a sus casas, no aceptaba lo que sucedía en su familia. «Están de viaje», se decía una y otra vez hasta convencerse de que Joaquín se había ido a pasear a México con sus sobrinos. Por las tardes estudiaba con fervor los programas de los espectáculos en las páginas de los diarios e imaginaba las películas y los restaurantes que retenían a sus sobrinos y a su marido en la capital. Doña Elvira, en cambio, aceptaba paciente un día tras otro que la puerta de los Moncada se cerrara sobre sus palabras amistosas: «Yo tengo la culpa de todo...». Había perdido su buen humor y el espejo le devolvía la imagen de la tragedia en las bolsas oscuras que se habían formado debajo de sus ojos.

—¡Pobre Isabel! —suspiró una mañana acercándose al oído de la desconfiada sirvienta que le cerraba el paso de la casa de sus amigos.

—Sí, pobrecita niña... La culpa la tiene Julia.

—Siempre supe que esa mujer era una fuente de desdichas —respondió la señora esperanzada, al ver que la sirvienta se disponía a entablar un diálogo con ella.

—Me voy —cortó bruscamente la mujer.

—Dile a Ana que cuente conmigo...

—¡Hum! Si la viera usted... —suspiró la mujer y cerró la puerta con suavidad.

El comentario de la sirvienta la dejó atontada. ¿Cómo estaría Ana? Se alejó de prisa seguida por algunos curiosos que trataban de leer en su rostro las noticias escapadas por la rendija del portón de los Moncada. Ella los miró con enojo; no les diría nada, le molestaba la curiosidad; además estaba abatida y sin humor para hablar con esas gentes de ojos hambrientos que la seguían con disimulo. «Nunca se sabe quién nos va a traicionar». Alguien debió decirle a Rosas lo que ocultaba la fiesta y su delación había provocado el duelo que nos embargaba. Apretó el paso. Tenía que visitar a los niños de Carmen que se habían quedado solos en manos de los criados. «¡Ah!, si pudiera encontrar al traidor lo mataría con mis propias manos...». Enrojeció de ira. Ella era la única que había salido bien librada de la aventura. Sus amigos podrían dudar de su lealtad. El miedo de saberse inocente y sentirse culpable enfrente de los demás le impedía dormir. «¡Tengo que encontrar al traidor!». Se cruzó con varios conocidos y pasó sin mirarlos, absorta en sus cavilaciones.

—¡Qué raros son los niños! ¡Si vieras, no se acuerdan de Carmen!

La señora tomó su servilleta en la que brillaban sus iniciales bordadas, y miró a su hija, sentada frente a ella, que parecía no escucharla. Después de su vuelta por el pueblo sentía alivio al hallarse de nuevo en su casa, lejos de las miradas y los comentarios curiosos de la calle. Volver y encontrar la alegría de sus pájaros y plantas la consoló de su desdicha callejera.

—Digo que los niños son muy raros...

«No está de humor», se dijo al ver la cara desganada de Conchita y esperó la aparición de Inés trayendo la comida.

La caminata le había abierto el apetito. Era una vergüenza tener hambre cuando sus amigos estaban en la cárcel y el pobrecito Juan muerto antes de cumplir los diecinueve años... Pero así era ella: ¡una golosa! Miró el sol radiante que iluminaba sus objetos de cristal y sus jarras de plata y se sintió reconfortada por la belleza del comedor. «Ya estaría de Dios que les tocara a los Moncada...». Entró Inés con la bandeja, su traje lila, sus pies descalzos y sus trenzas negras que flotaban en la luz dorada de la una de la tarde. La señora buscó los ojos rasgados de la india y le sonrió agradecida.

Conchita se dejó servir sin levantar la vista del plato. La criada bajó los párpados y salió de la habitación con ligereza.

—Mamá, Inés está de novia con el sargento Illescas, el asistente de Corona...

—¿Qué dices? —gritó doña Elvira dejando caer su tenedor sobre el plato.

—Que Inés es la novia del sargento Illescas —repitió Conchita marcando las sílabas.

La señora oyó las palabras de su hija y la miró con ojos estúpidos; los balcones se oscurecieron y sobre la mesa brilló peligrosamente la jarra de plata: estaba segura de que le habían envenenado el agua.

—¿Sabes lo que eso quiere decir? —preguntó la joven mirando con severidad a su madre—. Yo sí lo sé —agregó con crueldad, y comió con parsimonia uno de los rábanos que adornaban las chalupitas mientras su madre seguía inmovilizada por el terror—. No busques más, de aquí salió el soplo —insistió la hija después de un largo silencio.

La señora levantó los ojos y se preparó a decir algo terrible pero en ese momento la bella Inés volvió a aparecer llevando con reverencia la bandeja brillante como si en ella estuviera el corazón de un sacrificado. Doña Elvira se tapó la cara con las manos y Conchita, impasible, se dejó servir.

—Estamos vendidas... —dijo la señora cuando Inés desapareció detrás de la puerta.

—No la podemos echar —contestó Conchita lacónica.

—¡No...! ¿Te imaginas las represalias? ¡Estos indios son traidores...!

—¡Chist! —le dijo su hija llevándose un dedo a la boca en señal de silencio. La señora obedeció y un tropel de temores informes la hizo casi perder el conocimiento. No cabía duda, la traición había salido de su casa y ella era incapaz de limpiar su honor y de vengar a sus amigos. Allí estaba la maldita entrando y saliendo del comedor y riéndose de su desdicha. Ahora que había logrado un permiso para visitar a Carmen en la cárcel, no podía ir a verla. ¿Quién iba a decirle que la traición venía de su casa?

—¡Aquí hablamos mucho...! ¡Mucho...! —gritó exasperada.

Recordó con claridad las conversaciones con su hija y la libertad con la que había explicado los detalles del «plan» sin cuidarse de quién escuchaba sus palabras.

—Cuánta razón tenía tu padre... ¡Cuánta...! En boca cerrada no entra mosca.

Y doña Elvira postrada se retiró a su habitación. El jueves no se presentó en la cárcel a visitar a su amiga: uno de sus criados llevó un recado diciendo que la señora estaba enferma. Elvira Montúfar padecía un ataque de terror.

—Son males de viuda —decían los sirvientes, burlones.

—Tiene miedo... —aseguraba Inés, preparándose para salir al encuentro de su amante, el sargento Illescas.

ONCE

¿DE DÓNDE LLEGAN LAS FECHAS Y A DÓNDE VAN? VIAJAN UN AÑO ENTERO
y con la precisión de una saeta se clavan en el día señalado, nos
muestran un pasado, presente en el espacio, nos deslumbran y se
apagan. Se levantan puntuales de un tiempo invisible y en un instante recuperamos el fragmento de un gesto, la torre de una ciudad
olvidada, las frases de los héroes disecadas en los libros o el asombro de la mañana del bautizo cuando nos dieron nombre.

Basta decir la magia de una cifra para entrar en un espacio inme-
diato que habíamos olvidado. El primero de octubre es para siempre
en mi memoria el día que empezó el juicio de los invitados. Al decir-
lo ya no estoy sentado en esta aparente piedra, estoy abajo, entrando
despacio en la plaza, en los pasos de mis gentes que desde muy temprano se encaminaron allí para seguir la suerte de los acusados. El
juicio ocurría adentro de la Comandancia Militar y sin embargo nosotros seguíamos paso a paso las palabras y los gestos que sucedían
a puerta cerrada. El general pasó junto a nosotros mirando las copas
de los árboles; en este momento me llega la frescura de su agua de
colonia y su mirada vacía de ramas y de hojas. Seguíamos bajo su
sombra inmóvil que repetía el mismo crimen una y otra vez con la
precisión minuciosa de un maniático. En su tiempo inmóvil los árboles no cambiaban de hojas, las estrellas estaban fijas, los verbos ir

o venir eran el mismo, Francisco Rosas detenía la corriente amorosa que hace y deshace las palabras y los hechos y nos guardaba en su infierno circular. Los Moncada habían querido huir para hallar el ir y venir de las estrellas y de las mareas, el tiempo luminoso que gira alrededor del sol, el espacio donde las distancias están al alcance de la mano; habían querido escapar al día único y sangriento de Ixtepec, pero Rosas abolió la puerta que nos lleva a la memoria del espacio y rencoroso los culpó de las sombras inmóviles que él había acumulado sobre nosotros. El general solo sabía de la existencia de unas calles, y a fuerza de creer en ellas se le volvían irreales y solo las tocaba persiguiendo a las sombras que hallaba en sus esquinas. Su mundo fijo nos lo cobraba en crímenes.

—Viene de dormir con la hermana —murmuraron rencorosas las mujeres.

—¡Viva Nicolás Moncada! —gritó alguien entre la gente.

—¡Viva Nicolás Moncada! —contestaron muchas voces.

Francisco Rosas sonrió al escuchar los gritos, entró al curato y un cordón de soldados rodeó el edificio. Vinieron después más militares con cartapacios y caras preocupadas.

—¡Újule! ¡Ahí van los abogados! —gritó una voz burlona, y nosotros la coreamos con risas. ¡Los abogados...! ¿Y a quién van a juzgar? Esperamos la respuesta consabida: a los traidores a la patria. ¿Qué traición y qué patria? La patria en esos días llevaba el nombre doble de Calles Obregón. Cada seis años la patria cambia de apellido; nosotros, los hombres que esperamos en la plaza lo sabemos, y por eso esa mañana los abogados nos dieron tanta risa.

Llegaron las mujeres vendiendo chalupitas y aguas frescas; nosotros comemos antojitos, mientras los gobernantes patriotas nos fusilan.

Detrás de los barrotes de una ventana de su hotel, don Pepe Ocampo miraba lo que ocurría en la plaza. Algunos hombres se acercaron a su balcón.

—¡Dígale a Isabel que están juzgando a su hermano!

El hotelero los miró con desprecio y siguió buscando con los ojos la fachada lejana del curato.

—¿No le importa la suerte de su hermano?

—Un hombre se agarró a los barrotes de la reja y miró burlonamente al dueño del hotel.

—¡Alcahuete! —le gritaron muchas voces.

Al oír los gritos ofensivos don Pepe se metió de prisa y ordenó a sus sirvientes que cerraran las persianas de todos los balcones. El hotel quedó apartado de la algarabía de la calle sin presentar blanco a los gritos.

—¡Vamos a subirnos a las ramas de los tamarindos y a entrar por el tejado para sacar a Isabel y que vaya a pedir por la vida de su hermano!

—¡Vamos! —corearon docenas de voces.

—¡Viva Nicolás Moncada!

Con la presteza de los gatos los hombres se treparon a los árboles para alcanzar los tejados y entrar a los patios del hotel; otros trataron de forzar las puertas. Se produjo entonces una algarabía que corrió por todo Ixtepec. De la Comandancia Militar llegó la orden, que nadie obedeció, de desalojar la plaza. Las puertas del cuartel se abrieron y dieron paso a la caballería. Ante el empuje de los jinetes, la gente se dispersó lanzando gritos; sobre las piedras quedaron aplastados los sombreros de petate y entre los cascos de los caballos se enredaron algunos rebozos de mujeres. En el espacio luminoso de una mañana el proceso del padre Beltrán y sus amigos se convirtió en la causa de Nicolás Moncada. El joven nos hizo olvidar a la iglesia y a los otros enjuiciados. El padre, Joaquín, Juan Cariño, Charito, el doctor y su mujer pasaron a la categoría de las comparsas en la tragedia de la familia Moncada. Los ojos de Ixtepec se fijaron en Nicolás y sus frases y sus gestos atravesaron milagrosos las paredes del curato y llegaron a la plaza para correr de boca en boca. Sabíamos que el joven rehusaba la comida que Francisco Rosas hacía venir del hotel para los procesados y que no aceptaba la ropa limpia que le ofrecían los militares. Por la noche, en una cubeta que le llevaba uno de sus guardianes, lavaba su única camisa.

—¡Viva Nicolás Moncada! —gritaban mis calles y mis tejados. El grito se multiplicaba ahora, como antes se multiplicaba «¡Viva Cristo Rey!», y llegaba hasta la sala del jurado. Por la noche, acurrucado en su catre de campaña, Nicolás lo escuchaba melancólico mientras buscaba las frases y los gestos que emplearía al día siguiente delante de sus jueces. Se sabía en un callejón cuya sola salida era la muerte.

«Nos iremos de Ixtepec, nos iremos...», habían dicho él y sus hermanos desde niños. Juan era el primero que había encontrado la salida; cuando se acercó a verlo, estaba tirado boca arriba mirando para siempre a las estrellas. «¡Camine hijo de la chingada!», oyó que le decían mientras lo separaban de su hermano. «Me iré boca abajo para no llevarme nada de este pueblo que nos ha traicionado...» y no pudo llorar; asombrado por la fuga de su hermano, ni siquiera advirtió cuando los soldados le ataron las manos a la espalda. «Nos iremos de Ixtepec...». Los tres habían querido huir para volver después y abrir una corriente de frescura en el pueblo cerrado como un pudridero de cadáveres. Cerraron las rejas de la celda y él se quedó de pie indagando el paradero de Juan.

¿Por qué Juanito? En un abrir y cerrar de ojos se soltó de su mano y de la mano de Isabel y huyó a otros parajes. «Aquí la ilusión se paga con la vida» le dijo la voz de Felipe Hurtado desde la noche que entraba caliente en el sudor de los soldados. Vio llegar el día, y antes de ir a prestar su primera declaración, los guardianes le dijeron que Isabel había dormido con el general Francisco Rosas. «¡Que se muera ahora mismo!». La presencia de Rosas le impidió llorar. No veía la cara de Justo Corona haciéndole preguntas. «De la sangre de los inocentes brotan fuentes que lavan los pecados de los malos...». La voz de Dorotea repetía un cuento de su infancia, y en el despacho de Rosas la voz obtusa de Corona se convertía en palabras sin sentido. Y la fuente de sangre tirada en las piedras de Las Cruces y la fuente regada en el zaguán ¿a quién habían purificado? Ni siquiera a Isabel, encerrada en el Hotel Jardín. Su ira se convirtió en cansancio y su vida se redujo a un solo día viejo y harapiento. La traición de su hermana lo lanzaba a ese día de escombros y dentro de sus ruinas tenía que actuar como si viviera en los días enteros de sus jueces. Se obligó a ver con frialdad al general y trató de saber lo que había sucedido en su vida y en la de sus hermanos; la tarde que se fueron a Tetela para volver a Ixtepec, unos días después a recoger al padre Beltrán y a don Roque, los tres estaban tristes. Desganados se refugiaron bajo la sombra de Roma y de Cartago y allí platicaron por última vez.

—¿A ti te importa que el cura viva o muera? —preguntó Isabel.

—No —contestaron ellos.

—El que debería salvarlo es su amigo Rodolfito para que le siga bendiciendo las tierras que se roba...

Los muchachos se echaron a reír de la violencia de su hermana.

—¡Tonta! Es la puerta de huida.

«La puerta de huida» ahora se cerraba brutal en su última celda de la cárcel de Ixtepec. En aquel instante, bajo los árboles de su casa, creyeron que podían volver para romper la maldición de Francisco Rosas y así se lo dijeron. Luego, pensativos, tiraron piedritas a las filas de hormigas que huían de prisa llevando las hojas robadas a las acacias del jardín.

—¡Son ladronas las Franciscas...!

Y aquella última tarde, los tres se echaron a reír al oír a Nicolás bautizar a las hormigas con el nombre de Francisco Rosas.

—¿Crees que salgamos con bien? —preguntó él debajo de la sombra de Cartago.

—¡Quítate de Cartago, vente junto a Roma! —gritó Juan cruzando los dedos supersticioso y tocando la corteza del árbol de la victoria para ahuyentar la mala suerte del árbol de su hermana. Bajo las ramas de Roma hablaron con rencor de Ixtepec y recordaron las palabras y la cara regordeta de doña Elvira: «A veces la señal la dan los simples».

—Si pasa algo malo, Rodolfito hará un negocio —dijeron proféticos.

En las noches de la cárcel, la tarde y sus palabras le llegaban fragmentadas. «Si pasa algo malo...». Oyó la frase impregnada de olores y de sensaciones de un pasado remoto. Su pasado no era ya su pasado, el Nicolás que hablaba así era un personaje desprendido del Nicolás que lo recordaba desde la celda de la cárcel. No había continuidad entre los dos; el otro tenía una vida propia distinta de la suya; se había quedado en un espacio separado del espacio del Nicolás que lo recordaba con la precisión inapresable de los sueños. Él, como Isabel, tampoco recordaba con exactitud la forma de su casa ni los días que había pasado en ella; su casa ya solo era un montón de ruinas olvidadas en un pueblo polvoriento y sin historia. Su pasado era esta celda de Ixtepec y la presencia continua de los centinelas. Recordaba su futuro y su futuro era la muerte en un llano de Ixtepec. La traición de Isabel abolió la muerte milagrosa. Ya no darían el paso hacia el misterio. ¿Y Juan? Ahora sabía que Juan había muerto como iba a morir él: de cuerpo entero, sin Isabel, eran sus cabellos, sus ojos y sus pies los que morían en un horror inmóvil; se veía desde adentro, agusanándose como los cuerpos hinchados de los muertos que encontraban de niños tirados en los llanos de Ixtepec. No había escapado al crimen, no había escapado a la muerte del pueblo. Obstinado, trataba de imaginar lo que haría Isabel para encontrarse con ellos en ese futuro tan cercano como la puerta de su celda. «No puede quedarse aquí, no puede dejarnos aquí», y veía los llanos de su infancia infestados de muertos. «¡Nos iremos de Ixtepec, nos iremos!».

—Joven, usted no duerme —le dijo uno de los soldados que lo había oído llorar a medianoche.

—Estás loco, duermo muy bien —exclamó Nicolás fingiendo sorpresa. Su debilidad le pareció imperdonable y se encerró en un orgullo seco. Frente a sus jueces trató de ocultar su cansancio y el horror de hallarse tan solo en la sala que espiaba sus palabras y sus gestos.

—Sí señores, soy «cristero» y quería unirme a los alzados de Jalisco. Mi difunto hermano y yo compramos las armas.

Sus confesiones nos producían escalofríos. «Está juntando las balas para morir». Su decisión irritó a sus jueces. Querían justificar su juicio agobiándolo con pruebas, deseaban que se defendiera para probar su falta y matarlo como a un culpable, pero Nicolás quería morir por su propia mano.

—Nadie nos instigó. Isabel, Juan y yo planeamos y ejecutamos el plan sin los consejos de nadie, por nuestra propia voluntad.

Al oír el nombre de Isabel, dicho como si fuera propiedad del acusado, Corona se mordió los labios y se volvió a ver si Francisco Rosas estaba en la sala del juicio. Su ausencia lo tranquilizó.

«Se burla de ellos. Abacuc va a entrar a Ixtepec», nos dijimos convencidos de que el ejército que esperábamos entraría una de esas noches para salvarnos. Algunos creyeron leer en las palabras de Nicolás que la salvación nos vendría de Isabel. La joven no había entrado al hotel a traicionarnos. Estaba allí, como la diosa vengadora de la justicia, esperando el momento propicio.

—¡Ya no le griten! ¡Ella está allí porque allí debe estar!

—¡Desde niña fue muy hombrecito!

Y veíamos a Francisco Rosas con codicia. Él seguía cruzando la plaza a pie, ignorando a los vecinos que se reunían bajo los tamarindos a dar vivas al hermano de su querida; no asistía al juicio, se quedaba en un cuarto cercano jugando a los naipes y conversando con algunos de sus ayudantes mientras otros le traían las noticias de lo que sucedía en el jurado. Cuando le repetían que el joven insistía en declararse culpable, interrumpía el juego y se acercaba nerviosamente a la ventana para mirar a los partidarios de Moncada que llenaban la plaza. Parecía muy abatido. La voluntad de los hermanos lo llevaba a un terreno que desconocía: se sentía incapaz de juzgar a Nicolás y de dormir con su hermana, pero ya era tarde para que pudiera retomar camino. ¿Qué podía hacer? Asustado, entraba muy tarde en su habitación para encontrarse con Isabel. Su traje rojo brillaba abajo de sus ojos oscuros junto al quinqué.

—¡Apaga la luz!

Su voz se había deshabitado. Ya no encontraba las huellas de su pasado. Los Moncada le habían arrebatado a Julia. A oscuras se despojaba de sus botas y dudaba antes de entrar a la cama en donde solo hallaba el miedo de sí mismo. Andaba perdido, pisando noches y días desconocidos, guiado por las sombras que le habían echado los hermanos.

DOCE

EL 5 DE OCTUBRE SE DIJO EN IXTEPEC: «HOY LEEN LAS SENTENCIAS... HOY entra Abacuc... Hoy hace algo Isabel...». El día creció iluminado por esas frases, el cielo se volvió redondo y el sol brilló perfecto. Gozosos por la luz radiante nos fuimos a esperar a la plaza y a rondar los balcones del hotel. Vimos cómo salieron los militares muy temprano y se encaminaron de prisa hacia el curato. Parecían atemorizados. Confiados, comentamos su paso y comimos jícamas y cacahuates. El día desplegado sobre el valle parecía domingo, lleno de camisas rosa y alfajor de coco. Ocupamos las bancas de la plaza, hicimos grupos y nos desperezamos en el aire apacible de la mañana. Sobre las copas de los tamarindos las horas corrieron sin esfuerzo y las sombras le dieron la vuelta a los árboles. Al mediodía los cacahuates nos habían dado sed y los pies empezaban a impacientarse en la espera de Abacuc. Miramos hacia el portón y las ventanas cerradas del Hotel Jardín y el nombre de Isabel se cargó de violencia. Hacia las dos de la tarde las frases y la ira se fueron deshaciendo en el calor y el día dejó de ser domingo.

«¡El padre Beltrán condenado a muerte!». La sentencia cayó sobre la plaza con el furor estúpido de una roca abatiéndose sobre una choza. Nos miramos asustados y buscamos el lugar que ocupaba el sol. «No importa, todavía es temprano...». Aguzamos el oído en busca del galope de los caballos de Abacuc. Nos respondió el silencio. La sierra estaba lejos, quizá el calor los hacía caminar despacio, pero llegarían. No podían abandonarnos en ese día tan desgraciado. «¡El doctor Arístides Arrieta condenado a muerte!». Volvimos a esperar, sin palabras y sin amenazas, aquel galope que tardaba tantos años en llegar. «¡Joaquín Meléndez condenado a muerte!». ¿Y si Isabel nos traicionaba...? ¿Y si no llegaban los nuestros? ¿Y quiénes eran los nuestros si éramos unos huérfanos a quien nadie oía? Habíamos vivido tantos años en la espera que ya no teníamos otra memoria. «¡Nicolás Moncada condenado a muerte!». ¿También Nicolás debía morir? Nos volvimos a mirar las ventanas del Hotel Jardín, inmóvil y ajeno a nosotros. Parecía muy lejano con sus muros rosa y sus rejas negras. Era un extraño adentro de las calles de Ixtepec. Hacía mucho que se había convertido en enemigo y su presencia era un agravio a nuestras penas. Adentro estaba Isabel, otra extranjera. Las mujeres se pusieron a llorar; los hombres, con las manos en los bolsillos, dieron patadas en el polvo y miraron al cielo para disimular su congoja. «¡Rosario Cuéllar, cinco años de cárcel!». «¡Carmen B. de Arrieta, libre bajo fianza!». «¡Juan Cariño, libre por no gozar de sus facultades!». Todo había terminado de acuerdo con la voluntad de los extranjeros y nosotros no nos íbamos de la plaza. Seguíamos esperando.

El sol se incendió detrás de mis montes y los pájaros que viven en los tamarindos comenzaron su algarabía nocturna. En cualquier día de mi pasado o de mi futuro siempre hay las mismas luces, los mismos pájaros y la misma ira. Años van y años vienen y yo, Ixtepec, siempre esperando. Los militares salieron del curato, sacaron indiferentes sus pañuelos, se limpiaron el sudor y se fueron tranquilos al hotel. ¿A quién le importaba nuestra ira o nuestras lágrimas? No a ellos que se movían tan apacibles como si estuvieran solos. En silencio, las faldas moradas y las camisas rosas se fundieron en las sombras naranjas de la noche.

Si la memoria me devolviera todos los instantes contaría ahora cómo nos retiramos de la plaza y cómo cayó polvo sobre el pan caliente de Agustina y cómo esa tarde no hubo nadie que lo comiera. Diría también cómo fue la luz de duelo de esa noche y qué formas tuvieron sus árboles violetas, pero no lo recuerdo. Quizá la plaza se quedó vacía para siempre y solo Andrés, el peluquero, siguió bailando muy abrazado a su mujer. Tanto, que ella lloraba al compás de la música y nosotros mirábamos asombrados aquel abrazo. Pero el 5 de octubre no era domingo ni jueves y no hubo serenata ni Andrés bailó con su mujer. Solo hubo desidia y el nombre de Nicolás Moncada vagando cada vez en voz más baja. Queríamos olvidarlo, no saber nada de él ni de sus hermanos. Nos daba miedo recordarlo y saber que esa misma tarde habíamos renunciado a vivir adentro del paisaje de sus ojos. Ahora sentado en esta aparente piedra, me pregunto una y otra vez: ¿Qué será de ellos? ¿En qué se transformó la tierra que devoró nuestros ojos retratados en ellos?

Después de esta tarde llegó una mañana que ahora está aquí, en mi memoria, brillando sola y apartada de todas mis mañanas. El sol está tan bajo que todavía no lo veo y la frescura de la noche puebla los jardines y las plazas. Una hora más tarde alguien atraviesa mis calles para ir a la muerte y el mundo se queda fijo como en una tarjeta postal. Las gentes vuelven a decirse «buenos días», pero la frase se ha quedado vacía de sí misma, las mesas están avergonzadas y solo las últimas palabras del que se fue a morir se dicen y repiten y cada vez que se repiten resultan más extrañas y nadie las descifra.

Al amanecer de ese día señalado para los fusilamientos los vecinos salieron a la plaza y a las bocacalles a esperar el cortejo. Se había dicho que a las cuatro de la mañana sacarían a los presos y los llevarían al camposanto, el lugar escogido para la ejecución. La plaza estaba quieta, los almendros del atrio inmóviles, la gente callaba y miraba al suelo que empezaba a volverse ligeramente rosa. Ya todo estaba dicho.

En su cuarto Francisco Rosas con el torso desnudo se reconocía frente al espejo. Una cara extraña lo miraba desde el fondo del azogue. El general pasó la brocha de afeitar sobre la superficie del espejo para partir en dos la imagen que tenía frente a sí, pero el rostro, en lugar de deformarse y desaparecer como se descompone y desaparece un rostro reflejado en el agua, siguió mirándolo impasible. El espejo le devolvía una imagen desconocida de sí mismo: sus ojos amarillos eran manchas de aceite que lo miraban desde un mundo vegetal; la luz de la lámpara lo hacía surgir de un rincón sombrío en cuyo fondo brillaba impávida la cal. Se enjabonó nerviosamente las mejillas para disfrazar la cara que lo miraba y puso un interés minucioso en afeitarse.

Desde la cama, Isabel medio desnuda lo veía hacer.

—¿Por qué te levantas tan temprano?

Se sobresaltó. Las palabras de la joven lo sacaron del mundo cadavérico del espejo. Se cortó el labio superior y la espuma del jabón se volvió rosada como la crema de un helado de fresa. La cara grotesca del espejo lo miró.

—¡Qué preguntas haces! —contestó furioso.

—¿Es cierto lo que va a suceder?

Las palabras de Isabel entraron al espejo como injurias.

—Ya lo sabes... Ya lo sabías —respondió el hombre con brutalidad.

Isabel guardó silencio. Rosas se volvió al espejo para terminar de afeitarse, luego se vistió muy despacio, se hizo la corbata con esmero, eligió dos pañuelos que humedeció en agua de colonia y se los guardó preocupado en el bolsillo de atrás del pantalón. La joven, fascinada, seguía sus movimientos. La sombra alta de Francisco Rosas corría por las paredes imitando sus gestos; el ir y venir de sus botas sobre las losetas resonaba en la bóveda del cuarto. De la calle no llegaban ruidos. Aún no amanecía.

—Yo no tengo la culpa...

Los pasos se detuvieron un instante y el hombre se volvió a mirarla.

—Tampoco yo...

—Yo no soy la única culpable...

—¿Y cuál es mi culpa? ¿Haberte llamado esa noche en los portales? Tú ya te habías ofrecido. No me digas que eres inocente. Sabías lo que querías y me trajiste a tu infierno... ¿Me oyes? ¡A tu infierno...!

Y Francisco Rosas, lívido y amenazante, se acercó a la joven con el puño en alto, dispuesto a deshacerle el rostro a golpes. Los ojos de Isabel, ajenos a su cólera, lo detuvieron.

—Quiero ver a Nicolás. Él sabe que yo no inventé estas muertes...

—¡Cállate! No quiero oír nombrar más a los Moncada... ¡Nunca más...! Cuando bailaste conmigo lo sabías todo...

—Ya habías matado a Juan cuando me llamaste. —Isabel saltó y acercó su voz al rostro de Francisco Rosas. El general se dejó caer sobre una silla y se cogió la cabeza entre las manos. Era verdad que lo sabía y que solo por eso la había llamado en los portales. ¿Por qué lo hizo? Nunca lo sabría. Isabel se acercó a él y se inclinó sobre su oído.

—Quiero a Nicolás —ordenó en voz muy baja.

Francisco Rosas levantó los ojos y miró su cara de muchacho.

—Quiero a Nicolás —repitió la cara de Isabel cada vez más parecida a la cara de su hermano.

De afuera llegaron los pasos de los ayudantes acercándose a la puerta del cuarto de su jefe, ya listos para ir a los fusilamientos. Francisco Rosas los oyó llegar y le dio miedo que la joven los oyera. Se levantó, quitó el biombo que cubría la entrada y cerró la puerta. Isabel se precipitó sobre su traje rojo y empezó a vestirse. El general la tomó por los hombros.

—Isabel, óyeme, sí, sabía que tu hermano Juan estaba muerto...

La muchacha lo miró. Tiritaba como si tuviera mucho frío.

—Sí lo sabía —insistió Rosas.

—Por eso me llamaste. Siempre supe que lo harías...

—Yo no —dijo él, desalentado. Soltó a la joven y se refugió en un rincón del cuarto. De espaldas le llegó el estrépito del furor de Isabel que abría los cajones de la cómoda y revolvía la ropa, lanzando las camisas, los frascos y las corbatas al suelo mientras buscaba algo sin hallarlo.

—¿Qué buscas? —preguntó asustado.

—No sé... No sé lo que busco —dijo ella con un frasco en la mano y dándose cuenta de que no buscaba nada.

El general se acercó a ella, le quitó el frasco de la mano y luego lo dejó caer al suelo.

—No busques, no hay nada... Todavía no lo sabes, pero no hay absolutamente nada.

—¿Nada?

—Nada —repitió Francisco Rosas, seguro de su afirmación.

—Nada —repitió Isabel, mirando su traje rojo a medio abrochar.

El general se sintió aliviado. «Nada son cuatro letras que significan nada», y la nada era estar fuera de ese cuarto, de esa vida, era no volver a caminar el mismo día durante tantos años: el sosiego.

—Pues dame a Nicolás...

—Me lo hubieras pedido antes —gimió Rosas, sintiendo que todavía había algo y que él seguiría rebotando de día en día como una piedra lanzada en una barranca sin fondo.

—Antes... —repitió abrazándose a Isabel como si se afianzara a cualquier mata para detenerse en la caída. Ella, ahogada por el abrazo, siguió tiritando largo rato junto al pecho de su amante.

En el corredor los oficiales evitaban mirarse; hubieran preferido no escuchar la voz quebrada de su jefe, ni la voz desordenada de Isabel. Don Pepe Ocampo se les acercó solícito.

—Ahora les traen un cafecito caliente.

Los oficiales no contestaron; miraron al suelo con pesadumbre y se ajustaron los cinturones. El capitán Flores sacó de uno de los bolsillos de su pantalón una botella de *cognac*, la pasó a sus compañeros y bebieron un trago.

—Es menester...

—Solo así se va viviendo —comentó sin verlos. La mañana lo había encontrado en la desgracia. Cada día que pasaba se sentía más desdichado. Él, como Francisco Rosas, esperaba la nada que se obstinaba en disfrazarse de muertes, de barajas, de cantos y de gritos. La compañía de sus amigos ya no lo consolaba. En ese momento las sombras del corredor le servían para esconder sus lágrimas. Le dio la espalda a sus amigos y vio a Luisa envuelta en su bata azul de pie en la puerta de su cuarto. Sumiso se acercó a la mujer.

—Después de este día no esperes nada —dijo Luisa y cerró la puerta de un golpe. Flores se quedó unos instantes frente a las maderas cerradas. No sabía qué decir ni qué actitud tomar. Él no esperaba nada. Avergonzado, volvió junto a los oficiales.

—Capitán, no debería usted permitirle esos modos. Las mujeres están para obedecer.

Los oficiales sonrieron: Justo Corona siempre decía lo mismo. Hasta hoy, este 5 de octubre, día en que iban a fusilar a un sacerdote y a un joven de veinte años hermano de la querida de su general...

—Mala suerte tiene el hombre con las buscadas y mala con las ofrecidas —comentó Pardiñas, haciendo alusión al retraso de Francisco Rosas.

—A Cruz también se le sublevaron las gemelitas. Todavía no sale. Vaya a llamarlo, Pardiñas, se está haciendo tarde —dijo Justo Corona mirando su reloj pulsera a la luz de la lámpara.

Pardiñas se acercó a la puerta del cuarto de Cruz y llamó con energía; le llegó la voz consternada del teniente coronel.

—¿Quién?

—Mi teniente coronel, ya son las cuatro de la mañana.

—Ya voy —respondió Cruz.

Adentro, Rafaela y Rosa rezaban en voz baja; Cruz, de pie frente a ellas, vestido y afeitado, trataba de obtener su perdón.

—¿Qué quieren que haga? No me puedo oponer a las órdenes... ¿Quieren que me fusilen a mí? Oigan, ¿eso es lo que quieren...? ¡Sí, quieren verme tirado, despanzurrado a balazos! ¿Y para eso me fingieron afecto? Si lo único que han querido es verme muerto. ¡Niñas, óiganme! Yo soy un hombre que ama a la vida. Soy muy distinto de un cura... ¿Para qué sirve un cura? No ama a las mujeres ni a la vida. Para él es igual morir que vivir... y ahora que lo matemos se va al cielo... En cambio yo no gozo de otra vida ni de otro cielo que el que ustedes me regalan...

Las hermanas, arrodilladas, continuaron el rezo.

—Está bien, me voy... —dijo Cruz acercándose a la puerta.

Esperó unos instantes y al ver que sus amigas no cambiaban de actitud, dio un puñetazo en el muro.

—¡Quieren verme batido en mi propia sangre pero no lo van a lograr! —y salió dando un portazo.

TRECE

UNA RAYA NARANJA FINÍSIMA SE LEVANTÓ DEL HORIZONTE OSCURO, LAS flores que se abren en la noche se cerraron y sus perfumes quedaron en el aire unos instantes antes de desaparecer. El jardín empezó a nacer azul de entre sus sombras moradas. Otra mañana pasaba inadvertida para los hombres que bebían café antes de ir a organizar más muertes. Cruz se acercó al grupo. Don Pepe le ofreció un café humeante. El teniente coronel aceptó la taza y miró a sus amigos mientras trataba de sonreír.

—¿Qué pasa? —preguntó, señalando la puerta de la habitación de Rosas.

—Están luchando por hallar sosiego —dijo Flores, taciturno.

El general acarició los rizos y la frente de Isabel; después se despegó de ella con suavidad, se arregló un poco y salió trémulo al corredor. Sus hombres miraron al suelo. Pasó la vista sobre ellos y señaló las tazas de café que tenían en la mano.

—¿Dónde está ese? —preguntó con desprecio.

—Por aquí estaba. Nos trajo café.

Flores se dispuso a buscar al hotelero pero Rosas cogió la jarra del café y se sirvió una taza.

—¡Está frío! —dijo con ira, y la lanzó entre las matas del jardín.

Don Pepe, apareciendo con su sonrisa de siempre, dijo:

—¡Mi general!

—Atranque bien el portón, no vayan a querer meterse —dijo Rosas sin mirarlo. Se acercó a la lámpara que ardía sobre el pretil y miró su reloj: eran las cuatro y once minutos de la mañana.

Se echó a andar con pasos largos. Al salir a los portales y ver a los grupos de vecinos silenciosos, se volvió a sus hombres.

—¡Qué vida! —exclamó.

La gente apenas lo miraba. Había ganado la partida y solo la tristeza cubría al pueblo vencido. Se dio cuenta de que estábamos en la calle para presenciar nuestra derrota. Apretó el paso. Por primera vez avanzaba por un mundo diferente; el humo se había disipado, y los árboles, las casas y hasta el aire cobraban cuerpo.

Sintió que llevaba sobre los hombros todo el peso del mundo y una fatiga muy antigua le volvió interminable la distancia del hotel al curato.

Cuando Rosas atravesó las vallas de soldados que vigilaban a la Comandancia Militar, algunos grupos de mujeres y hombres vengativos se acercaron a los balcones de Isabel para llamarla por su nombre, gritarle «hija ingrata» e injuriarla; con voces cargadas de ira le relataban lo que sucedía en la calle.

—¡Ya llegaron al curato!

Y golpearon a las maderas del balcón, pero el balcón permaneció cerrado a las palabras de Ixtepec.

En la Comandancia Militar, Francisco Rosas escuchó su propia voz dando órdenes absurdas. En el primer pelotón a cargo del capitán Flores irían el padre Beltrán y el doctor Arrieta. Flores dio un paso al frente y se cuadró ante su jefe.

—Lleve doble escolta—agregó lacónico Francisco Rosas.

En el segundo pelotón, a cargo del capitán Pardiñas, irían Nicolás Moncada y don Joaquín. Julio Pardiñas miró sin pestañear al general. «¡Caray, a mí me tocó!», se dijo disgustado y trató de no dejar traslucir su contrariedad. Rosas lo llamó aparte.

—Procure que cuando lleguemos al cementerio, Moncada ya no ande por ahí...

El capitán lo miró sin entender sus deseos, pero le pareció más prudente no hacer ninguna pregunta.

—Antes de cruzar el río disperse a los curiosos y despida al grueso de la escolta —agregó Rosas sin cambiar el tono de voz. No le gustaba dar explicaciones a sus subalternos.

—Pero... —empezó Pardiñas.

—No hay pero, capitán. El teniente coronel le entregará a otro prisionero.

Francisco Rosas sacó sus cigarrillos; ofreció uno al oficial y él tomó otro; echó una bocanada de humo y miró la hora en su reloj.

—Cruz ya lo está buscando en la cárcel municipal. Apenas llegue su asistente a avisar que ya salió con él, nos vamos.

Apoyó la pierna en el alféizar y contempló la plaza quieta. El beneficio de un nuevo día despertaba a los pájaros, abría las copas de los árboles y dibujaba tiernos los perfiles de las casas. El general se sintió sosegado.

—Comprendo, mi general, hay que dar gusto si nos lo dan.

Julio Pardiñas lo miró de soslayo. Sus palabras no lo sacaron de ese minuto inefable. El oficial se sintió turbado. De pronto, la ocurrencia de Rosas lo puso contento y lo vio con admiración.

Cumplía con la orden de fusilar a cuatro condenados y salvaba al hermano de Isabel. Nadie podía reprocharle nada. Tampoco a él, el encargado del pelotón de fusilamiento. Quiso decir algo amable y pensó en Isabel.

—Y luego dicen que la querida es la que no nos quiere.

La alusión a Julia rompió el minuto de sosiego. Francisco Rosas se volvió a mirarlo, arrojó el cigarrillo y se ajustó el pantalón con ambas manos.

—Cuando llega el olvido es que ya acabó la vida, capitán.

¿En qué albores perdidos flotaría Julia? Había huido para siempre de los amaneceres de Ixtepec. La vio en ese instante caminando los cielos de otras plazas y el cuerpo le pesó como si él fuera el fusilado de ese 5 de octubre en el camposanto de Ixtepec. Pasaron unos minutos de silencio y Julio Pardiñas se arrepintió de sus palabras que habían traído abulia hasta el balcón del cuarto. «Lo dejó fregado para siempre», se dijo, y deseó que terminara pronto la espera junto a Francisco Rosas.

El asistente de Cruz llegó jadeante.

—Mi general, ya están en camino con el escogido que es un...

Francisco Rosas lo interrumpió con violencia.

—¡No importa quién sea! Que se prepare a salir el primer pelotón y diez minutos después sale usted con sus presos —agregó mirando con disgusto al capitán Pardiñas.

Los corredores y el patio de naranjos se llenaron de idas y venidas, de órdenes perentorias, de voces y de pasos. La muerte de los demás es un rito que exige una precisión absoluta. El prestigio de la autoridad reside en el orden y en el despliegue de fuerzas inútiles. Hasta el último de los soldados llevaba ese día un rostro solemne e impenetrable. Inmóviles, con los rifles en alto y la bayoneta calada, esperaban la entrega de los presos. El general Francisco Rosas salió de la Comandancia Militar seguido de un grupo reducido de ayudantes. A caballo se dirigió hacia el camposanto. La gente lo vio irse y se pasó la noticia de boca en boca, de calle en calle.

—¡Ya salió Rosas al cementerio! —gritaron delante de los balcones de Isabel. La joven no oyó los gritos que venían de la calle. Inmóvil, avanzaba en un espacio en donde las noches y los días eran ilusorios. Fuera del tiempo, de espaldas a la luz, se descomponía en otras Isabel que tomaban formas inesperadas. El cuarto del Hotel Jardín y los objetos que lo amueblaban pertenecían a un tiempo del cual había salido sin cambiar de postura. Solo eran testimonios de un pasado abolido. Lo único existente era un futuro fuera del tiempo en el cual avanzaba como dentro de un previsto final. Las voces callejeras entraron amotinadas en las habitaciones de las otras queridas. Antonia, expulsada por los gritos, se precipitó al corredor y se encontró con Luisa que se dirigía al cuarto de las gemelas. Sentadas en el suelo, las hermanas vieron llegar atónitas a sus amigas. Luisa se dejó caer en la cama deshecha y se pasó la mano por los cabellos opacos. El azul de sus ojos estaba sucio como el azul de su bata ajada. Antonia se echó junto a ella y hundió la cara entre las sábanas.

—Ya se fue al cementerio —repitió Rosa, incrédula. Entonces, ¿los milagros no existían? ¿Sus rezos habían sido ineficaces...? «Tal vez todavía llueva fuego antes de que suenen los disparos...».

—Me quiero ir con mi papá... —gimió Antonia.

—¿Y la otra?

—Está encerrada.

—¡Pobre Isabel! —gritó la costeña Antonia.

—¿Pobre? Que se largue, él no la quiere.

—¿Y por qué se la trajo? —preguntaron inocentemente las gemelas.

—¡Por hacer el mal...! Es malo... ¡Malo! —gritó Antonia poseída por una rabia súbita.

—Es cierto, por hacer el mal...

—¡Malo! Somos iguales a él y esta noche la vida empezará como antes —sentenció Luisa.

—Te equivocas, nunca será como antes —le respondió Rafaela.

CATORCE

EN EL PATIO DE LA COMANDANCIA MILITAR COLOCABAN A LOS PRESOS. El primer pelotón se organizó para salir a la calle. El padre Beltrán, vestido con la levita y el pantalón rayado de Juan Cariño, ocupó su lugar entre los soldados. Un sargento le ató las manos a la espalda; el sacerdote se dejó hacer en silencio. Sucio y demacrado el doctor Arrieta miró las manos del padre que empezaron a tomar un color rojo oscuro. El mismo sargento se acercó a él y con presteza le ató las manos y lo colocó al lado del sacerdote.

Justo Corona gritó unas órdenes incomprensibles que retumbaron en el patio y el primer pelotón se puso en marcha, pasó bajo los naranjos y salió a la calle de luces todavía muy suaves. Lo recibimos en silencio. «Ya se los llevan...». Los ojos que los veían partir no los verían volver de aquel paseo sin regreso. Avergonzados bajamos la vista y escuchamos el ruido acompasado de las botas militares que marchaban monótonas sobre el empedrado de la plaza.

Giraron a la izquierda y bajaron por la calle del Correo, buscando el camino más corto al cementerio. Los árboles estaban graves con las ramas quietas. Poco a poco las voces se fueron levantando:

«¡Ya se llevaron al padre y al doctor!»

Luisa acarició la medalla que llevaba colgada al pecho. Era un gesto inútil: la medalla no la apartaría de la noche inmediata que estaba ya adentro del hotel.

—¡Límpiame las botas! Se salpicaron con la sangre del cura.

Y Luisa obedeció sin titubear la orden de su amante y limpió las botas de Flores hasta dejarlas pulidas como espejos. Aceptaría siempre la abyección en la que había caído. «Nadie cae; este presente es mi pasado y mi futuro; es yo misma; soy siempre el mismo instante». Volvió a acariciar la medalla del Divino Rostro y la dejó deslizarse sobre su pecho. Allí estaba desde el día de su primera comunión, tan igual al día de hoy que le pareció que era el mismo.

Cuando el primer pelotón bajaba la calle del Correo, apareció a caballo el coronel Justo Corona seguido de un grupo de jinetes.

El coronel trataba de parecer indiferente, pero su cara contraída y la rigidez de sus hombros denunciaban su emoción. Era ya tarde para que tratáramos de liberar a los condenados y sin embargo Justo Corona marchaba alerta y miraba de soslayo los balcones entreabiertos y los visillos descorridos para dar un adiós mudo a las víctimas. Unos minutos después el segundo pelotón conduciendo a don Joaquín y a Nicolás salió a la mañana apenas dibujada de Ixtepec. Una escolta nutrida lo seguía. Don Joaquín, maniatado, seguía con dificultad el ritmo de los jóvenes y parecía preocupado por guardar el paso, como si no quisiera quedar mal en su último paseo por Ixtepec. Tenía la cara cansada, pero se hubiera dicho que la cárcel lo había rejuvenecido; un gesto infantil presidía sus ademanes. Al salir a la calle con las manos atadas a la espalda, Nicolás nos miró con una amplia mirada circular, mitad de asombro, mitad de alegría; luego levantó los ojos y avanzó llevando el paso.

—¡Adiós Nicolás! —gritaban desde los balcones al paso del joven que caminaba en mangas de camisa. Los adioses lo sacaban de su asombro; sobresaltado se volvía y regalaba sonrisas relampagueantes. Al pasar frente a la casa de su tía Matilde bajó los ojos; allí se quedaban para siempre él y sus hermanos jugando en *Inglaterra*. Recordó sus bosques verdes y sus cazadores de chaquetilla roja. «Seguirán tan verdes en esta mañana de sequía»; le llegaron las palabras del teatro confundidas en las voces de Hurtado y de Isabel; solo su hermana vivía fuera de su memoria, cogida de día y de noche de su mano. «¡No se puede quedar aquí...!». Abajo, mirándolos, estaban su madre y su tía sentadas en dos sillas iguales; su padre muy lejos detenía los relojes, y a pesar de su gesto los minutos avanzaban veloces por el camino que llevaba hacia el cementerio: «Nos iremos de Ixtepec...».

Don Joaquín no quiso ver las ventanas cerradas de su casa, «allí viví»; todo era un sueño, un hermoso sueño disciplinado en donde cada frasco y cada gesto vivía adentro de un minuto exacto. El desorden de esa mañana lo turbó, y se volvió a ver a su sobrino que también lo miraba. ¡Qué extraño que los dos murieran a la misma hora si sus tiempos eran diferentes! Era mejor no decirse nada.

La mañana avanzaba tenue. Las vacas que a esa hora salían al campo se cruzaban con los condenados. Los perros también salían al encuentro de los militares conduciendo a los presos, y ladraban enojados un buen rato a las botas de los soldados. Don Joaquín los miró agradecido: «¡Ojalá que alguien se ocupe de ellos!», y los vio buscar en las basuras algo que llevarse a la boca. En las casas nadie había encendido fuego. Las gentes miraban el cortejo; algunas mujeres seguían al pelotón que llevaba a Nicolás; otras, más adelante, acompañaban desde lejos al padre y al doctor. La casa de los Moncada estaba tan silenciosa como la veo ahora desde esta altura; sus ventanas estaban ya cerradas guardando para siempre el aire extraño de la mañana de los fusilamientos.

Nicolás y su tío llegaron a las orillas de Ixtepec y el capitán Pardiñas dispersó a las mujeres que seguían al cortejo. Solo los militares y los presos tomaron el camino del camposanto.

Por esos parajes Julio Pardiñas debía proteger la fuga de Nicolás Moncada; de cuando en cuando el militar se volvía a mirar al joven que ajeno a su próxima libertad caminaba seguro de su muerte. Debajo de un pirú esperaba el asistente de Cruz con el prisionero de la cárcel municipal. Desde lejos, Pardiñas vio a los dos hombres fumando bajo las ramas del árbol. Del otro lado del río, a unos cientos de metros, se dibujaban las bardas blancas del cementerio; detrás, en la colina, brillaban las cruces minúsculas y azules sobre la tierra amarilla.

«¡Ahí va Nicolás!».

El grito devolvió su forma a las sombras en las que se desintegraba Isabel. La joven se puso de pie y se acercó a la ventana para oír mejor los rumores que llegaban de la plaza. El mismo grito se empeñó en repetirse y en caer sobre ella como una lluvia de piedras. No entendía.

«¡Ya se llevaron a Nicolás al camposanto!».

Una voz extraña pegada a las rendijas de la persiana le entró en los oídos como si quisiera confiarle un secreto grave. Se alejó de la ventana y desconoció otra vez el cuarto en que se hallaba; se encontró en un paisaje inmóvil en donde la tierra y el cielo eran de piedra. La puerta se abrió de un empellón.

—¡Ve a pedir la vida de tu hermano! —ordenó Rafaela.

Unas mujeres de ojos de piedra la miraban. Isabel no contestó; nunca las había conocido. Recordó unas serenatas y unas jóvenes girando en la música como colas de cometas. Ella no había entrado en ese estruendo de alhajas y platillos. La desconocida se acercó, le abrochó el vestido y buscó sus zapatos extraviados entre las ropas tiradas en el suelo.

—Rosa, ve a buscar a Gregoria.

Rosa salió en busca de la vieja. Los ojos de las mujeres esperaron fijos, fuera del tiempo, como las manecillas del reloj detenidas por la mano de Félix. Entró la criada.

—Acompaña a Isabel al camposanto para que pida por la vida de su hermano.

—Me la prometió —recordó Isabel.

—¡Te engañó!

La tomaron del brazo y la pusieron frente al portón cerrado del hotel. Las mujeres discutieron con don Pepe Ocampo, levantaron los cerrojos, abrieron las puertas y la empujaron a la calle. Se encontró en la plaza rodeada de un gentío oscuro que se movía como un animal informe. Gregoria la cogió de la mano. «Ya se llevaron a tu hermano al camposanto», le dijeron las bocas acercándose hasta humedecerle el rostro con saliva. «Hija ingrata, tus padres están llorando su desgracia». Y los ojos oscuros brillaban un instante cerca de los suyos iluminados con la luz de los sueños. No podía avanzar: giraba sobre sí misma como en aquella noche, dentro de la iglesia, en que buscó a Francisco Rosas y se separó de los suyos.

—Abran paso...

Mecida por el odio, Isabel perdía el rumbo y los minutos se hundían en el ir y venir de los pasos y las voces.

—Abran paso... —suplicaba Gregoria.

Cuando alcanzaron la calle del Correo, la criada llevaba las trenzas deshechas y por las mejillas de Isabel rodaban lágrimas.

—¡Ánimas que lleguemos, niña!

Delante de ellas la calle bajaba rápida hasta la salida del pueblo. La luz del amanecer la afilaba convirtiéndola en una espada estrecha. Se echaron a correr y sus pasos se repitieron sobre las piedras y los contrafuertes como si mil carreras las fueran persiguiendo. Los vecinos detrás de los visillos sonreían. «Es la niña Isabel, pobrecita», suspiró Cástulo que espiaba desde el tejado de la casa de su tía Matilde. Solo Cástulo deseaba que Isabel obtuviera la vida de su hermano, Ixtepec entero quería que expiara sus pecados.

Llegaron al río. En octubre la corriente va muy baja, y la hermana de Nicolás lo vadeó a pie y salió al otro lado con el traje rojo chorreando agua. Gregoria, empapada, vio cómo el río se llevó su rebozo.

—No llore niña, Dios nos hará llegar a tiempo...

En el camposanto fusilaban. El general de pie junto a unas tumbas, muy cerca de las fosas abiertas, presenciaba las muertes.

El capitán Flores se acercó a dar el tiro de gracia al padre Beltrán y la sangre corrió presurosa sobre el cuello duro de la camisa de Juan Cariño. La primera luz de la mañana iluminó la cara del sacerdote que se había quedado extrañamente fija. «Jovencitos, ustedes no tienen la razón; por eso cometen crímenes...». Las palabras del señor presidente estaban vivas en la levita ensangrentada. Flores trató de no mirarla. «¡Cuánta confusión! ¿Por qué esa cara extraña debía morir con las palabras y el traje de su amigo...?».

Don Joaquín, con los ojos bajos, miraba sus zapatos que se hundían en la tierra removida que pronto caería sobre su cuerpo. «Qué raro estar abajo; yo siempre la he caminado por encima». ¿Por qué iban a esconderlo a deshoras y con los zapatos puestos? El sol salía puntual y él, en vez de mirarlo reflejado en los muros de su cuarto, estaba de pie y calzado con los zapatos negros de la fiesta. «Todavía no me desvisto...», se dijo asombrado. En ese día había un desacuerdo entre las horas y los hechos. «Esta carta es para mi esposa», dijo una voz conocida, y la frase se quedó rebotando de tumba en tumba, llenando la mañana con la voz de Arístides Arrieta. Las palabras enmudecieron con una descarga más sonora que la anterior. Don Joaquín vio que sus zapatos se hundían un poco más en la tierra de aquella ceremonia y que la luz avanzaba suavemente para iluminar el final de la fiesta más lucida de Ixtepec.

—¡Mi general, yo no soy invitado! ¡Yo solo soy cuatrero!

El orden de la fiesta de doña Carmen se rompió con las palabras intrusas del desconocido, que junto a la fosa abierta para Nicolás Moncada proclamaba su calidad de no invitado. Una descarga y un tiro de gracia callaron las protestas del intruso. El orden se restableció y don Joaquín supo que había llegado su turno y que el portón de la casa de su amiga se cerraría para siempre sobre él. «¡Ojalá que en el cielo acepten a los animales!», y recordó la triste suerte de los perros callejeros de Ixtepec.

«¿Quién los recogerá ahora?». Y pensó intensamente en el cielo, tratando de imaginar los rostros de los ángeles que vería en unos segundos más. Pero no tuvo tiempo: tirado entre la tierra ensangrentada sus ojos estaban todavía en busca del rostro de los ángeles protectores de los perros cuando Pardiñas vino a darle el tiro de gracia.

Después se produjo un silencio asombroso. El camposanto olía a pólvora, los militares callaban delante de los muertos que se desangraban en abundancia y rompían con su sangre la armonía de las cruces azules y de las losas blancas. Las cabezas y los pechos rotos vivían una vida intensa y desordenada y el cementerio azul y blanco parecía reprocharles su presencia. Los militares se miraron incómodos. ¿Para qué habían matado a aquellas gentes? Habían cometido un acto estúpido. Francisco Rosas se mordió los labios.

—¿No falta nadie, verdad? —dijo para darse valor antes de ordenar el entierro de las víctimas.

—¡Falto yo! —le gritaron desde un caminillo del cementerio.

Francisco Rosas se volvió contrariado: había reconocido la voz. Nicolás Moncada, muy pálido, avanzaba hacia él en línea recta. Desconsolado por la presencia del joven, el general buscó a los oficiales y se encontró con sus caras fatigadas de sangre. «No aceptó mi perdón...». Palideció y se golpeó los muslos con la palma de las manos.

—¡Ah...! El parte del capitán Pardiñas decía que se había fugado usted... —dijo después de unos segundos.

Nicolás permaneció silencioso: Rosas hizo un gesto vago y Pardiñas se acercó al joven. De espaldas, el general oyó la descarga.

Fascinados, los oficiales miraron la camisa blanca de Nicolás, tirada en la mañana, llenándose de sangre. Se oyó una carrera y detrás de unas tumbas apareció el asistente del teniente coronel Cruz. Venía sudando y sin aliento.

—No se dejó conducir, mi general... Se me escapó y a toda carrera agarró este camino —dijo el hombre sin quitar los ojos del cuerpo de Nicolás.

Francisco Rosas dio un puñetazo a una de las cruces de piedra y sin decir una palabra se mordió los labios.

—Yo digo que no le gustaría la vida... —agregó el hombre, asustado por la cólera del general.

—¡Al que no le gusta es a ti, hijo de la chingada! —le gritó Cruz enfurecido.

Francisco Rosas se miró la mano sorprendido del dolor que le produjo el golpe. Pensó que iba a llorar y volvió a golpear la cruz de piedra con más fuerza. Sus hombres olvidaron a los muertos para mirar iracundos al soldado que había dejado escapar a Nicolás. Rosas miró unos instantes al joven tirado entre la tierra y luego le dio la espalda.

¿Por qué había de matar siempre a lo que amaba? Su vida era un engaño permanente; estaba condenado a vagar solo, dejado de la suerte. Se sintió muy desgraciado y pensó con rencor en Nicolás que con los ojos vidriosos de la muerte miraba su derrota. Los Moncada le enseñaron el mundo de la compañía y cuando entraba en él, confiado, se lo arrebataban para dejarlo otra vez solo, entregado a la nada de sus días. Lo habían engañado y él había jugado limpio. «Nunca más perdonaré a nadie», se dijo dolido, y recordó las palabras engañosas de Isabel y la cara orgullosa de su hermano. Pero algo se había roto en él y sintió que en adelante sus borracheras solo serían de alcohol.

Su carrera de general mexicano acababa de ahogarse en la sangre de un jovencito de veinte años. ¿En qué creía Nicolás? En algo que él había entrevisto esa mañana. Su vida entera se precipitó sobre las tumbas silenciosas de Ixtepec; una sucesión de gritos y descargas lo dejó paralizado; Isabel y Julia se rompieron en el estrépito de los fusilamientos, sus noches de la sierra y sus días de guarnición saltaron hechos pedazos. Se vio de pie, sin rumbo en ese camposanto oloroso a pólvora, oyendo a un pájaro que cantaba sobre una de las tumbas. Había cinco muertos tirados a sus pies, y Nicolás miraba sus espaldas. «¿Y ahora qué, Francisco Rosas?», se dijo con miedo de echarse a llorar delante de sus subordinados que guardaban silencio respetuosamente y miraban el suelo. Pero Francisco Rosas, que no quería la compasión de nadie, se echó a andar por el caminillo del cementerio. Nunca pensó que la muerte de ese mocoso lo afectaría de esa manera.

«¡Servía para más... qué lástima!», y quiso huir del camposanto en donde también él acababa de morir. Se contuvo para no correr. «Lo peor es el cuatrero», se dijo para olvidar los ojos de Nicolás.

Nunca más podría ver de nuevo los ojos de Isabel... «Yo no soy invitado, mi general...». ¿Y a él quién lo había invitado a Ixtepec? También él era un fusilado de la suerte. Encontró su caballo y salió al galope a campo tendido. Quería irse de Ixtepec, no saber nunca más de los Moncada. Y corrió sin rumbo por la mañana radiante que subía de la tierra llena de luces y de olores, ajena a sus pesares. El coronel Justo Corona a galope tendido lo seguía. Desde lejos Isabel y Gregoria los vieron pasar. La joven siguió con los ojos al caballo de su amante corriendo bajo la luz dorada de octubre.

—Va huyendo —y se dejó caer sobre una piedra. La desconocida del Hotel Jardín que le había abrochado el traje tenía razón: la había engañado.

—Sí niña, va huyendo... Gregoria se acomodó junto a Isabel y lloró con la dulzura de los que conocen la desdicha y la aceptan. Se ensimismó en sus lágrimas, sin mirar a Isabel, perdida en una soledad sin llanto. No solo lloraba a los Moncada: una desdicha encadenaba a otra desdicha, y pocas veces Gregoria tenía tiempo de recordarlas y llorarlas.

QUINCE

cigarras y zumbidos de víboras. Ya tarde, después de enterrar a los
fusilados, los soldados regresaron al pueblo. En el camino hallaron
a las dos mujeres sentadas en las piedras y al reconocer a Isabel se
alejaron de prisa. Gregoria fue en su busca. Quería saber lo que había sucedido en el cementerio. Volvió con Isabel y la joven le produjo miedo: se veía muy extraña vestida con su traje de baile rojo
sentada en la mitad del campo. No se atrevió a decirle lo que le habían contado los soldados. La miró largo rato. ¿En qué pensaba esa
última invitada de la fiesta de Ixtepec, cubierta de sedas rojas? De
la noche iluminada con luces de Bengala solo quedaba el traje rojo
secándose al sol sobre las piedras.

—¿Lo quiere mucho, niña...? —preguntó asustada.

Isabel no contestó. Gregoria inquieta, le tocó la rodilla: quería
romper el hechizo de esa mañana, igual en apariencia a todas las
mañanas.

—Es un pecado, niña. —Y Gregoria miró hacia el camposanto
en donde estaban Juan y Nicolás.

—Niña, usted ya no tiene casa...

Ninguna palabra podía conmover a Isabel; estaba endemoniada.

—Tampoco puede volver al hotel...

La vieja tuvo la impresión de que Isabel no la oía y ella quería levantarse e irse de ese lugar que la ensordecía con su silencio.

—Vamos al santuario, niña; allí la Virgen le sacará del cuerpo a Rosas.

Sus palabras giraron en el mundo sin ruidos de Isabel. El futuro no existía y el pasado desaparecía poco a poco. Miró al cielo fijo y al campo imperturbable e idéntico a sí mismo: redondo, limitado por montañas tan permanentes como ese día redondo, limitado por dos noches iguales. Isabel estaba en el centro del día como una roca en la mitad del campo.

De su corazón brotaban piedras que corrían por su cuerpo y lo volvían inamovible. «¡A las estatuas de marfil, una, dos, tres...!». La frase del juego infantil le llegaba sonora y repetida como una campana. Ella y sus hermanos se quedaban fijos al decirla, hasta que alguien a quien habían señalado en secreto pasaba por allí, los tocaba y rompía el encantamiento. Ahora nadie vendría a desencantarla; sus hermanos también estaban fijos para siempre. «¡A las estatuas de marfil, una, dos, tres...!». Las palabras mágicas se repetían una y otra vez y el día también estaba fijo como una estatua de luz. Gregoria le hablaba desde un mundo ligero y móvil que ella ya no compartía. La miró sin pestañear.

—Vamos, niña.

La vieja se puso de pie y cogió a Isabel por el brazo.

La joven se dejó llevar y las dos tomaron el camino del santuario en el que ahora me encuentro y desde el cual me contemplo. Desde aquí las veo rodeando al pueblo, pues Gregoria no quiso atravesarlo: le dio miedo que vieran a Isabel y que Isabel los viera. Y me fueron rodeando, caminando por las faldas de los cerros que me guardan. A eso de las cinco de la tarde se sentaron debajo de un pirú; el calor las hizo buscar su sombra. Gregoria recordó que cerca de allí vivía Enedino Montiel Barona, el más sabio y el más cortés de mis vecinos. Ahora su choza ya solo es un montón de piedras y hace ya mucho que murieron sus palomas y que Gregoria dejó a Isabel debajo del pirú para ir a pedirle un socorro. Enedino, como buen pobre, le dio lo que tenía: un atado de tortillas, un poco de sal y un guaje de agua fresca. Isabel bebió el agua y Gregoria roció de sal las tortillas y las comió con sabiduría. A esas horas nadie había preguntado por ellas. En Ixtepec el día pasaba agobiado de desdichas y cada uno se inclinaba sobre sí mismo esperando el final de aquellas horas que parecían no querer irse de mis esquinas.

—¿Y la Virgen podrá borrar esta mañana?

—Con el favor de Dios, pero no hay que pensar ni una vez en Francisco Rosas, niña. Hay que ir con el pensamiento ocupado en la Virgen, y cuando lleguemos a sus pies ella se acordará de nosotros y al bajar la cuesta ese hombre se habrá ido para siempre de sus pensamientos; allí lo sujetará la Virgen con sus propias manos.

Isabel la escuchó con atención y observó cómo masticaba su tortilla. El nombre de Rosas le era apenas familiar; su pasado huía de su memoria; solo quedaba esa mañana formada por coincidencias asombrosas y reducida a Gregoria comiendo su tortilla.

Se levantaron y continuaron su camino. Como a las siete de la noche las dos venían subiendo la cuesta que ahora miro, Gregoria rezaba en voz muy alta y de pronto sus palabras tomaron formas de conos azules, lagartijas sonrientes y pedazos enormes de papel que bailaron frente a los ojos de Isabel... «Mató a Nicolás, me engañó... Rosas me engañó».

Dijo Gregoria que la niña Isabel se volvió a mirarla con ojos espantados. Llevaba sangre en las rodillas, el traje rojo desgarrado y polvo gris en los rizos. El sol se estaba hundiendo y su último resplandor naranja sacó reflejos sombríos a la seda roja. La joven se puso de pie y echó a correr cuesta abajo.

—¡Aunque Dios me condene quiero ver a Francisco Rosas otra vez!

Su voz sacudió la colina y llegó hasta las puertas de Ixtepec. De sus ojos salieron rayos y una tempestad de rizos negros le cubrió el cuerpo y se levantó un remolino de polvo que volvió invisible la mata de pelo. En su carrera para encontrar a su amante, Isabel Moncada se perdió. Después de mucho buscarla, Gregoria la halló tirada muy abajo, convertida en una piedra, y aterrada se santiguó. Algo le decía que la niña Isabel no quería salvarse: estaba muy sembrada en el general Francisco Rosas. Gregoria se acercó a la piedra maldita y se dirigió a Dios pidiéndole misericordia. Toda la noche la pasó Gregoria empujando a la piedra cuesta arriba para dejarla a los pies de la Virgen, al lado de los otros pecadores que aquí yacen; hasta acá la subió como testimonio de que el hombre ama sus pecados. Después bajó a Ixtepec a contar lo sucedido.

Pasada la medianoche Juan Cariño salió de la cárcel y cruzó el pueblo. No quiso aceptar la libertad hasta saber que nadie caminaba mis calles. No quería que lo vieran vistiendo la sotana; le parecía una ofensa para sus amigos muertos. Los golpes del aldabón sobresaltaron a las cuscas. Ya habían olvidado su existencia y asustadas preguntaron detrás de la puerta:

—¿Quién es?

—Uno que fue —respondió el loco aceptando su condición futura de fantasma.

DIECISÉIS

PASARON LAS SEMANAS Y LOS MESES, Y COMO JUAN CARIÑO NOSOTROS nunca más volvimos a ser nosotros mismos. También Francisco Rosas dejó de ser lo que había sido; borracho y sin afeitar, ya no buscaba a nadie. Una tarde se fue en un tren militar con sus soldados y sus ayudantes y nunca más supimos de él. Vinieron otros militares a regalarle tierras a Rodolfito y a repetir los ahorcados en un silencio diferente y en las ramas de los mismos árboles, pero nadie, nunca más, inventó una fiesta para rescatar fusilados. A veces los fuereños no entienden mi cansancio ni mi polvo, tal vez porque ya no queda nadie para nombrar a los Moncada. Aquí sigue la piedra, memoria de mis duelos y final de la fiesta de Carmen B. de Arrieta. Gregoria le puso una inscripción que ahora leo. Sus palabras son cohetes apagados. «Soy Isabel Moncada, nacida de Martín Moncada y de Ana Cuétara de Moncada, en el pueblo de Ixtepec el primero de diciembre de 1907. En piedra me convertí el 5 de octubre de 1927 delante de los ojos espantados de Gregoria Juárez. Causé la desdicha de mis padres y la muerte de mis hermanos Juan y Nicolás. Cuando venía a pedirle a la Virgen que me curara del amor que tengo por el general Francisco Rosas que mató a mis hermanos, me arrepentí y preferí el amor del hombre que me perdió y perdió a mi familia. Aquí estaré con mi amor a solas como recuerdo del porvenir por los siglos de los siglos».

ÍNDICE